KB048405

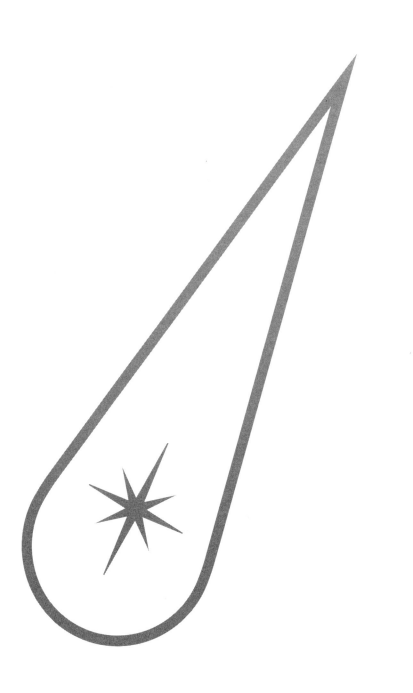

제5회
한국과학문학상
수상작품집

2022

허블

서 윤 빈

김 혜 윤

김 쿠 만

김 필 산

성 수 나

이 　 멍

차 례

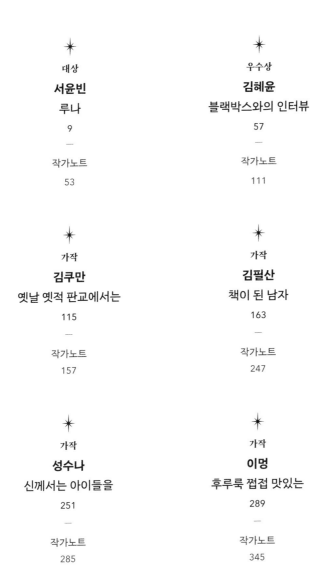

대상
서윤빈
루나
9
—
작가노트
53

우수상
김혜윤
블랙박스와의 인터뷰
57
—
작가노트
111

가작
김쿠만
옛날 옛적 판교에서는
115
—
작가노트
157

가작
김필산
책이 된 남자
163
—
작가노트
247

가작
성수나
신께서는 아이들을
251
—
작가노트
285

가작
이멍
후루룩 쩝쩝 맛있는
289
—
작가노트
345

2022 제5회 한국과학문학상 심사평

대상 서윤빈

루나

나는 이오와 나란히 서서 준비 운동을 했다. 선외활동복을 입기 전과 후, 부여 할망의 구령에 맞춰 다 함께 준비 운동을 하는 게 삼무호의 규칙이다. 도톰한 선외활동복에 주름이 지도록 리드미컬하게 허리를 뒤틀고 있자니, 자연스레 창밖에 펼쳐진 우주로 눈길이 간다. 수많은 위성과 그 너머로 아득히 보이는 별무리. 위성들은 햇빛과 별빛을 받아 은은하고 아름답게 반짝였다. 허리춤에 달린, 선외활동복 색과 똑같이 하얀 와이어가 내 움직임에 맞춰 촐싹거렸다. 와이어의 이름은 명줄이다.

준비 운동을 마친 우리는 서로의 명줄을 점검해 주었다.

거친 와이어를 힘껏 잡아당겨 장력을 확인했고, 이리저리 비틀고 고리를 만들어 보며 손상이 없는지 점검했다. 이오는 고개를 숙여 자기 헬멧을 내 헬멧에 닿게 했다. 그렇게 하면 통신 장비의 기계음이 아니라 육성으로 대화할 수 있다.

"준비됐어?"

"응. 오늘도 그거 할 거니까 넘어지지나 마세요."

"한 번 실수한 거 가지고 되게 뭐라 그러네."

우리는 망사리와 빗창을 챙겨 갑판 끝을 향해 걸으며 떠들어 댔다. 준비를 마친 할망들도 천천히 모여드는 것이 보였다. 물질은 반드시 2인 1조로, 절대 혼자 삼무호를 나서지 않는다. 이것이 제2규칙이다. 다들 규칙에 따라 두 명씩 나란히 대형을 이루었다. 나는 그 사이에서 유로와 판을 발견하고 손을 흔들었다.

"준비가 끝난 순으로, 뛰어들어!"

부여 할망의 우렁찬 목소리가 들리자마자 우리는 손을 잡고 내달렸다. 나는 무전을 켜고 소리쳤다.

"첫 번째로 가겠습니다!"

우리는 갑판 끝까지 단숨에 달려 시야를 가득 메운 위성 무리를 향해 뛰어올랐다. 삼무호의 인공 중력 밖으로 벗어나자 몸이 가벼워지면서 기분 좋은 부유감이 느껴졌다. 우리는 2인 통신으로 농담을 주고받으며, 한 번에 가장 가까운 위성까지 날아가 빗창을 박아 착지했다. 뒤를 돌아보니 명줄을 끌고 유성우처럼 날아가는 다른 해녀들이 보였다. 그건 내가 두 번째로 좋아하는 모습이다.

해녀 동기인 나와 이오, 유로와 판의 명줄 길이는 30미터로 삼무호에서 두 번째로 짧다. 가장 명줄이 짧은 사람은 삼무호를 수리할 때를 빼면 밖으로 나가지 않는 파일럿 할방이다. 최상급 할망들은 300미터, 때에 따라서는 더 길어질 수도 있다. 하지만 아직 스무 살밖에 안 된 하급 해녀인 우리는 30미터 너머로 나아가는 게 허락되지 않았다. 우리가 할망들이 물질하는 앞모습을 볼 기회는 처음 뛰어드는 순간밖에 없다.

할망들은 첫 착지를 한 후 우리보다 몇 배나 빨리 위성들 사이를 헤집고 나아간다. 나는 그 모습을 멍하니 바라보며 입을 벌리고 있다가 자동제습장비가 보내는 작동 신호를 듣고서야 정신을 차리곤 했다.

"그래봤자 위성 무리 너머까지는 못 가니까 똑같은 것 아냐?"

이오는 한숨을 쉬며 나를 타일렀다. 그러나 30미터와 300미터는 다르다. 할망들은 극구 부정하지만 300미터까지 나아가면 위성 무리 너머에 있는 별과 다른 행성들이 보일지도 모른다. 30미터 거리에는 없는 신비한 위성들이 있을지도 모른다. 나는 가장 좋아하는 모습의 자리를 그때 발견하게 될 것들을 위해 비워두었다.

한때는 앞서 나가는 할망들의 모습을 보며, 최대한 따라가기 위해 무리했던 적도 있었다. 그러나 내 명줄의 길이도 잊고 위성을 넘고 넘어 유영하다 보면 어느 순간 허리춤에 묵직한 충격이 전해지고 아무것도 없는 우주 공간에 멈출 뿐이었다. 그러면 뒤따라 온 이오가 내 산소를 아끼기 위해 빗창으로 위성에 몸을 고정한 채 내 명줄을 끌어당겼다.

그 일이 있을 때마다 부여 할망은 나를 따끔하게 혼냈다. 2인 1조를 지키라는 것이었다. 하지만 그건 핑계일 뿐임을 나는 안다. 나도 할망들만큼 빨리 물질할 수 있다. 실제로 부여 할망의 뒤를 따를 때 나는 한 번도 뒤처진 적이 없다. 그러니 2인 1조가 이유라면 나를 다른 할망과 짝 지어주면 된다. 하지만 명줄 길이를 늘여달라고 부여 할망에게 요구하면 할망은 이렇게 말할 뿐이었다.

"나아가는 것보다 중요한 건 돌아오는 것이다."

할망은 제1규칙을 명심하라며 한숨을 쉬었다.

해녀의 친구이자 한계는 숨이다. 선외활동복 하나에 담을 수 있는 산소는 최대 120분 동안 호흡할 수 있는 정도의 양이다. 얼핏 충분해 보이지만, 그 산소가 호흡에만 쓰이는 게 아니라는 점이 문제다. 우주 공간에서 원하는 대로 움직이기 위해서는 산소를 내뿜어 추진력을 얻어야 한다. 팔과 어깨, 허벅지에 달린 산소 추진기로 방향을 잡고, 모자란 거리를 메운다.

매일 나가는 물질이라고 해도 위성 무리에는 항상 예기치 못한 변수가 있어서 산소 관리는 쉬운 일이 아니다. 할망들조차 산소가 모두 떨어진 채 숨을 참으며 돌아오는 일이 잦다. 게다가 위성들이 빽빽하게 운집된 위성 무리의 특성상 물질은 들어갈 때보다 나올 때가 까다롭다. 비상시엔 명줄을 잡아당겨 추진력을 보충할 수도 있지만, 그래도 모든 위성을 피하는 건 불가능하다. 깊은 곳까지 들어갔다가 갇히게 되면 끝장이다. 그래서 상급 해녀들은 호흡과 추진 사이의 줄타기에서 냉혹하게 추진을 선택해 가며 빠져나온다. 돌아온 그녀들은 헬멧과 망사리를 벗어 던지고 참았던 숨을 크게 내쉰다. 생존을 알리는 깊은 휘파람 소리가 난다.

휘이 휘이.

그걸 숨비소리라고 부른다.

30미터에서는 산소를 잘못 관리해서 전부 써버린다고 해도 숨을 참으며 돌아올 수 있다. 그러나 아무리 재능이 출중해도 100미터가 넘는 거리를 산소도 없이 돌아오는 건 불가능하다. 우리가 스무 살이 되던 해, 부여 할망은 우리를 모두 모아놓고 한참 물질의 위험성을 설명하고는 그렇게 결론지었다. 이제 어른이 됐는데도 왜 계속 하급 해녀인지 내가 따진 결과였다. 부여 할망은 이러면 내 동기들이 알아서 나를 잘 말려줄 거라고 생각한 것 같았고, 그 계산은 꽤 들어맞았다. 이오는 잔뜩 긴장한 표정을 지었고, 유로는 할망의 말을 연신 메모해 댔으며, 판은 유로의 메모를 훔쳐봤다. 나는 손을 들었다.

"하지만 제가 찾는 건 30미터 거리에는 없는걸요."

나는 빗창으로 위성 표면을 조심스럽게 갉아내는 중이었다. 푸른빛을 띠는 포스필라이트였다. 포스필라이트는 경도와 강도가 약해서 조심스럽게 캐내야만 한다. 성미에 맞지 않는 일을 10분째 하고 있으려니까 심심해서 나는 일부러 포스필라이트가 없을 것 같은 곳만 골라서 파기 시작했다. 무슨 고민이라도 있냐고 이오가 물어 온 건 어느 순간부터 내 망사리가 전혀 채워지지 않는 걸 보았기 때문일 것이다. 나는 이오의 말에 뭐라고 대답할까 생각하며 빗창을 놀렸다. 이오는 채집량에 민감했다. 정확히는 채집량 때문에 판과 유로에게 놀림당하는 걸 싫어했다. 뭔가 빛나는 것이 빗창 끝에 걸렸다. 포스필라이트였다. 확실히 300미터를 가도 포스필라이트만 나온다는 포스필라이트 라인다웠다. 아오. 나는 빗창을 허리춤에 차고 위성에 드러누웠다.

　이오는 거대한 필라테스 공처럼 생긴 위성에 앉아 둥둥 떠다니는 기계 덩어리들을 하나씩 잡아 살피고 있었다. 언젠가 위성 무리에 충돌해 파괴되었다는 인공위성의 잔해였다. 인공위성 잔해는 잘만 분해하면 포스필라이트보다 희귀한 금속과 부품을 얻을 수 있다. 손재주가 좋은 이오는 인공위성 잔해를 살피다가 몇 번 대박을 터뜨렸는데, 그 후로는 인공위성 잔해만 보면 손이 가는 모양이었다.

　"슬슬 교대하자."

　나는 조심스럽게 포스필라이트를 망사리에 쑤셔 넣으며 대꾸했다. 물질을 시작한 지 벌써 90분째, 이오 차례를 마지막으로 슬슬 돌아갈 시간이다. 나는 지루한 채집에서 해방된 기념으로 위성을 박차고 올라 스트레칭을 하며 주변을 둘러보았다. 위성들은 잿빛으로 빛났고, 군데군데 박힌 광물이 다양한 빛깔을 더했다. 위성들 너머에는 푸른 별이 이부자리처럼 깔려 있었다.

　나름대로 예쁘지만 매번 보는 비슷비슷한 풍경일 뿐이다. 30미터 안에서 신기한 일이라고는 도무지 없다. 2년 새 겪은 가장 놀라운 일이 꿈틀거리는 은갈색 돌멩이를 발견한 것이니 말 다 했다. 우리는 신기한 돌멩이를 주웠다며 흥분했지만, 마뇽 할망은 그걸 보자마자 돌멩이에 전기 부품들이 들러붙어 무작위작용을 하는 거라고 단언했다. 그러고는 보란 듯이 돌멩이를 긁어내 안쪽에 이리저리 엉킨 전선과 모터를 보여주었다. 그날 밤 우리는 인생이란 뭘까 고민했다.

이오에게 슬슬 돌아가자고 말하려고 무전을 켜는데, 무언가 반짝이는 것이 눈에 들어왔다. 위성의 희미한 빛과는 다른, 선명한 붉은빛이었다.

이오가 돌아가야 한다고 무전을 쳤지만, 나는 가뿐히 무시하고 빛을 향해 다가갔다. 작은 위성 몇 개를 치워 시야를 확보하자, 거기에는 사람 하나가 표류하고 있었다. 그 사람은 우리와 달리 호박색 우주복을 입고 있었고, 정신을 잃은 듯했다. 주변에는 난파의 흔적인지 기계 부품 덩어리가 이리저리 날아다니고 있었다.

"누군가 있어!"

나는 그렇게 소리치고 산소를 사출하여 앞으로 나아갔다. '남은 산소 잔량 10퍼센트'라는 안내 문구가 왼쪽 팔에 달린 디스플레이에 깜빡이며 표시되었다. 아슬아슬한 분량이었지만 나는 무시하고 호박색 우주복을 향해 날아갔다. 이제 곧 손만 뻗으면 닿을 거리라고 생각한 순간, 골반에 뭉툭한 충격이 느껴졌다. 더 이상 앞으로 나아갈 수 없었다. 30미터.

명줄에 걸려버린 것이다.

"돌아가자니까!"

이오가 무전으로 다시 나를 불렀다. 하지만 눈앞에 위험에 처한 사람을 두고 그냥 돌아갈 수는 없었다. 나는 이리 와서 좀 도와달라고 소리치며, 호박색 우주복을 향해 호맹이를 뻗었다. 닿지 않았다. 허리에 차고 있던 망사리를 휘둘렀다. 여태 채집한 광석들이 망사리를 빠져나가 빗창으로 내려친 위성 표면처럼 흩날렸다. 하지만 망사리도 닿지 않았다.

어느새 다가온 이오는 상황을 깨닫고 말없이 내 어깨를 잡았다. 어깨를 잡은 손이 떨리고 있었다. 떠다니는 광석들과 처음 보는 호박색 우주복. 이오는 바보가 아니다.

"무전을 하자. 누군가 도와줄 거야."

"지금 물질하는 할망들은 전부 멀리 있잖아. 삼무호에서는 아무리 빨리 와도 15분 넘게 걸릴 거고."

"하지만 방법이 없잖아."

아니, 방법은 있다. 나는 이오의 어깨를 잡고 머리를 맞댔다.

"저 사람 잘 봐. 조금씩 멀어지고 있어. 이 정도면 비상사태 맞지?"

호박색 우주복은 아까까지만 해도 망사리가 아슬아슬하

게 닿지 못하는 거리였는데, 벌써 망사리 두 개를 연결해도 어림없을 정도로 멀어졌다. 이오가 다시 눈을 돌려 나를 쳐다보았다. 이오의 눈동자가 흔들리고, 호흡이 가빠지고 있었다. 내가 하는 수밖에 없다. 이 순간에도 호박색 우주복은 멀어지고 있다. 더 지체했다가는 돌이킬 수 없을 것이다.

"할망을 불러줘."

나는 삼중으로 된 안전장치를 해제하고 명줄이 달린 허리띠를 풀어 이오에게 건넸다. 팔에 달린 디스플레이가 붉은색으로 점멸하며 격렬한 경고음을 내기 시작했다. 명줄을 풀어보는 건 처음이었다. 허리춤이 허전했고, 자세가 무너졌다. 몸을 받쳐주는 명줄을 풀었으니 당연한 결과였다. 호박색 우주복이 시계 반대 방향으로 빙빙 돌았다. 그렇다면 나는 시계방향으로 돌고 있을 것이다. 오른팔을 뻗어 산소를 조심스럽게 사출했다. 곧 몸의 회전이 멎었다. 호박색 우주복이 있는 방향으로 양팔을 뻗어 방향을 잡고, 다리를 팔과 수평이 되게 뻗었다. 그후 팔을 내려 차렷 자세를 취한 후에 공기를 사출했다. 명줄 없는 가속은 처음이어서 더 신경을 곤추세우고 자세를 꼿꼿이 유지했다. 천천히 속도를 높여야 한다. 우주에서는 한번 속도가 붙기 시작하면 걷잡을 수 없다. 나는 산소를 조금씩 내뿜으며 호박색 우주복에 다가갔다. 처음에는 가까워지는지 의심스러운 속도였지만, 두 번 더 가속하니 순식간에 따라잡았다.

그때 부여 할멍의 호통이 들려왔다. 자세가 틀어졌다.

"너희 제정신이냐? 명줄은 무슨 이유로든 절대 풀면 안 된다고 했을 텐데?"

"비상사태일 땐 풀어서라도 살라고 했잖아요! 빨리 여기로 좀 와줘요!"

나는 그렇게 소리치고 무전을 끊었다. 몸을 움직이는 바람에 가속도가 생겨 다시 시야가 빙빙 돌기 시작했다. 다행히 호박색 우주복과 충분히 가까웠고, 나는 허공에 손을 세 번째 휘두르고서야 간신히 우주복의 다리를 잡을 수 있었다.

산소 잔량 5퍼센트.

나는 더 격렬하게 깜빡이는 디스플레이를 힐끔 쳐다보고 호박색 우주복을 품에 안았다. 우주복 안에는 남자가 들어 있었다. 헬멧 너머로 검은 머리에 각진 얼굴이 보였다. 나는 헬멧을 맞대고 정신 차리라고 몇 번이나 소리쳐 보았지만, 남자는 눈을 뜨지 못했다. 직접 데려가는 수밖에 없었다.

고개를 돌려 이오가 있는 쪽을 보니 이오가 반으로 줄어들어 있었다. 반으로 줄어든 이오는 시계방향으로 빙글빙글 돌고 있었다. 아무래도 남자를 끌어당기느라 몸에 회전력이 더 붙은 것 같았다. 나는 회전 반대 방향으로 산소를 분출해 천천히 몸을 바로 세웠다. 이오는 벌써 반의반으로 줄어들어 있었다.

산소 잔량 3퍼센트.

얼마나 산소를 남겨야 할까. 이오가 있으니 돌아갈 때는 추진을 위한 산소가 필요하지 않다. 30미터니까 서둘러 돌아가면 10분도 안 걸린다. 움직이지 않고 내가 숨을 참을 수 있는 시간은…

나는 남자를 아기처럼 앞으로 안은 후, 이오 반대 방향으로 산소를 사출했다. 격렬하게 깜빡이던 디스플레이가 꺼졌다.

산소 잔량 0퍼센트.

"루나!"

이오가 내 이름을 부르는 소리가 어렴풋이 들렸다. 목소리가 파도처럼 밀려오는가 싶더니 순식간에 멀어졌다.

나는 바다에 가본 적이 없다. 가장 오랜 기억까지 되짚어봐도 나는 언제나 삼무호 안에 있었다. 할망들이 배경처럼 깔린 지구를 가리키며 파란 게 바다라고 말해줘도, 바다가 나오는 영상을 보아도 도무지 실감이 나지 않았다. 물이 구형으로 둥둥 떠다니거나 용기 안에 있지 않고 넓고 깊이 웅덩이져 있다니, 물이 밀려와서 발을 간질이고 사라진다니, 그건 도대체 어떤 느낌일까. 그런 생각에 빠져들던 시기가 있었다. 그때 딱 한 번 바다가 나오는 꿈을 꾸었다.

하늘은 잿빛이었다. 동기들도 할망도 없이 오직 바다와 나뿐이었다. 나는 처음 보는 가랑이 없는 옷을 입고 검은 바다 앞에 서 있었다. 발목 높이의 파도가 밀려왔다가 나가기를 반복했다. 그러나 발에 물이 닿는 감각은 느껴지지 않았다. 겪어본 적이 없는 일이어서 그랬을까. 바다를 처음 보면 신이 날 줄 알았는데 의외로 가슴을 채우고 있는 건 먹먹함이었다. 멀리 수평선이 봉긋했고, 어디선가 휘이 휘이 휘파람 소리가 들려왔다.

시간의 흐름은 거의 느껴지지 않았다. 나는 하늘을 가득 메운 별을 보고서야 밤이 되었다는 걸 알았다. 하늘에는 맑은 별이, 검은 바다 위에는 부드럽게 떨리는 별이 있었다. 위아래로 우주가 넘실거렸다. 나는 나지막이 중얼거렸다.

엄마, 엄마.

파란 눈에 쭈글쭈글한 피부, 가는 금발의 아프로 머리. 마뇽 할망의 얼굴이다. 멍하니 그런 생각을 하는데 익숙한 호통이 들려왔다. 마뇽 할망은 부여 할망 다음가는 삼무호의 군기 담당이다.

"정신 차렸으면 퍼뜩 대답해야지 사람 속 태우고 있어!"

그 말을 시작으로 캐라는 건 안 캐오고 위험한 짓이나 한다는 둥, 조금 있으면 중급 해녀 시험인데 이래서야 합격점을 받아도 통과를 못 시켜준다는 둥, 무슨 일이 생기면 혼자 판단하지 말고 무전을 먼저 치라고 몇 번을 말했냐는 둥 다시 정신을 놓아버리고 싶을 정도의 잔소리 폭풍이 몰아쳤다. 기억도 잘 나지 않을 무렵부터 마뇽 할망에게 혼나면서 자랐던 탓인지 나는 마뇽 할망이 화를 내면 왈칵 울음부터 나왔다.

"뭘 잘했다고 울어!"

어김없이 그런 말을 들어가면서도 나는 이상하게 울음을 멈출 수 없었다. 오랫동안 잊고 있던 꿈을 다시 꾸었기 때문일까. 꿈속에서부터 이어진 먹먹함이 아직도 가슴속에 남아 있는 것 같았다. 분명 어느 순간 잊었다고 생각한 감정이 왜 다시 찾아왔는지 모르겠다.

나와 내 동기들에게는 엄마가 없다. 어렸을 땐 막연히 할망들이 엄마라고 생각했다. 그러나 내가 그 꿈을 꾸고 나서 우리 엄마는 어디에 있냐고 물었을 때, 부여 할망은 선의의 거짓말 같은 건 하지 않았다. 너희는 어느 날 문득 찾아왔다. 어떤 경위나 사정도 없이 그게 다였다. 우리는 그 대답을 듣고 울었는데, 부여 할망은 우리를 토닥이며 말했다. 엄마가 있는 아이들은 단 한 명의 엄마만 있지만, 너희들은 우리 할망들이 다 엄마라고. 그러니까 더 좋은 일이라고. 우리는 삼무호가 지구를 몇 바퀴나 도는 동안 천천히 그 뜻을 이해했다. 그후로는 더 이상 울지 않았다. 그랬는데 갑자기 왜 그꿈이 다시 떠오른 걸까. 왜 눈물이 멈추지 않는 걸까.

내가 울음을 그치지 않자, 마뇽 할망도 어느 순간부터는 호통을 멈추고 나를 위로하기 시작했다. 따끔히 혼내기로 마음먹고 왔는데 오히려 위로해야 하는 상황이 당황스러웠는지 어설픈 말투였다. 그런 할망을 보니 눈물이 멈추지 않는 와중에도 웃음이 나왔다.

"그래도 사람 구한 건 잘했다. 용기 있는 행동이었어. 하지만 네가 구하는 사람의 목숨만큼이나 네 목숨도 소중하다는 걸 항상 명심해라. 나아가는 것보다 중요한 건 돌아오는 거야."

마뇽 할망은 나를 꽉 안아주었다. 그러고는 남자가 깨어났으니 기운이 돌아오면 찾아가 보라는 말을 남기고 떠났다. 마뇽 할망의 팔이 감겼던 어깨가 아파서 나는 한참을 더 훌쩍이고 또 웃다가 다시 잠들었다.

남자는 내 동기들에게 둘러싸인 채 침대에 등을 기대고 앉아 있었다. 할망들은 물질을 나갔는지 파일럿 할방과 희원 할망 부부만 머리맡에 서서 시시덕거리고 있었다. 남자 역시 의식이 돌아온 지 얼마 되지 않은 것 같았다. 쉽사리 들어가지 못하고 문간에 쭈뼛거리며 서 있는데 이오가 나를 발견하고 방 안으로 끌어당겼다.

개구쟁이 같은 얼굴에 녹청색 눈이 인상적인 남자였다. 이오는 당신을 구한 사람이 얘라며 나를 자기 옆에 세웠다. 남자는 끄응 소리를 내며 몸을 앞으로 숙여 손을 내밀었다. 잘은 몰라도 잡아달라는 것 같아서 나는 남자의 손을 잡고 뒤로 끌어당겼다. 남자는 끌어당겨지다 말고 어리둥절한 표정으로 손을 위아래로 휘저었다. 파일럿 할방과 희원 할망이 깔깔댔다.

"얘가 악수를 처음 해봐서 그래."

파일럿 할방은 이가 모자라 쪼글쪼글한 입으로 설명했다. 남자는 나를 보면서 어쩐지 너희들은 뭔가 다르다고 중얼거렸는데, 남자가 입을 연 것에 신난 판이 뭐가 다르냐고 묻자 은갈색… 하고 중얼거리다가 입을 다물어 버렸다.

아무래도 판은 더 묻고 싶은 눈치였지만 희원 할망이 끼어들어 남자에게 자기소개를 시키는 바람에 화제가 넘어가 버렸다. 남자는 우리와 같은 언어를 썼지만, 발음이 더 차분하고 억양이 심심했다. 그는 자신의 이름이 피요르트 켈빈이며, ESA에서 왔다고 했다. ESA라면 나도 아는 곳이었다. ESA에서 나온 사람들은 주기적으로 삼무호에 찾아와 압축 산소나 먹을 것 따위를 주고, 해녀들이 모은 기계 부품들을 받아 가곤 했다.

　"자, 일단 켈빈 씨는 우리랑 먼저 얘기 좀 해야겠다."

　우리는 ESA라는 말을 들은 순간 묻고 싶은 게 산더미처럼 불어났지만, 어느새 뒤에 나타난 마눙 할망이 우리를 방에서 몰아냈다. 판은 입을 삐쭉거리며 불평했지만 마눙 할망에게 혼나면서 자란 우리가 감히 그녀의 말을 거역할 수 있을 리가 없었다.

　"은갈색이라니… 우리 피부를 말하는 건가?"

　판은 멍한 얼굴로 말을 꺼냈다. 방에서 쫓겨난 우리는 내 병문안을 핑계로 과일주스와 토르티야를 받아 방으로 갔다. 우린 어릴 때부터 방을 함께 써왔다.

　"뭘 그렇게 깊게 생각해. 평생을 우주에 살았는데 지구에서 온 사람이랑은 피부색이 좀 다를 수도 있지."

　유로가 그렇게 말했는데도 판은 불만 가득한 표정을 지울 생각이 없어 보였다. 토르티야를 구깃구깃 입에 쑤셔 넣는 모양새가 아무래도 단단히 삐친 것 같았다. 토르티야 하나를 순식간에 씹어 넘긴 판은 오렌지 주스를 한 번 크게 빨아들인 후 천천히 삼켰다. 판은 항상 불만이 많으면서도 부스러기가 날리게 먹으면 안 된다는 삼무호의 식사 규칙은 한 번도 어기지 않았다.

"억울하지도 않아? 우리는 하급이라 이거야?"

"억울하면 마뇽 할망한테 따지지 그랬어."

"그 마녀한테 그런 게 통할 리가 없잖아."

유로가 그럼 그럼, 그건 맞지, 하며 말을 한참 받아주고 나서야 판은 식탁 아랫면에 허벅지를 고정해 주는 찍찍이를 떼어냈다. 그게 마치 신호라도 되는 양 화제가 내게 옮겨졌다. 판과 유로는 당시의 상황에 관해 듣고 싶어 했다.

나는 남자를 구한 경위를 설명했다. 근래 있었던 가장 신기한 일이기도 했고, 이야기를 하다 보니 재미가 붙어서 나중에는 거의 연극을 하다시피 되어버렸다. 그러는 사이 이오는 화장실에 간다면서 자리를 떴는데, 우리는 이야기가 시들해질 때쯤에야 이오가 사라졌다는 걸 알았다. 이오는 어디로 갔는지 밤늦게까지 방에 돌아오지 않았다. 삼무호 안에서는 명줄을 차지 않으니 그녀를 찾을 방법이 없었다.

다음 날, 켈빈이 쭈뼛쭈뼛 나를 찾아왔다. 그의 손에는 알록달록한 포장지에 쌓인 각진 물체가 하나 들려 있었다.

"감사 인사를 해야 할 것 같아서."

그때 나는 동기들과 물질에 나갈 준비를 하고 있었으므로 켈빈에게 나중에 다시 오라고 소리치고 뛰쳐나갔다. 켈빈은 알겠다며 자리를 떴고, 이 사실을 알게 된 동기들은 유성우처럼 말을 쏟아내며 나를 놀려댔다. 그들의 말에 따르면 감사 인사는 핑계일 뿐이고 사실 켈빈은 내게 호감이 있어서 찾아온 건데, 내가 그를 거부했으니 다시 찾아오지 않을 거라는 거였다.

"그게 무슨 포스필라이트 캐는 소리야."

나는 얼굴이 새빨개져 항변했지만, 이오가 『잠자는 숲속의 공주』를 들이밀자 말문이 막힐 수밖에 없었다. 잠들어 있는 사람, 구원자에 대한 조건 없는 사랑. 게다가 마농 할망의 말에 따르면 켈빈은 '공주'와 같은 유럽 사람이다.

"하지만 켈빈은 남자잖아."

"성별이 무슨 상관이야. 그리고 원랜 어땠을지 누가 알아."

나는 사랑에 관해서라면 생각해 본 적이 없었다. 애당초 사랑이라는 감정 자체가 낯설었다. 삼무호에는 이름에 충실하게 사적인 공간이 전혀 없었으므로, 어떤 내밀한 시간이라는 것 자체가 발생하기 어려웠다. 내게 사랑이란 단지 소설이나 영화에 나오는 정체불명의 무언가일 뿐이었다. 우리는 같은 것을 보고 자랐기에 놀리는 동기들이나 놀림받는 나나 아는 게 거기서 거기였다. 어느 시점부터 사랑은 동기들은 같은 농담을 반복하고 나는 같은 반응으로 호응하는 하나의 만담이 되어버렸다.

그런 연극이 계속될 수 있었던 건 켈빈이 매일 나를 찾아왔기 때문이다. 하루는 이야기를 나누고 싶다고 말했고, 다른 날에는 내 이름이 정말 루나가 맞냐고 물었다. 언젠가는 『솔라리스』라는 책에 관해 아느냐고도 질문해 오기에 처음 들어본다고 대답했다.

왕자든 공주든 이렇게 집요하게 구는 이야기를 나는 들어본 바가 없었다. 그래서 어쩌면 말할 수 없는 이유가 있을지도 모르겠다고 생각했는데, 정신을 차려보니 나는 그와 단둘이 마주 앉아 토르티야를 씹고 있었다. 동기들은 문간에 서서 깔깔거리다가 마뇽 할망에게 꿀밤을 맞고는 투덜거리며 사라졌다.

감사 인사를 하겠다던 켈빈은 그 생각을 물질 후의 산소통처럼 깨끗이 비워버렸는지 토르티야가 맛있다며 실없는 감탄을 늘어놓았다. 나는 이게 사랑이든 감사든 명줄처럼 질질 끌려다니는 건 질색이었다.

"왜 찾아온 거야?"

"말했잖아. 감사 인사를 하고 싶다고."

"그럼 고맙다고 해야지, 토르티야만 먹을 게 아니라."

"마음의 준비를 하고 있었지."

그는 첫 방문 때 들고 왔던 각진 물체를 내밀었다. 포장지를 뜯어보니 안에는 책이 들어 있었다. 제목은 『루나』였고, 저자명에는 피요르트 켈빈이라고 적혀 있었다. 고개를 들어 그를 바라보자 그는 고개를 끄덕였다. 나는 책을 펼쳐 들었다.

    솔라리스로 가는 길은 막혀버렸다. 하지만 솔라리스의 전능하고 불가해한 바다를 탐구하고자 하는 욕망 때문은 아니었다. 크리스 켈빈 이후로 솔라리스에 간 인간은 없다. 지구인은 이제 솔라리스뿐만 아니라 다른 어떤 곳으로도 갈 수 없게 되었다. 우주 규모로 확대된 지구를 원하는 자들이 모든 걸 망쳤다. 우주로 쏘아 올리는 것이 많아질수록 지구 주변은 쓰레기로 뒤덮였다. 거기에 몇몇 우주 기업의 치명적인 실수가 겹치고, 달과 달만큼 큰 위성이 예상은 가능했지만 막는 것이 불가능했던 충돌로 산산이 조각나면서 지구는 위성 무리에 포위당해 버렸다.

    달이 사라지자 지구의 많은 것이 변했다. 바다는 더 이상 파도치지 않았고, 밤은 어둠 속에 잠겼다. 하루가 짧아져 맞지 않는 시계와 달력을 보며, 사람들은 달의 잔해가 인공위성과 우주 정거장을 부쉈다는 뉴스를 들었다. 무엇보다도 사람들은 맛과 형태가 이상해진 해양 생물을 먹지 않게 되었다. 해녀는 일자리를 잃었다.

    그런데 우연한 계기로 지구 궤도를 돌고 있는 위성 무리에 지구에서 만드는 온갖 첨단 기계의 재료가 되는 희토류 광물과 보석이 많다는 사실이 밝혀졌다. 사람들은 불행 중 다행이라며 휘파람을 불며 환호했다. 지구의 자원이 고갈될 것을 걱정해 화성에서 자원을 캐야 한다고 주장하는 이들은 그 목표를 위성 무리로 수정했다. 처음에는 우주비행사들이 위성 무리에서 자원을 캤지만, 그들은 적격이 아니었다. 몸값이 너무 비쌌고, 거기에 자원 채취라는 단순 노동에 대한 위로금까지 지급해야 했다. 그들 대신 최저 시급으로 일할 사람들이 필요했다.

달 파괴를 막지 못한 책임으로 NASA는 발언권을 잃었고, ESA가 얼떨결에 주도권을 잡았다. 위성 무리 너머로 로켓을 쏘아 올리는 일에는 이제 말 그대로 천문학적인 비용이 들게 된 관계로, ESA는 위성 무리에서 자원을 채취하는 사업에 사활을 걸었다. 그때 ESA의 눈에 띈 게 실업자가 된 해녀였다.

테스트 결과, 해녀는 우주비행사보다 작업 효율이 높았다. 해녀 입장에서도 위성 무리에서 자원을 캐는 일이 물질보다 훨씬 안전하며 쉬웠고, 특히 "우주에 있으면 허리도 안 아프고 손가락도 안 시리더라"라는 한 해녀의 증언이 결정타가 되어, 해녀들은 우주로 그 활동 범위를 옮겼다. 애당초 먹고살 길이 막막했기에 그들에게 별다른 선택지가 없기도 했다.

그렇게 탄생한 것이 삼무호를 비롯한 여섯 개의 불턱*이다. ESA는 불턱을 지어준 후로는 해녀를 자율적인 조직으로 둠으로써 문화를 보존했다고 하지만 그건 허울 좋은 말일 뿐 실은 그 이후로는 체계적인 지원을 하지 않은 것에 불과했다. 사업은 비용을 줄일수록 사업성이 높아진다. 해녀의 선외활동복이 흰색의 구형 모델인 것도, 지구로 돌아올 수 있는 우주왕복선을 정기적으로 보내지 않는 것도, 그렇게 하지 않아도 해녀들은 문제없이 일했기 때문이다. 해녀의 활약으로 ESA는 오랜 자금 압박으로부터 어느 정도 숨통이 트여 다시금 인류가 우주로 나갈 방법을 연구하고 있다.

"이걸 믿으라고?"

나는 책을 읽다 말고 물었다. 켈빈은 어깨를 으쓱해 보였다.

"소설이기에 말할 수 있는 진실이라고 해두지."

"우리 삶을 뭐로 보는 거야? 나는 자유로운 우주가 좋아. 물질은 내 삶의 즐거움이고."

켈빈은 과장하여 두 손을 들어 보였다. 하지만 장난꾸러

---

* 돌담을 쌓아 바람을 막고 노출을 피하기 위하여 만든 곳. 물질을 하다가 나온 해녀들은 이곳에서 불을 피우며 쉬거나 옷을 갈아입는다.

기 같은 그의 얼굴에는 진지한 빛이 가득 어려 있었다.

"계속 읽어봐. 이야기는 이제 시작일 뿐이니까."

켈빈의 말대로 제반 상황을 설명한 후 소설은 레야라는 인물에게로 초점을 옮겨 이야기를 이어나갔다.

레야의 이야기는 솔라리스 스테이션에서 시작된다. 크리스에 의해 버려진 레야는 탐사정과 함께 솔라리스의 바다에 떨어진다. 그러나 바다는 알 수 없는 이유로 레야와 탐사정을 완전히 녹여버리지 않고, 다시 한번 의태시킨다. 복잡하고 현학적인 변화를 겪은 후 레야는 탐사정에 탄 채 지구를 향해 날아간다. 그러나 그 무렵 지구는 위성 무리에 포위당한 상태였고, 레야와 탐사정은 위성을 피하지 못하고 난파한다. 레야와 탐사선은 모두 솔라리스의 바다가 의태한 것이어서, 큰 충격을 받자 원래의 점액질 상태로 환원된다. 그 와중에 일부는 에너지를 가진 전자 부품과 위성에 달라붙었고, 그 에너지를 이용해 인간의 모습으로 다시 의태한다. 우주에 떠다니는 아이가 된 것이다.

아이는 우연히 해녀들에게 발견되고, 그들의 손에 길러진다. 성인이 될 때까지 지구에도 솔라리스에도 가보지 못한 채 그녀는 레야로서의 정체성을 잊고 해녀의 삶만을 배운다. 하지만 어느 날 그녀가 지구에서 온 과학자를 구하며 상황이 달라진다. 과학자는 그녀가 다른 해녀들과 다르다는 사실을 알아차린다. 그녀에게 어머니가 없다는 것, 피부색이 다르다는 것이 과학자의 관심을 끈다. 무엇보다도 그녀가 그의 목숨을 구했다는 것이 마음을 동하게 했다.

그는 레야에게 지구를 알려준다. 위성 무리와 삼무호의 궤도 중심에 있는 푸른 별. 그의 나라 폴란드나 할망들의 고향인 제주도 그리고 ESA는 모두 지구에 있다. 인간은 본래 지구에서 태어나 지구에 산다. 인간이 살기에 지구는 모든 면에서 우주보다 풍족하다. 매일 먹는 토르티야보다 맛있는 음식이 많다. 물론 삼무호보다 중력이 강해서 마음대로 날아다닐 수는 없지만, 그것만 포기하면 훨씬 살기 좋은 곳이다. 지구에서는 명줄을 차지 않아도 어디든지 갈 수 있다.

그는 그녀에게 선택권을 준다. 그와 함께 지구로 갈지, 삼무호에 남을지. 그를 데리러 오기로 한 우주선에는 딱 한 자리가 더 있다. 우주선에 타기 위해서는 훈련이 필요하다. 그녀는 선택을 미루지만, 나중에 무엇을 선택할지 알 수 없기에 우선은 그에게 우주비행사 훈련을 받기로 한다.

"장난이 심해."

"그럴 리가. 이 책은 10년도 전에 출간된 내 대표작이야. 부여 할망이라는 사람도 알고 있더군."

"난 레야가 아니라 루나야. 지금 상황이 책 내용과 비슷하긴 해도, 그건 우연일 뿐이고."

"우연이라… 과연 그럴까? 마침 부여 할망도 너를 우연히 만났다고 하던데. 보통 손녀나 입양한 아이를 그런 식으로 표현하지는 않지."

"그래서? 소설에서처럼 날 지구로 데려가고 싶다고?"

"원한다면."

그게 켈빈이 하겠다는 감사 인사였다. 나는 이 상황을 어떻게 받아들여야 할지 갈피가 잡히지 않아서 말없이 토르티야만 먹었다.

"뭐라고 했다고?"

판이 내 어깨를 흔들어대며 재차 물었다.

"일단은 중급 해녀 시험을 치고 대답하겠다고 했다니까."

나는 얼떨결에 뒷걸음질하며 대답했다. 동기들은 켈빈이 방을 나서자마자 안으로 들이닥쳤고, 내 주변을 에워싸며 질문을 퍼부어 댔다. 나는 『솔라리스』에 관한 내용만 빼고 무슨 일이 있었는지 밝혔다. 동기들은 내가 대답할 때마다 이런 사랑도 모르는 것, 너답다 너다워 하며 한탄을 했다.

평소 같았으면 짜증을 냈겠지만 사실 나는 이 감사 인사에 은밀히 들떠 있었다. 켈빈은 그 자리가 오로지 나만을 위한 것이라고 못 박아두었다. 우리는 태어나서 한 번도 자기 것을 가져본 적이 없었다. 나만의 자리, 나만의 비밀에는 휘파람 소리가 담지 못하는 은밀한 달콤함이 있었다.

우주왕복선에 함께 타기 위해서는 직접 조종은 하지 않더라도 이착륙 훈련과 최소한의 위기 대처 훈련이 필요하다. 소설 말마따나 나중에 무엇을 선택할지는 알 수 없기에, 우선은 매일 만나서 훈련할 것을 약속했다. 우주왕복선은 2주 후에 도착하는 것으로 예정되어 있었다. 동기들은 그거 완전 데이트네, 같은 소리를 연발했다.

다만 이오만은 이 상황이 달갑지 않은 것 같았다. 그녀는 물질하는 도중 갑자기 헬멧을 들이대고 말을 걸어왔다. 내가 채집 할당량을 채우고 위성과 위성 사이를 넘나들며 나름대로 우주 묘기라고 부르는 걸 연마하고 있을 때였다.

"그 남자 느낌이 안 좋아."

내가 심드렁한 반응을 보이자 이오는 계속해서 쏘아붙였다.

"사랑도 모르는 게."

나는 그렇게까지 말할 건 없지 않나, 생각하면서도 크게 개의치는 않았다. 나라고 묘한 느낌이 전혀 들지 않는 건 아니었다. 그러나 나는 그 느낌마저도 온전히 나만의 것으로 하고 싶었다. 나는 딱 돌아갈 분량의 산소만 남을 때까지 묘기를 부리려고 했으나 이오가 괜한 낭비는 좋지 않다고 심통을 부리는 탓에 우리는 산소를 20퍼센트나 남긴 채 삼무호로 돌아왔다.

　켈빈의 훈련은 새로웠다. 나는 그와 함께 삼무호 주위를 빠르게 빙빙 돌기도 하고, 명줄이 감기는 힘을 최대한 이용해 빠른 속도로 유영하며 강한 중력에 대한 감을 길렀다. 삼무호의 인공 중력은 지구 중력의 3분의 1 수준이어서 지구에 적응하기 위해선 중력 훈련이 꼭 필요하다고 켈빈은 설명했다. 30미터 거리에서는 명줄을 최대 속도로 감을 일이 없었으므로 나는 충돌이 아프고 위험할 수 있다는 걸 처음알았다.

　휴식을 취할 때면 우리는 이야기를 나눴다. 우리는 서로에 관해 모르는 것 천지였다. 나는 지구에서 가장 맛있는 음식이 뭔지(한국 피자. 그냥 피자가 아니라 한국에서 파는 프리미엄 피자여야 한다고 강조했다), 켈빈이 왜 ESA에 들어가게 되었는지(솔라리스에 가서 아버지가 본 것을 보고 싶었다. 돌아온 아버지는 미치광이 취급을 받았지만 무언가를 확신하는 사람 특유의 곧은 심지가 있었다. 물론 이제는 현실적으로 불가능하게 되었지만), 지구의 스무 살 여자는 보통 뭘 하고사는지(이건 그도 잘 모른다고 했다. 지구 사람들은 사는 방식이 너무 다양해져서 이제는 처음 만나는 사람과는 무슨 말을 해야 할지도 모를 지경에 이르렀다) 따위를 물었다. 켈빈은 주로 내 기분이나 해녀의 삶에 관해 물었다. 내 대답은 켈빈에 비하면 시시했지만, 그는 항상 열심히 들었다.

　내가 사랑에 관해 물은 건, 어색함을 덜기 위해 의례적으로 나누던 대화들이 점점 편안하고 즐거운 것으로 변해가던 시점이었다. 그 무렵에도 나는 동기들에게 매번 놀림을 당하는 역이었는데, 어쩌면 켈빈의 말을 가지고 판을 뒤집어볼 수 있지 않을까 하는 기대도 마음 한편에 섞여 있었다.

　"켈빈, 사랑이 뭘까?"

　나는 별일 아니라는 듯이 그렇게 물었다. 그러자 켈빈은 내게 춤을 춰본 적이 있냐고 물었다. 나는 우주 묘기를 보여줄까 하다가 아무래도 부끄러워서 얼버무렸다.

　"노래라면 주워들은 게 하나 있는데."

　나는 그렇게 말하고는 사뭇 진지하게 이어도사나 이어도사나 하며 소리를 길게 길게 뽑아냈다. 켈빈은 배를 잡고 웃었다. 나는 파일럿 할방이 운전할 때면 이렇게 흥얼거리더라고 변명처럼 덧붙였다.

　"그러니까 춤은 춰본 적 없다는 말이군."

　켈빈은 그렇게 말하며 손을 내밀었다. 내가 반사적으로 그 손을 잡자 그는 잡은 손을 쭉 내밀고 반대쪽 손은 나의 허리에 얹었다. 그리고 몸을 끌어당겨 가슴 약간 아래쪽을 맞댄 후 발을 굴러 삼무호 밖으로 날았다.

　"박자에 맞춰서 따라와."

켈빈은 "원 앤드 투 앤드 스리 앤드" 박자를 새며 나를 이끌고 천천히, 매듭 무늬를 만들며 돌았다. 왈츠라는 춤이라고 했다. 몇 번 반복하자 나 역시 그 흐름에 익숙해져 박자를 듣지 않고도 켈빈에 맞출 수 있었다.

"잘 추네."

이윽고 켈빈은 더 이상 박자를 세지 않고 콧노래를 불렀다. 나는 평소에 우주 묘기를 연마하길 잘했다는 생각을 했다.

우리는 왈츠에 맞춰 삼무호 주변을 부드럽게 돌았다. 춤은 명줄이 삼무호에 칭칭 감길 때까지 계속되었다.

중급 해녀 시험은 나와 동기들이 스물한 살이 되는 날 치러졌다. 그날은 켈빈의 우주선이 도착하기 하루 전이기도 했다. 이날만큼은 다른 해녀들의 물질이 일절 없고, 할망들의 감독 아래에 네 사람만 물질을 나선다. 나와 이오, 판과 유로는 둘씩 짝지어 몸을 풀었다. 부여 할망도 우릴 멀리서 지켜볼 뿐 구령을 넣어주지 않았다. 우리는 스스로 하나, 둘, 셋, 넷을 외치며 몸을 이리저리 뒤틀었다.

중급 해녀 시험은 우리가 처음으로 50미터 명줄을 차는 날이다. 중급 해녀가 된다는 것은 다른 해녀의 도움 없이 스스로 돌발 상황에 대처할 수 있게 된다는 것을 뜻한다고 부여 할망은 설명했다. 변동 상황을 제대로 인식하고 최선의 대처를 하는 것과 위험에 빠지지 않고 채집 목표를 달성하는 것. 그게 중급 해녀 시험의 핵심이었다.

위성 무리는 깊이 들어가면 들어갈수록 위성과 위성 사이의 거리가 좁아 채집 효율이 높다. 거기다 캘 수 있는 보석과 광물의 가치 역시 상승하기 때문에 수확이 껑충 뛰어오른다. 하지만 동시에 행동 반경도 좁아지므로 빠져나올 때 명줄의 힘을 빌리기도, 길을 되짚기도 어려워진다. 말하자면 양면 찍찍이인 셈이다. 중급 해녀 시험은 30미터 이상 들어가지 않으면 채울 수 없는 채집량을 요구한다. 시간제한은 없지만 도움을 청하면 실격이므로 최대한 산소를 알뜰하게 활용하는 게 포인트다.

30미터보다 긴 명줄을 달 땐 특별히 주의해야 할 것이 하나 있는데, 그건 바로 헛것이다. 어떤 해녀들은 40미터 이상 들어가면 헛것을 보고 헛소리를 들어서 정말 물질을 잘하는데도 하급 해녀로 남기도 한다. 헛것에 사로잡히면 판단력과 상황 대처 능력을 잃어버린다. 따라서 곧바로 도움을 요청하고 그 자리에서 움직이지 말아야 한다.

부여 할망은 제1규칙을 다시 한번 큰 소리로 반복했다.

"명심해라. 나아가는 것보다 중요한 건 돌아오는 것이다."

부여 할망이 뛰어들라는 구령을 외치기 전, 마음의 준비를 하라고 주는 시간에 이오가 말을 걸어왔다. 나는 대답 없이 고개만 옆으로 돌렸다. 이오는 헬멧을 맞대고 속삭였다.

"잘하자."

이오는 내게 손을 내밀었다. 언제나 잡고 달리던 손인데 켈빈과 왈츠를 춘 다음부터는 이상하게 어색했다. 내가 머뭇거리자 이오는 정신 차리라며 손을 팍 흔들어 보이고는 아플 정도로 손을 쥐었다.

"준비가 끝난 순으로, 뛰어들어!"

이오에게는 구체적인 전략이 있었다. 우선 50미터 깊이까지 한 번에 들어간 후, 채집하면서 천천히 빠져나오자는 것이 그녀의 생각이었다. 돌아올 때는 30미터에서 출발해야만 시간이나 산소 계산이 수월할 거라는 게 그녀의 계산이었다. 나는 찬성했다.

이오는 평소와 달리 적극적으로 앞서 나아갔다. 나는 이오의 속도에 놀랐다. 그녀는 여기저기 쏘다니는 나와는 달리 차분히 뒤에 있는 스타일이다. 그런데 지금은 누구보다 적극적으로 앞서 나가고 있었다. 생각해 보면 이오는 이때부터 이상했다. 하지만 나는 머릿속이 복잡해서 거기까지 생각할 여유가 없었다.

"어떻게 할래?"

켈빈은 내일 돌아간다. 나는 선택해야 했다. 하지만 마음은 위성처럼 공전할 뿐 답에 조금도 가까워지지 않았다. 그냥 앞으로도 여기서 같이 지내면 안 돼? 나는 몇 번 그런 기색을 내비쳤다. 하지만 그럴 때마다 켈빈은 부여 할망처럼 거절했다. 난 돌아가야만 해. 그리고 지구에 가면 네가 찾는 것도 있을 거야. 그는 헬멧을 대고 말하곤 했다. 그의 숨은 내게 닿지 못하고 헬멧에 뿌옇게 서렸다.

  켈빈을 믿지 못하는 건 아니었다. 할망들과 동기들은 입을 모아 좋은 기회라고 말했다. 만약 지구 생활이 마음에 들지 않으면 어떻게든 돌아올 방법이 있을 테니, 한번 가봐서 나쁠 게 뭐가 있겠냐는 이유였다. 켈빈은 한술 더 떠서 돌아오기를 원한다면 최선을 다해 돕겠다는 서약서까지 써주었다. 하지만 사실 나는 정말 돌아올 수 있는지를 걱정하는 건 아니었다. 내가 망설이는 건 스스로 뭘 원하는지 확신이 서지 않기 때문이었다.

  어제 마지막 훈련을 끝마치고, 켈빈은 내게 책을 다 읽었는지 물었다. 나는 고개를 저었다. 그날 이후로는 전혀 읽지 않았다고 말했지만, 사실 그건 거짓말이었다. 나는 몇 번이고 책을 읽어보려고 했다. 하지만 책에서 내가 겪은 일을 발견할 때마다 나는 뭐라 말할 수 없는 기분에 책을 덮을 수밖에 없었다. 레야가 과학자에게 가장 좋아하는 음식이 무엇이냐고 묻고, 과학자가 피자라고 대답하는 걸 읽고 있자면 기분이 이상하고 속이 울렁거렸다.

꼬리에 꼬리를 무는 생각의 무곡에 정신이 팔려 이오와 부딪혔다. 나는 무심코 미안하다고 말했는데, 이오는 듣지 못한 것 같았다. 가만 보니 충돌의 원인은 이오가 갑자기 멈춘 것이었다. 이오는 멍하니 위성들 사이의 빈 곳, 유독 반사되는 빛이 없어서 어두운 지점을 바라보고 있었다.

이오는 잠에서 덜 깬 것 같은 목소리로 말했다.

"너도 보여?"

내게는 아무것도 보이지 않았다. 무슨 소리냐고 되묻자 이오는 난데없는 말을 지껄이기 시작했다.

"우리 엄마가 저기 있어."

이오의 시선 방향에는 아무것도 없었다. 이게 헛것인가. 나는 이오의 어깨를 잡고 흔들어 댔다. 그러나 이오는 여전히 몽롱한 눈으로 어둠에서 눈을 떼지 못했다. 그녀의 입에서는 계속 같은 말이 새어 나왔다. 엄마, 엄마.

이건 위험한데. 불합격은 아쉽지만, 이오가 헛것을 보는 이상 다른 방법이 없다.

"할망을 부를게."

나는 이오를 다독이며 무전 채널을 맞췄다. 이오가 헛것을 보는 것 같다고 말하려는 순간 날카로운 비명이 들려왔다. 이오였다. 그녀는 나를 쳐다보며 멈추라고 고래고래 소리쳐 댔다. 아무리 봐도 정신이 돌아온 것 같진 않았다.

"나는 이번에 꼭 붙어야 해. 너는 지구로 가버리면 그만이 겠지만 나는 혼자 하급에 남아야 한다고."

"무슨 말이야 그게. 대답 안 했다니까. 나도 어떻게 될지 몰라."

"우리는 이것뿐인데, 너는 아니라고."

급기야 이오는 눈물을 흘리기 시작했다. 선외활동복 안에 서 울어서는 안 된다. 과호흡을 하게 되고, 수분 때문에 헬멧 안에 습기가 차 시야를 가릴 수도 있다. 이오가 이걸 모를 리 없다. 그러니까 저건, 멀쩡한 이오가 아니다. 나는 무전을 치 기 위해 왼팔의 디바이스를 향해 손을 뻗었다. 그러자 이오 가 달려들어 그 손을 쳐냈다.

"계속 가자."

"너 진짜 미쳤어? 그 상태로 어딜 가?"

"무전 치면 바로 헬멧 벗어버릴 거야."

이오는 두 손을 목덜미에 올리며 말했다. 오늘은 무전 채 널이 하나밖에 없다. 내가 할망에게 뭔가를 보고하면 그 내 용이 이오에게도 모두 들린다는 뜻이다. 나는 두 손을 들어 할망에게 무전을 칠 의사가 없다는 걸 보였다.

어쩌면 이오의 말이 맞을지도 모른다. 내게 켈빈을 따라 간다는 선택지가 없었다면 내가 시험을 이렇게 쉽게 포기하려고 했을까? 이오가 이상한 말을 내뱉은 바로 그 순간, 마음 깊은 곳에서는 사실 조금 안도하지 않았나. 전혀 아니라고는 말할 수 없을 것 같았다.

이오는 콧노래를 흥얼거리며 앞으로 나아갔다. 처음 가보는 길인데도 어디로 가야 하는지 정확하게 알고 있다는 듯 확신에 찬 움직임이었다. 이오가 경쾌하게 움직일수록 나의 불안감은 커졌다. 이오를 데리고 돌아가야 한다. 그러나 도대체 어떻게? 이번엔 켈빈을 구할 때보다도 난감하다. 멋대로 데려오려다가는 정말로 헬멧을 벗어버릴지도 모를 일이다. 이오를 설득하거나 어떻게든 제압하는 것밖에는 방법이 없다. 하지만 설득은 통할 것 같지 않았고, 제압은 혼자서는 불가능한 일이었다.

그때 위성이 녹색으로 반짝였다. 포스필라이트. 고개를 들어보니 이오가 향하는 방향에 활주로처럼 포스필라이트의 녹색 빛이 이어져 있는 게 보였다. 포스필라이트 라인, 하나뿐인 무선 채널. 이거다.

"이오, 이대로 포스필라이트 라인을 따라가 봤자 소용없어. 넌 헛것을 보고 있는 거야. 헬멧 벗어버린다는 위험한 소리 하지 말고 당장 돌아와."

나는 그렇게 소리쳤다. 하지만 이오는 들은 척도 하지 않고 계속 앞으로만 나아갔다. 이오의 명줄이 위태롭게 흔들렸다. 나는 켈빈의 말을 비틀어 이야기했다.

"네가 뭘 찾는진 모르겠지만, 거기엔 없어."

그러자 이오가 고개를 획 돌렸다. 가슴은 그대로 앞을 향하고 있는데, 나와 눈이 마주쳤다. 목이 꺾여버린 건 아닌가 싶어 소름이 확 끼쳤다.

"동생들을 구해야만 해."

이오가 가리키는 곳을 보자 꾸물거리는 은갈색 기계 덩어리가 있었다. 분명 마뇽 할망이 모터의 무작위작용이라고 설명했던 바로 그것이었다. 이오도 분명 그 설명을 같이 들었는데…

"계속 봐."

이오는 목덜미에 손을 올렸다. 어쩔 도리가 없었다. 할 수 있는 건 했으니 이제 더 이상 이오를 자극하지 않고 시간을 끌어야 했다.

기계 덩어리의 형태가 조금씩 바뀌었다. 처음에는 실수로 흘린 수프처럼 생겼던 것이 점점 몸을 부풀리더니 별 모양이 되었다. 그렇게 뻗어 나온 다섯 팔 중 하나는 점점 부풀었고, 다른 넷은 꼼지락거리며 다섯 가닥으로 분화했다. 이윽고 기계 덩어리는 커다란 머리와 뭉툭한 팔다리를 가진 태아가 되었다. 아주 작은 갓난아이였다.

아이는 몸짓을 했다. 그런데 마구잡이로 팔다리를 휘두르는 게 아니었다. 아이는 입을 여닫았고, 오른팔과 왼팔을 차례대로 돌렸고, 손가락을 하나씩 접었다가 폈다. 기묘한 체계가 느껴지는 연속 동작이었다. 마치 누군가 그 갓난아이의 손과 몸통, 입 같은 것을 어떻게 움직일 수 있는지 연구하고 있는 듯했다. 동작들은 점점 복잡도를 높여갔고, 급기야 아이는 입을 몇 번 오물거리더니 휘파람 소리를 내기 시작했다.

휘이 휘이.

우리는 아이를 향해 다가갔다. 마치 켈빈을 구했을 때처럼 우주에서 홀로 버려진 외로운 생명을 구하기 위해서. 그러나 아이에게 손이 닿기 직전, 무언가 골반에 걸렸다. 50미터.

그 충격에 정신을 차렸다. 우주 공간에는 공기가 없다. 눈앞에 보이는 것이 정말로 휘파람을 불고 있다고 하더라도 그 소리가 들릴 리가 없다. 저것은 헛것이다. 하지만 내가 그 발견을 전하기도 전에 이오는 형형한 눈빛으로 말했다.

"네가 아니라 나일 수도 있었어."

입이 바짝바짝 말랐다. 이오가 나를 아는 만큼 나도 이오를 안다. 그 순간 나는 이오를 이해해 버리고 말았다.

품에 무언가 묵직한 게 날아와 안겼다. 이오의 명줄이었다.

이오는 아이를 향해 날아갔다.

이오가 아이를 품에 안았다.

아이를 꼭 안으며 이오는 빙글빙글 돌았다.

왈츠를 추듯 회전이 점점 커졌다.

산소 줄기가 빛을 반사해 보석처럼 빛났다.

아이가 꺄아 꺄아 웃는 소리가 들렸다.

이오가 점점 멀어졌다.

이오가 점에 가까워졌다.

내가 할 수 있는 건 없었다.

할망들이 나타났다. 희원 할망이 이오의 명줄을 받아 들었고, 마눙 할망은 나를 껴안고 괜찮냐고 연신 물어댔다. 부여 할망은 나머지 할망을 이끌고 50미터 너머로 나아갔다. 나는 마눙 할망을 따라 삼무호로 돌아왔다. 삼무호의 갑판에 발을 디뎠지만 나는 선외활동복을 벗을 수 없었다. 마눙 할망은 내 등을 두드리며 그래, 천천히, 하고 속삭였다. 나는 울렁이는 바닥을 보며 멍하니 말했다.

"아이를 봤어요. 움직이는 기계가 아이가 됐고, 이오는 그게 우리 동생이라고 했어요."

"헛것이야."

"우리 같은 은갈색이었어요."

"지금은 안정을 취하자. 이오는 우리가 꼭 구할게."

마뇽 할망은 내 등을 두 번 두드리고, 안아주었다. 그리고 켈빈에게 나를 잘 부탁한다고 말하고는 선외활동복에 산소를 가득 채워 다시 우주로 뛰어들었다.

이제 내가 할 수 있는 일은 기다리는 것뿐이었다. 그런데도 나는 선외활동복을 벗을 수 없었다. 산소가 60퍼센트 남아 있었다. 한 사람을 데리고 복귀하기에 충분한 양이었다. 그래서일까, 나는 참았던 숨을 한 번에 내뱉지 못하고 밭게 몰아쉬었다. 휘파람 소리는 나지 않았다.

나는 켈빈을 보았다. 그는 잘 다녀와서 다행이라는 듯 미소를 짓고 있었다. 무선 채널에 연결되어 있지 않은 그는 아직 상황을 제대로 모르는 것 같았다.

"괜찮아?"

켈빈이 다가와 물었다. 그는 내일 떠날 것이고, 나는 선택해야만 한다. 그 사실이 물레 바늘처럼 따끔거렸다. 켈빈은 나와 시선을 맞추려고 했다. 나는 그의 눈을 피해 고개를 돌렸다. 그러자 옆에 걸린 이오의 명줄이 보였다.

우주로 뻗은 이오의 명줄은 가볍게, 아주 가볍게 흔들리고 있었다.

서윤빈

서울 출생. 완전 힙합 같은 글을 쓰고자 하며, BTS와 아이유의 팬이다.
「루나」로 제5회 한국과학문학상 대상을 수상했다.

작가노트

2022년 4월 6일, 맑음

1

저는 어릴 때부터 벌레를 무서워했습니다. 대충 다섯 살 때였나, 부모님과 등산을 하려고 나섰는데 장수하늘소 하나가 몸에 붙어 더듬이를 휘젓던 일이 있었습니다. 거의 기억나지 않는 유년기 속에서도 그 장면과 감촉만은 아직도 생생한 걸 보면 충격적이긴 했나 봅니다. 그러나 딱히 그게 제 벌레 공포증의 계기는 아닌 것 같습니다. 그 사건이 공포의 기억으로 남아 있다는 건 이미 그 전부터, 어쩌면 본능적으로 벌레를 무서워했다는 뜻일 테니까요. 벌레 특유의 촉감과 냄새, 인간과는 너무도 다른 움직임과 생김새. 그런 것이 몸에 붙거나 얼굴의 구멍 중 하나를 향해 돌진할 수 있다는 두려움에 저는 스물이 넘은 지금도 벌레만 보면 도망치기 바쁩니다.

어른이 되면 집을 무충 공간으로 만들고 싶었습니다. 출입하는 모든 이는 에어 샤워를 해야 하고, 모든 틈과 구멍에는 튼튼한 방충망이 있어서 그 어떤 벌레도 틈입할 수 없는 그런 공간을 상상하곤 했습니다. 하지만 아무리 생각해도 완전한 무충 공간은 불가능했습니다. 안에서 음식도 먹을 것이고, 애초에 집을 지을 때 쓴 자재에 벌레의 알이 있을 수도 있으며, 배수구를 완전히 막을 수도 없고, 택배를 받지 않을 수도 없는 노릇이니까요. 그래서 차라리 우주로 나가자고 마음을 바꿔먹었는데, 이런 맙소사, 바퀴벌레는 지구 밖에서도 알을 깐답니다.

망상 열차를 한 바퀴 타고 돌아오면 이런 생각이 들곤 합니다. 현실이야말로 가장 완벽한 하드 SF가 아닐까. 모든 현상이 엄밀한 과학적 원리에 따라 발생하고 소설적 허용은 어림도 없죠. 앞서 얘기한 무충 공간도 어지간한 SF이었다면 별 탈 없이 집어넣을 수 있었을 겁니다. 양자역학에 따르면 관측되지 않은 물질은 존재하지 않는다고 하죠? 그렇다면 누군지는 몰라도 현실이라는 고리타분하고 딱딱한 텍스트를 읽어주는 사람들이 있다는 뜻일 것입니다. 그분들께 감사의 말씀을 전합니다. 부디 포기하지 말고 우리를 읽어주세요.

2

가끔 불행 한계의 법칙을 떠올립니다. 간단한 법칙인데, 소개하자면 다음과 같습니다.

특별한 사람이 아니라면 인생에는 좋은 일과 나쁜 일이 균형 있게 찾아오기 마련이다. 따라서 어느 정도의 불행을 겪은 후에는 반드시 행복이 찾아오게 되어 있다.

얼핏 당연하게도 들립니다만, 이 법칙의 재미는 흉이 있으면 그다음엔 특별한 노력 없이도 흉에 비례하는 길이 있다고 세상을 해석한다는 것입니다. 가령 짝사랑에 실패해 마음 앓이를 심하게 한 고등학생은 공부를 열심히 하지 않아도 다음 시험에서 좋은 성적을 받는다는 게 이 법칙의 예시입니다.

대단한 근거도 없는 얄팍한 법칙임에도 학창 시절 저와 친구들은 이 법칙을 꽤나 마음에 들어 했는데, 그건 아마 우리의 삶이 평범하게 불행했기 때문일 것입니다. 우리는 다른 고등학생들처럼 공부와 입시에 질려 있었고, 무시무시한 재앙이 일어나지 않는 만큼 가슴 뛰는 모험도 겪지 못했고, 대단한 재능이나 꿈도 없었습니다. 말하자면 우리는 해리 포터도, 그의 친구도 아니라는 걸 자근자근 받아들이고 있었습니다.

불행 한계의 법칙은 그런 우리에게 딱 맞는 유머였습니다. 우울할 때면 곧 좋은 일이 생길 거라는 기대가 사소한 두근거림을 주었고, 실제로 좋은 일이 생기면 법칙을 떠올리며 씩 웃을 수 있었습니다. 반대로 계속 불행하다 해도 좋았습니다. 법칙이 맞지 않는다는 건 우리가 법칙의 적용 대상이 아닌 특별한 사람이라는 뜻이었으니까요.

지금은 그때처럼 특별함에 집착하지 않음에도 가끔 그 법칙을 떠올립니다. 잊을 만하면 외로움이 제 방에 노크도 없이 들어오기 때문입니다. 그런데 이 글을 쓰며 옛 일기장을 펼쳐보니 날짜도 없이 당부의 말이 하나 적혀 있었습니다.

"법칙의 핵심은 법칙에 휘둘리지 않는 것이다. 억지로 불행에 머리를 처박으며 행복을 기대해서는 안 된다."

3

끝으로 길다면 길고 짧다면 짧은 소회를 감사 인사와 함께 마치려 합니다.

좋은 기회를 주신 심사위원님들과 허블, 스튜디오드래곤 관계자분들께 감사드립니다. 열심히 쓰겠습니다. 제게 성명절기를 아낌없이 전수해 주신 이갑수 스승님, 멀리서 제 길잡이가 되어주신 기라성 같은 작가님들, 더 멀리서 음악으로 영감과 에너지를 준 방탄소년단 님들과 아이유 님, 선생님들 덕분에 쓸 수 있었다고 감히 말해봅니다.

항상 곁에서 응원해 준 친구들과 동료들에게도 감사를 보냅니다. 여러분이 섬처럼 떠 있어줬기에 바다를 건너며 외롭지 않았습니다. 영원히 사랑할 부모님과 가족들도, 덮어놓고 믿어줘서 고마워요.

무엇보다도 여기까지 읽어주신 독자님들께 가장 크게 감사드립니다. 누가 처음 한 말인지는 몰라도 인터넷에 떠도는 말 중에 고백은 슛이 아니라 세리머니라는 말이 있습니다. 그런 의미에서 이 글도 어쩌면 고백이 아닐까 합니다. 사랑합니다, 여러분. 여러분도 저 많이 사랑해 주세요.

우수상 김혜윤

블랙박스와의 인터뷰

구술사oral-history 수업을 처음 들었던 때, 나는 성립 콜로니 대학의 바이오데이터학과 학부생이었다. 융합 학문이라는 괴상한 이름 아래 바이오데이터학과 인문학이 어색하고 어설프게 연결되던 시기, 새로운 학문과 비인기 과목을 얼기설기 꿰맨 커리큘럼은 조금은 억지스럽고 이질적으로 보였다. 구술사학 교수님은 늘 체념한 듯한 표정의 젊은 여성분이었다. 긴 머리를 단정하게 하나로 모아 묶고 다니던 그는 따로 교수실이 없어 자주 캠퍼스 벤치에 앉아 있었는데, 나는 그 사람의 그런 아웃사이더적 면모에 이끌려 항상 앞자리에서 수업을 들었다.

구술사 수업은 우리 학과의 선택 연계 과목이었다. 바이오데이터 전공 학부생들이 필수도 아닌 사학 기반 수업을 열심히 들을 리가 없었다. 강의는 소수의 경청하는 학생을 위해, 말하자면 과외에 가깝게 진행됐다. 교수님은 그런 상황을 오히려 기껍게 받아들이는 것처럼 보였다. 그는 거의 담소를 나누는 투로 거시사에서 미시사로 발전해 온 서술 기술을 가르쳤다. 거대하고 일직선인 역사나 문자로 나열되고 정리된 역사를 기록하는 게 아닌 개인적이고 혼란스러운 누군가의 이야기를 듣는 일에 대해서.

나는 그 수업에 완전히 사로잡혔다. 동기들이 의아해할 정도로 전공 수업도 제쳐둔 채 열심히 공부를 했다. 전쟁터에서 살아남은 여자들의 구술 기록과 재해로 가족을 잃은 유족들의 녹취록을 밤새워 읽었다. 누군가의 인터뷰 기록을 읽고 나면 눈을 감고 그의 표정과 목소리를 상상했다. 그건 어떤 기록보다도 생생했다.

구술사 수업의 기말 과제는 누군가를 인터뷰하는 것이었다. 대상과 주제, 분량은 상관없었다. 과제가 공지된 날부터 나는 로티를 생각했다. 로티를 인터뷰하고 싶었다. 그건 살면서 몇 번 느껴보지 못한 강렬한 열망이었다. 몇 주 동안을 고민했지만 나는 로티가 아닌 다른 사람을 인터뷰할 수 없었다.

마지막 수업이 끝난 날, 교수님은 최종 과제를 제출하지 않은 나를 불렀다. 우리는 벤치에 앉아 오랫동안 침묵했다. 콜로니의 공기를 순환시키는 차갑고 상쾌한 바람이 머리칼을 흔들었다. 내 곁에 앉은 교수님은 아무것도 묻지 않았다. 마치 내 대답을 기다리는 것처럼, 내 이야기를 기다리는 것처럼.

그래서 나는 먼 곳에 시선을 두고 로티와 함께 지냈던 시절을 이야기하기 시작했다.

삶의 바깥. 사회의 가장자리. 중요하지 않다고 여겨지는 이들. 공식적으로 존재하지 않는 사람들. 하위계층. 소수자. 이방인. 이들의 목소리는 대개 기록되지 않을 뿐 아니라, 경험을 말할 기회가 생긴다 해도 그것을 스스로 서사화할 수 없는 경우가 많습니다.

"라나, UI 테스트 부탁해요."

카페인에 절어 갈라진 목소리가 파티션을 넘어 날아왔다. 나는 힘없이 고개를 끄덕였다. 1년 반을 준비한 리서치가 코앞이다. 야근이 한창인 사무실에는 긴장감이 감돌았다. 우리가 매달리고 있는 건 콜로니 중력의 안정성과 만족도를 조사하는 프로젝트였다. 이 콜로니가 만들어진 지도 벌써 10년이 넘었다. 커다란 바퀴처럼 생긴 콜로니는 회전하며 중력을 만들었고, 사람들은 원심력이 작용하는 바퀴의 바깥쪽에 발을 붙이고 살았다. 지구가 오염으로 망가진 후 우후죽순 진행된 콜로니 건설의 광풍이 잦아들 무렵, 본격적인 우주 개척을 위해 만든 계획 콜로니인 터라 이 곳에 관심을 갖는 인사들이 많았다.

콜로니 회전 속도는 오랜 시간 동안 빨라지거나 느려지며 세밀하게 조절됐고, 전문가들은 시간을 들여 최적의 중력을 찾아냈다. 우리가 해야 하는 건 거주민들이 실제로 중력을 어떻게 느끼는지를 조사하는 일이었다. 이 리서치의 입찰을 따내는 데 온 회사가 달려들어 여섯 달이 걸렸다. 비슷한 노력을 들인 경쟁사들은 우리를 저주했다. 말 그대로 처참한 승리였다. 그들은 패잔병처럼 집으로 돌아갔지만, 우리는 계약서를 손에 쥔 채 회사로 돌아와야 했으니까. 대학을 졸업하고 막 사회생활을 시작한 내게 이 프로젝트는 과도하게 거대하고 무거웠다. 선배들은 나를 격려하면서도 안타까워했다. 만약 리서치 업계에 머무를 거라면 이 경험은 엄청난 자산이 되겠지만, 과중한 업무량에 치를 떨며 뒤도 안 돌아보고 도망쳐 판을 뜬대도 다들 이해할 거라고 했다.

침침한 눈으로 화면을 바라보다가 눈을 가늘게 떴다. 리서치 오픈이 2주도 남지 않은 시점에 별로 좋지 않은 오류가 눈에 들어왔기 때문이다. 나는 침착하게 내게 테스트를 부탁한 디자이너를 불렀다.

"루이, 문제가 있어요."

"문제? 무슨 문제?"

머리가 슬라임처럼 떡이 진 루이가 내 자리로 헐레벌떡 다가왔다. 나는 착잡한 심경으로 모니터에 떠오른 테스트 설문을 가리켰다. 화면을 들여다본 그는 이내 설명이 필요하다는 듯 눈썹을 치켜떴다. 나는 설문 의의에 대한 설명문과 데이터 제공 동의 사이의 공백을 손가락으로 짚었다.

"개별 데이터 제공 항목 선택지가 없어요. 누락된 것 같은데요."

"아, 난 또 뭐라고."

루이는 놀란 가슴을 달래는 시늉을 하며 손을 내저었다. 눈 밑의 그늘이 짙었다.

"그런 건 없어도 괜찮아요."

"네?"

"요즘 BD 없는 사람이 어딨어요? 만약 없다 해도 우리 쪽에서 단말기 대여 가능하니까 걱정하지 말아요."

물론 그건 부정할 수 없는 사실이다. 바이오 데이터, 즉 BD 기술이 발전한 후로 이 기술은 거의 모든 영역에 쓰이기 시작했다. 이제 병원에 가면 의사는 BD를 받아 즉각적으로 진단을 내린다. 용의자의 혐의에 관한 증언을 듣는 대신 피해자의 BD 시료를 채취한다. BD를 수집해 개개인에게 딱 맞는 취향을 찾아주는 알고리즘 서비스는 한창 경쟁에 불이 붙은 참이었다. 더 정밀하고 진실된, 무의식의 영역까지 측정 가능한 웨어러블 단말기가 연달아 개발되고 있었다. 망각이나 왜곡, 틀린 짐작과 거짓말에 대한 의심은 여지조차 사라졌다. BD 일기와 SNS 기록은 트렌드를 넘어 일상으로 진입했다. 생체 데이터는 현상의 지표이자 일종의 언어가 되었다. 당연히 리서치 업계에서도 BD를 이용해 여론조사를 실행한 지 오래였다. 말 그대로 혁명이었고, 특이점이었다. 데이터를 이용한 조사는 이전보다 빠르고 정확했다.

데이터는 거짓말을 하지 않는다. 아니, 이런 말은 충분한 설명이 되지 못한다.

'이것은 이제 진실의 한 종류다.'

나는 멍하니 사무실 한가운데 달린 대형 모니터 속, 회사 홈페이지에 박혀 있는 디데이를 쳐다봤다. 메인 페이지에 흐르는 캐치프레이즈가 반짝였다. '바이오 데이터는 뇌파, 뇌전자극, 호르몬, 신경계분비물질, 근육의 긴장과 이완 등 생체 데이터를 종합해 상황을 판단하고 신체의 상태를 진단할 수 있어 모든 사람에 대한 정확하고 과학적인 정보 취합에 유용합니다.'

하지만 나는 그게 완벽한 사실이 아니라는 걸 알고 있었다.

"몸이 없으면 데이터를 채취할 수 없어요. 인터뷰를 해야 해요."

　루이는 어이가 없다는 표정으로 나를 뚫어지라 바라봤다. 그 순간 모니터에 얼굴을 묻고 있던 사무실의 모두가 나를 향해 고개를 돌리는 것이 느껴졌다.

　대부분의 연구에서, 연구자는 채취한 데이터가 중립적이고 보편적이라는 가정하에 논리를 전개합니다.

　팀장은 조용히 나를 회의실로 데려와서는 벽 앞에 서게 했다. 아주 천천히 닫히는 문을 바라보며, 그가 나를 구석으로 몰고 있다는 걸 깨달았다. 나는 분위기를 정확히 파악했고 그의 몸짓언어를 본능적으로 이해했다. 그가 원하는 답은 정해져 있었고 내가 그쪽으로 방향을 틀 때까지 이 심문은 끝나지 않을 것이다. 팀장이 경고를 담아 내 이름을 불렀다.

　"라나."

　"…네."

　대답하는 내 목소리가 형편없이 갈라졌다. 불안을 숨기려는 시도는 실패했다. 팀장의 얼굴에 안심의 기색이 스쳤다. 내가 심각할 정도로 멍청하지는 않다는, 이 문제를 빨리 해결할 수 있겠다는 예측에서 온 안심일 것이다.

　"대체 뭐가 문제야?"

"바이오 데이터는 신체 데이터를 종합해서 얻는 값이에요. 단말기가 없거나, 사이보그면 설문에 참여할 수 없어요."

"그런 걸 물어본 게 아니잖아."

팀장이 팔짱을 끼고 나를 내려다봤다. 위압적이었다. 팀장은 때때로 시한폭탄처럼 폭발하는 인간이었다. 프로젝트가 도중에 엎어지거나 팀에 공백이 생길 때면 그는 소리를 지르며 물건을 던지기도 했다. 나는 그의 눈을 피하지 않으려고 애썼다. 몸속에서 아드레날린이 분비되는 것이 느껴졌다. 어금니에서 피 맛이 났고, 피로가 잔뜩 쌓인 몸이 경련하기 시작했다. 떨지 않으려고 한 손으로 팔목을 붙잡자 팀장의 시선이 와닿았다.

"그래서, 어쩌자는 건데? 이제 와서?"

나는 팀장의 얼굴을 똑바로 보았다. 그의 눈가는 보랏빛이었다. 주름진 턱 위로 푸르스름한 수염이 잡초처럼 비쭉였다. 우리는 몇 달 동안 함께 끝없는 야근을 했고, 나는 그를 이해했다. 그의 머릿속을 들여다보듯 알 수 있었다. 그는 단지 피곤할 뿐이다. 그저 집에 가고 싶을 뿐이다. 나 또한 그랬다. 뜨거운 물로 샤워를 하고 익숙한 잠옷에 감싸여 푹신한 침대에 눕고 싶었다. 일 생각을 몰아내고 편안한 마음으로 깊은 잠 속에 떨어지고 싶었다.

하지만 물러서고 싶지 않았다. 아니, 사실은 물러설 수가 없었다. 이상했다. 내가 저 문을 돌파할 수 없을 것이 뻔히 보였는데도 멈출 수가 없었다. 이 충동을 굽힐 수가 없었다. 그런 스스로가 낯설어서 나는 고요히 동요했다. 이건 평소의 내가 하지 않을 행동이었다. 나는 제대로 생각을 하려고 작게 심호흡을 했다.

"생체 데이터를 수집할 수 없는 경우에는… 인터뷰를 선택할 수 있게 해야죠."

"아니, 그런 경우가 몇 명이나 된다고 인터뷰 항목을 만들어?"

팀장의 목소리가 높아졌다. 그는 황당하다는 듯 손가락으로 미간을 문질렀다. 나는 최대한 침착하고 자연스럽게 내 의견을 전개하려고, 무엇보다 겁먹지 않은 것처럼 보이려고 목소리를 쥐어짰다.

"전뇌화 사이보그 시술을 받은 사람이 콜로니 인구 1만 명당 200명은 될걸요. 리서치 모집단에 포함되어 있을 가능성이 충분해요."

"그 사람들을 어느 세월에 다 만날 건데?"

"제가 의견을 꺼냈으니 제가 인터뷰하겠습니다."

팀장은 잠시 입을 다물고 나를 노려보았다. 그의 태도에서 떼를 쓰는 어린아이를 대하는 어른의 단호함과 난감함이 느껴졌다. 나는 문득 팀장에게 아이 두 명이 있다는 사실을 떠올렸다. 큰애가 아홉 살이고 작은애가 여섯 살이었던가.
그는 기가 차다는 듯 머리를 흔들었다.

"그래, 인터뷰를 한다고 치자. 그걸 바이오 데이터랑 어떻게 합칠 건데?"

"기준이 될 지표를 설정하고 조정해야죠."

팀장은 손바닥으로 책상을 탕, 쳤다. 나는 움찔거리지 않으려고 안간힘을 썼지만 어쩔 수 없는 반사작용으로 눈앞이 아득해졌다. 애쓰고 있지만 두려웠다.

"말이면 다야? 일이 두 배가 되는 정도가 아니야. 데이터 하나가 늘어나면 지수함수적으로 팽창할 거라고. 프로젝트 늦어지면 네가 다 책임질 거야?"

"일단 해보고 말씀드릴게요."

하! 팀장이 헛웃음을 쳤다. 허리에 손을 짚고 표정을 굳힌 그가 내 얼굴에 손가락질을 했다.

"라나, 그렇게 안 봤는데 사람 참 이상하네. 뭣도 아닌 거 하나 가지고 이렇게 애를 먹여. 애초에 그거 불법 시술이잖아?"

나는 팀장과의 말싸움을 멈췄다. 나도 모르게 주먹을 세게 쥐어서 살갗 사이로 손톱이 파고들고 있었다. 나는 속으로 중얼거렸다. 편하겠어, 당신은. 이상하지 않아서. 뭣도 아닌 일에 절박하고 간절하지 않아서.

상상해 본 적 없겠지만 당신은 모르는 삶이 있어. *삶의 바*

같. 사회의 가장자리. 공식적으로 존재하지 않는 사람들. 하위계층. 소수자. 이방인…

유령들.

엘리는 그들을 그렇게 불렀다.

✳

회의실을 나온 나는 말없이 자리로 돌아왔다. 사무실은 고요했고, 팀원들은 눈치를 보며 시선을 여기저기로 돌렸다. 자기 자리로 돌아간 팀장이 신경질적으로 키보드를 두드리는 소리가 적막을 깨뜨렸다. 나는 내 책상에 앉아 더는 눈에 들어오지 않는 테스트 화면을 보는 척했다.

입사 동기인 준이 민트 껌을 씹으며 나에게 다가왔다. 바이오데이터학과 사회학을 동시에 전공했고 점심을 아주 많이 먹는 준은 나와 가장 친한 동료였고, 이 공간에서 내가 제일 좋아하는 사람이었다. 나는 입을 다물고 손사래를 치며 그를 돌려보내려고 했지만 준은 태연한 얼굴로 나를 들여다봤다. 그의 바다색 눈동자가 진지했다.

"라나, 너 괜찮아?"

"응."

속삭이듯 그렇게 대답했지만 거짓말이었다. 준도 아마 알아챘을 것이다. 나는 몸을 떨고 있었다. 준이 내 팔을 부드럽게 붙들었고 나는 말없이 손을 뻗어 그를 밀어냈다. 네 자리로 돌아가. 내 입술을 읽은 준은 이마를 찌푸렸다.

"나는 네 편이야."

준이 또렷하게 소리 내어 말했다. 나도 모르게 어깨를 움찔했다. 사무실은 여전히 소름 끼칠 정도로 적막했다. 준은 마지막으로 내 어깨를 한 번 두드리더니 뚜벅뚜벅 자신의 자리로 돌아갔다. 나는 그가 손을 얹었던 어깨를 만져보았다. 따뜻한 촉감은 남아 있었지만 살갗의 온도는 차가웠다. 나는 차마 고개를 돌려 준이 자리로 무사히 되돌아갔는지, 어떤 얼굴을 하고 있는지를 확인할 수 없었다.

시간이 지나니 현실이 좀 더 명확해졌다. 여기서 나는 아무것도 아니었다. 고작 2년 차 사원일 뿐이다. 회사 입장에서, 나는 별것 아닌 일에 프로젝트를 멈춰 세우는 방해물로밖에 보이지 않을 것이다. 나는 내 커리어가 박살 나는 모습과 보이지 않게 흐를 소문을 상상했다. 선배들의 조언이 머릿속에 가득 찼다. 이 업계에 머무른다면 이 경험은 엄청난 자산이 되겠지만, 뒤도 안 보고 도망친대도… 나는 하마터면 소리 내어 자조의 웃음을 터뜨릴 뻔했다. 나는 도망치지도 못하고 쫓겨나게 될 것이다.

이 선택을 번복할 이유는 충분했다. 내게는 당장 다음 달에 내야 할 집세가 있었다. 학자금 대출도 한가득 남아 있었다. 지난했던 취업 준비생 시절을 생각하면 몸서리가 쳐졌다. 나는 천천히 휴대용 단말기를 꺼내 BD 앱을 실행했다. 실시간으로 데이터가 업데이트됐다. 나의 불안과 두려움과 슬픔과 자기혐오와 자책과 흥분과 후회가 그대로 기록됐다. 그래프들이 위험 사인을 보내며 깜빡였다. 스트레스 지수가 높으니 주의하라는 문구가 떴고 나는 앱을 종료했다.

"라나, 대표님이 부르신다."

팀장이 자기 자리에서 나를 쳐다보지도 않고 소리쳤다. 돌아보니 그는 팔을 뻗어 투명한 유리문 너머 사내 엘리베이터를 가리키고 있었다. 그의 표정과 손짓에 담긴 함의를 읽을 수 있었다. '사회의 쓴맛을 맛봐라, 이 애송아.' 나는 일어서서 사무실을 나갔다. 뒤통수에 와 닿는 사람들의 시선이 느껴졌다.

피가 머리로 솟구치는 감각을 느끼며 최상층으로 향하는 버튼을 눌렀다. 현실감이 없었다. 무슨 일이 일어나고 있는 거지? 내가 방금 무슨 짓을 한 거지? 이제 어떤 일이 벌어지는 거지? 나는 대단한 일을 하고 싶었던 적이 없었다. 학교를 다닐 때도, 회사에서도 내 장점은 무던함이었다. 나는 조용히, 적당히, 다른 사람들과 유연하게 어울리며 지냈다. 그건 어릴 적부터 간절히 꿈꿨던 삶이었다. 이런 식으로 궤도

밖으로 튀어 나가는 짓은 죽어도 하고 싶지 않았다.

지금이라도 늦지 않았다. 돌아가서 팀장에게 잘못 생각했다고, 제 생각이 틀렸다고 말하며 고개를 숙이면 된다. 그러면 팀장은 못 이기는 척 큰소리를 치며 모든 일을 없던 것처럼 무마해 줄 것이다. 리서치는 무사히 완료되고 포트폴리오에는 자연스럽고 온전한 경력 한 줄이 더해질 것이다.

하지만 그렇게는 할 수 없었다.

엘리베이터가 도착했고 나는 그 안으로 들어갔다. 나는 빠르게 솟아올랐다. 온몸을 타고 흐르는, 위에서 아래로 쏟아지는 중력을 고스란히 느꼈다. 당장 기절하거나 죽어도 이상하지 않을 것 같은 압력이었다.

나는 이 감각을 알고 있다.

나는 아주 단단한 무언가를 부수고 있다.

이건 아주 커다란 용기가 필요한 일이다.

로티가 으깨진 몸에서 블랙박스로 자신의 자아를 옮겨 담았던 날처럼.

우리는 한 명의 인간이고, 인간은 결국 자신의 경험을 절댓값으로 사고합니다. 그렇게 생기는 인식의 한계를 극복하는 것은 연구자의 평생 과제입니다.

로티는 나를 기른 사람이다. 나의 가장 오래된 기억들에는 항상 로티가 있었다. 부실하게 지어진 불법 콜로니에서 혼자 아이를 키워낼 만큼 그는 강했다. 로티는 강인하고 두꺼운 피부와 억센 검은색 머리칼의 소유자였다. 팔 근육이 두터웠고 허벅지는 단단했다. 그는 나의 세상에서 가장 당연하고 위대한 존재였다. 그래서 나는 로티가 터무니없이 약한 존재가 되리라고는 상상도 하지 못했다.

로티는 활공 오토바이에서 미끄러져 땅바닥으로 떨어졌다. 그의 몸은 돌이킬 수 없이 으스러졌다. 로티는 배달 일을 오래 했고 크게 다친 적은 한 번도 없었기에 나는 그런 무시무시한 사고는 남의 일로만 여겼었다. 그게 얼마나 안일한 생각이었는지를 되새긴 건 비일상이 일상이 된 지 아주 오랜 시간이 지난 후였다.

과학은 인간이라는 유기체를 완전히 이해하지 못했다. 인간의 의식을 기계로 옮기는 기술은 아직 불완전했다. 실험적이고 위험한 초기 임상 테스트는 모두 실패로 돌아갔지만, 연명 치료를 이어갈 수 없는 형편의 사람들은 그 불완전한 기술이라도 붙잡기 마련이었다. 그리고 로티는 삶을 연장하길 원했다. 나를 혼자 두고 세상을 떠날 수는 없다고 했다. 찰나의 고뇌와 타협을 거친 후 그는 360도 회전이 되며 시각 인식이 가능한 카메라와 음성 송출 장치가 달린 구형 블랙박스에 이식됐다. 여기저기서 끌어모은 돈으로는 그 정도의 기계가 최선이었다.

처음에는 우리의 삶에 무슨 일이 일어났는지 정확히 알지 못했다. 각진 기계 몸으로 변한 로티를 처음 마주했을 때는 헛웃음을 터뜨리고 말았다. 우스꽝스럽게 카메라를 움직이는 그가 도무지 내가 알던 로티 같지 않기 때문이었다. 멀뚱히 작은 블랙박스를 바라보고 있는데, 로티가 처음으로 말했다.

라나, 체중이 줄어들었다.

나는 그 말이 무슨 뜻인지 단번에 알아듣지 못했다. 딱딱한 기계음이 된 로티의 새 목소리는 낯설었고 기괴하게 느껴졌다. 그러다 나는 문득 말뜻을 깨닫고 내 뺨을 만져봤다. 그의 말대로였다. 수술이 무사히 끝나기를 기다리며 끼니를 거르고 잠을 설쳤던 터라 살이 내리고 얼굴이 까칠했다. 그는 여전히 누구보다 나를 아끼고 걱정하는 나의 로티였다. 눈물이 핑 돌았다.

그렇게 우리는 지금까지 몸담았던 세상과는 완전히 다른 곳으로 발을 디뎠다.

불법 시술을 받았다는 걸 들키면 안 되기에 우리는 로티와 비슷한 사람들이 단속을 피해 모여 사는 골목으로 이사했다. 그 동네는 늘 숨죽인 듯 삭막하고 고요했다. 나는 집

집마다 잿빛 기계들이 가만히 들어앉아 있는 모습을 상상해 봤다. 오싹한 풍경이었다.

로티는 내게 살아가는 데 필요한 지식들을 알려주려고 노력했다. 공과금을 제때 내는 방법부터 질 좋은 물건을 살 수 있는 통로, 믿을 만한 사람을 구별하는 요령까지. 그러나 그가 쌓아온 풍부한 지혜는 블랙박스의 제한된 어휘에 가로막혀 종종 설명에 어려움을 겪곤 했다. 그는 세밀하게 개념을 구분해 말할 수 없었고, 데이터베이스에 존재하지 않는 단어를 떠올릴 수도 없었다. 로티와의 문답은 곧잘 아리송한 스무고개가 됐다. 그의 몸이 경험했던 생생한 삶은 작고 차가운 기계 속에서 어렵게 단어를 고르는 동안 굶주린 위장처럼 쪼그라들었다.

가장 견딜 수 없던 건 로티의 기억 문제였다. 블랙박스로 옮겨 간 후 로티는 종종 맛이 가고는 했다. 갑자기 전원이 꺼졌다가 불이 들어오면 쌓아뒀던 기억을 전부 잃어버렸다. 나도 로티도 그런 부작용은 알지 못했다. 존재한 적도 없던 것처럼 사라지는 시간은 한나절이기도 했고 서른 달이기도 했다. 그가 나와 나눴던 대화를 전부 잊어버릴 때마다 나는 점점 공포에 질렸다. 내가 알던 로티, 내가 믿고 의지하던 로티가 사라져 가고 있었다. 어느 날 절망에 휩싸여 콘크리트 벽에 주먹질을 하는 나를 빤히 보면서도 로티는 나를 달래거나 사과하지 않았다. 그는 나의 복잡한 감정을 이해하고 비위를 맞출 정도로 섬세한 전뇌화는 받지 못했고, 무엇보다 저지른 잘못이 없었다. 나는 그걸 알면서도 미친 듯이 소리를 지르고 길길이 날뛰어서 로티를 혼란스럽게 했다.

몇 달이 지났을 때 나는 그 집이 지옥이라고 생각했다. 로티는 블랙박스에 갇히고, 나는 그런 로티와 함께 현실이라는 지옥에 갇힌 것 같았다. 숨이 막히면 고장 난 기계를 다루듯 로티를 탁탁 치거나 전원을 영원히 꺼버리는 상상을 했다. 그러고는 나 자신의 비겁함과 잔인함에 기함했다. 몸은 없지만 로티는 불쾌감과 수치심을 느낄 수 있었다. 그건 몸의 감각이 아니라 정신의 감각이었다.

그나마 평화로운 날이면 로티도 멀쩡했고 우리의 분위기도 한결 나아졌다. 그럴 때면 나는 종종 로티의 이야기를 녹음해 두고는 했다. 음의 고저가 없는 단조로운 문장들을 듣다 보면 그가 살아 있다는 확신이 들었다. 로티의 데이터베이스는 기초적인 단어로 가득 차 있었고, 그래서 그가 만들어 내는 문장은 동시 같았다. '우리는 지금 멀리서 반짝이는 별들처럼 아름답다.' 어느 날 나를 깜짝 놀라게 만들었던 이런 훌륭한 문장은 간헐적으로 나타났다가 사라졌다. 하지만 나는 그곳에서 로티와 함께 불행하지 않게 살아가는 법을 끝내 터득하지 못했다.

"어서 와."

나는 지금까지 대표의 얼굴을 딱 두 번 봤다. 입사 때 한 번, 리서치 입찰을 따내고 한 번이었다. 그는 아주 우아하고 냉정한, 나 따위는 감히 마주 볼 수도 없는, 우주개발시대 자본주의의 정점에 서 있었는 사람이었다. 목에 스카프를 두르고 회전식 의자에 앉아 다리를 꼬고 있는 그가 손짓으로 나를 불렀다. 나는 그의 앞에 놓인 등받이 없는 작은 의자에 마주 앉았다.

"보고받았어. 사이보그 인터뷰를 하겠다고 했다며."

"네."

"가족이나 가까운 지인 중에 사이보그가 있는 거야?"

질문은 직설적이었다. 아무것도 거리낄 것이 없는 사람의 화법이었다. 나는 고개를 저었다. 대표는 그런 나를 꿰뚫어 보듯 바라봤다. 사람을 통찰할 수 있는 자격을 가진 사람답게. 내 대답을 믿지 않는다는 듯이. 그 시선이 불편해 고개를 숙였다. 나는 내가 아직도 종종 로티를, 엘리와 터너를 생각한다는 사실을 절대로 들키고 싶지 않았다.

블랙박스로서의 로티가 익숙해진 이후, 언젠가부터 나는 로티와 길게 대화하지 않았다. 로티는 세 문장 이상 잇는 것을 어려워했고 우리의 대화는 뚝뚝 끊겼다. 어린 시절의 추억이나 시시껄렁한 농담들은 점차 사라져 갔다. 내가 로티의 어린아이 같은 어휘에 웃는 일도 줄어들었다. 로티를 향한 나의 사랑은 시간이 지나며 점점 빛이 바랬다.

법적으로 노동이 가능한 열여덟 살 생일이 되자마자 나는 일을 시작했다. 거창한 건 아니었다. 대기실에 앉아 기다리고 있으면 청소 일을 맡기는 용역 사무소에 나갔다. 학교가 끝난 후 저녁 시간 내내 일하고 나면 온몸이 아플 정도로 피로했다. 잔고가 바닥을 보였기에 나는 종종 학교 수업을 빠져가며 일했다. 로티는 시간이 지날수록 점점 상태가 나빠졌다. 사람들의 이름을 잊어버렸고, 여기가 어딘지조차 헷갈리고는 했다. 청소 일이 끝나고 녹초가 되어 집으로 걸어가면서도 나는 집에 들어가기가 두려웠다. 로티가 나를 알아보지 못할까 봐 무서웠다. 로티는 분명 나를 위해 사이보그가 되었다고 했지만, 나는 그런 선택을 한 로티를 원망했다.

그즈음 나는 용역 사무소에서 엘리를 만났다. 비슷한 시간에 자주 마주쳐 얼굴이 익었던 그는 우리 집과 두 블록 떨어진 곳에 살았다. 집으로 걸어갈 때 적당한 거리를 두고 서로를 탐색하던 우리는 자연스럽게 대화를 나누기 시작했다. 엘리는 나보다 다섯 살이 많았고 늘 지쳐 보였다. 엘리의 동생인 터너는 인공지능 라디오 속에 들어 있었다. 수술 비용이 충분하지 않았다고 털어놓을 때 엘리의 표정은 덤덤했다. 나는 때로는 블랙박스보다 라디오가 낫다고 생각했다. 적어도 라디오는 어색한 침묵이 흐를 때 노래를 틀 수 있으니까.

우리가 사는 동네는 열선이 깔리지 않아 늘 추웠다. 어느 밤, 우리는 가로등이 깨져 캄캄한 거리를 몸을 붙이고 걸었다. 엘리의 몸은 따뜻했다. 정말 오랜만에 이런 온기를 느껴보는 것 같아. 내가 말하자 엘리도 웃으면서 대답했다. 나도 그래. 터너는 스테인리스라서 밤에는 얼음보다도 차가워진다니까. 나는 주말에 엘리와 터너를 집으로 초대했다. 대접할 수 있는 건 머그잔에 담긴 인스턴트커피뿐이었지만 엘리는 기꺼이 터너를 품에 안고 우리 집으로 와줬다. 로티와 터너에게 충전기를 연결하자 열감이 방 안을 채웠다. 작은 난로들을 틀어둔 것 같았다. 두 명의 인간과 두 개의 기계가 바닥에 나란히 앉으면 꽉 차는 단칸방이었지만 그래서 더 따뜻했다. 별안간 터너가 크리스마스 캐럴이 나오는 채널 주파수를 잡았다. 우리는 깔깔거리며 웃었다. 터너의 스피커는 성능이 별로 좋지 않아 노이즈가 심하게 섞였지만 그 나름의 낭만이 있었다.

우리는 유령들이야. 엘리는 웃으며 말했다. 시간이 지날수록 낡아가지만 아무도 우릴 못 봐. 영원히 여기를 떠날 수도 없고. 나는 음악에 맞춰 고개를 끄덕였다. 로티의 카메라가 우리의 모습을 남김없이 촬영하고 있었다.

우리는 견딜 수 없이 즐겁다.

로티가 뜬금없이 문장을 내뱉었고 나와 엘리는 동시에 크게 웃음을 터뜨렸다. 엘리는 내게 몸을 기대고 중얼거렸다.

그래, 유령들도 가끔은 파티를 열지.

그날 나는 집 안에 가득 찬 사랑을 느꼈다. 우리는 즐거웠고 충만했다. 그 순간만큼은 로티의 기억도 엘리의 피곤함도 터너의 온도도 나의 막막함도 전혀 문제가 되지 않았다.

하지만 그때의 나는 너무 어리고 가난하고 외로웠고 그런 사랑만으로는 살아갈 수 없었다.

연구자가 연구 대상과 관계를 맺는 일은 필수적입니다. 상호 신뢰와 감정 이입, 공감과 우정이 기반이 되었을 때 최적의 대화가 이루어집니다. 연구자와 연구 대상은 이후 개인적인 관계를 유지할 수도 있지만, 두 번 다시는 만나지 못할 수도 있습니다.

대표실은 천장과 벽과 바닥이 모두 투명했다. 신입들은 모두 입사 첫날에 대표실에서 기가 죽어 돌아왔다. 회사 사람들은 대단한 악취미라고 대표의 미의식을 실컷 까대고는 했다. 발밑 아래로 한밤을 밝히는 콜로니의 붉고 푸르고 노란 불빛들이 반짝였다. 야근을 하며 지겹게 봤던, 꺼지지 않고 타오르는 불빛들이었다. 나는 로티를 두고 도망쳐 콜로니에 도착했던 날을 떠올렸다.

그해 나는 기초 교육의 마지막 단계였던 학교를 졸업했다. 졸업생들로 가득한 학교는 알 수 없는 흥분과 새로움으로 터질 것 같았다. 이곳을 떠나 다른 콜로니에서 대학을 다니게 될 동급생들이 타지에서 간직할 사진과 영상들을 남기는 것을 바라보면서, 그들처럼 인생을 시작할 수 없다는 열등감으로 괴로웠다. 나는 쫓겨난 사람처럼 학교를 나왔고 허튼 생각을 하지 않으려 일에 몰두했다. 눈을 뜨자마자 용역 사무소로 향했고, 가장 늦게까지 청소를 했다. 무채색으로 가득한 집에 들어가고 싶지 않았다. 새벽과 한밤중마다 로티의 단조로운 안부 인사가 따라붙어도 무성의하게 대꾸하고는 했다.

나와 엘리는 용역 사무소에서 터미널 청소 업무를 배정받아 일했다. 우주왕복선이 드나드는 터미널은 콜로니 바깥쪽에 가시처럼 튀어나온 구조였다. 묵직한 압력이 느껴지는 엘리베이터를 타고 터미널로 내려갈 때마다 나는 숨을 참았다. 그 당시 나는 한껏 가라앉아 있었다. 터미널을 분주히 오가는 우주선을 가리키며 엘리가 감탄해도 나는 바닥만 쳐다보며 스팀이 치미는 대걸레를 맹렬히 밀었다. 왁자하게 웃고 떠들며 이곳을 떠나는 대학 신입생들의 모습을 보고 싶지 않았다.

엘리는 내내 나를 걱정했다. 라나, 괜찮아? 요즘 안색이 안 좋아. 무슨 일 있어? 엘리가 그렇게 물을 때마다 나는 고개를 저었다. 그에게만은 이런 추하고 병든 마음을 절대로 보여주고 싶지 않았다. 그즈음 나는 내 안에 질척질척하고 더러운 진흙덩이 괴물이 산다고 생각했다. 괴물은 항상 화가 나 있었다. 내가 나 자신이 아니기를 바랐다. 로티가 내 가족이 아니고 엘리와 터너가 내 친구나 이웃이 아니기를 바랐다. 이 삶이 눈을 감았다 뜨면 사라지는 꿈이기를 바랐다. 이 지긋지긋한 날들이 뚝 분질러질 수만 있다면, 내 몸의 한 구석을 찢어 이 몸을 빠져나갈 수만 있다면 그렇게 되기를 간절히 바랐다. 엘리에게 털어놓기에는 너무 끔찍한 진심이었다. 나는 그냥 입을 꽉 다물고 가슴속에서 들썩거리기 시작한 진흙덩이를 무참하게 뭉개버렸다. 엘리는 팔짱을 끼고 나를 뚫어져라 보다가 긴 한숨을 내쉬고 자기 일을 하러 갔다. 나는 우주선이 떠나고 남은 진동 때문에 흔들리는 난간 끄트머리에서 지상을 내려다보다 간신히 고개를 돌렸다.

로티의 몸이 작동을 멈춘 건 그로부터 몇 주 후였다.

그날 일을 마치고 집으로 돌아왔을 때 나는 정체 모를 불길함을 느꼈다. 집에 도착하면 늘 들렸던, 로티가 카메라를 움직여 나를 바라보는 소리가 들리지 않았다. 로티? 나는 차가운 어둠 속을 더듬으며 로티에게로 다가갔다. 그의 상태를 표시해 주는 몸체 위에 처음 보는 빨간불이 켜져 있었다. 나는 서랍을 뒤져 빛바랜 설명서를 꺼냈다. 메모리카드 용량 초과. 후들거리는 손가락이 문장 끝을 짚었다. 로티의 기계 몸이 수명을 넘어선 것이다. 싸구려 블랙박스들은 대부분 이런 끝을 맞는다는 걸 나는 알고 있었다. 하지만 이렇게 갑자기 로티가 작동을 멈출 거라고는 상상하지 못했다. 다리에 힘이 풀려서 나는 바닥에 풀썩 주저앉았다.

벌을 받은 거야. 나도 모르게 중얼거리고는 흠칫 몸을 움츠렸다. 로티를 원망해서 벌을 받은 거야. 로티는 최선을 다했어. 로티가 기억과 어휘를 잃은 건 그의 잘못이 아니야. 그런데 너 지금 안도한 거야? 맞지? 조금은 안도했지? 어떻게 그럴 수가 있어?

그러자 나의 추악한 진흙덩이가 반발했다. 나도 최선을 다했어. 그래도 괴로웠어. 로티와 함께 어떻게 살아가야 할지 알 수 없었어. 아무도 나를 도와주지 않을 것 같아서 외로웠어. 미안해. 잘못했어. 하지만 내가 괴롭고 외로웠던 것도 나의 잘못이 아니야. 누구라도 나와 같았을 거야.

라나.

등 뒤에서 들린 목소리에 나는 깜짝 놀라 비명을 질렀다.

엘리였다. 엘리는 집에서 직접 만든 듯한 샌드위치를 들고 있었다. 그가 나를 바라보다 로티에게로 시선을 옮겼다. 로티의 기계 몸에 들어온 빨간불이 암흑 속에서 선명하게 빛났다. 꺼지지 않는 응급실의 조명처럼.

엘리, 로티가…

내가 목이 메어 말을 잇지 못하자 엘리가 손을 들어 나를 멈췄다. 설명은 필요하지 않았다. 엘리도 터너의 죽음을 생각해 본 적 있을 것이다. 나는 두 손으로 눈물을 훔쳤다. 지금 중요한 건 내 감정이 아니었다. 나의 슬픔이나 안도나 죄책감이나 양가감정은 이 상황에서 전혀 쓸모가 없었다. 나는 가만히 엘리가 입을 열기를 기다렸다. 그가 위로를 건네면 나는 마땅한 비애를 드러내고, 로티의 충전기를 뽑고 몸체를 옮기는 일을 도와주겠다고 하면 기꺼이 고마움을 표할 계획이었다.

화성 쪽에 새로 만들고 있는 콜로니, 알아?

그러나 엘리가 입 밖으로 꺼낸 말은 내가 전혀 예상하지 못한 것이었다.

거기서 이민자들을 위한 정착 과정을 운영한대.

나는 멍하니 서서 모르는 사람을 보듯 엘리를 바라보았다. 그가 지금 대체 무슨 이야기를 하고 있는 건지 알아듣기가 어려웠다. 엘리는 성큼성큼 걸어와 주머니에서 무언가를 꺼내 내 손에 억지로 구겨 넣었다. 그가 오늘 하루 동안 일하고 받은 일당 전부였다. 엘리는 목소리를 낮추고 분명하게 말했다.

거기로 가. 너는 똑똑하니까, 일단 가면 어떻게든 될 거야.

그게 지금… 무슨 소리예요?

내 말 잘 들어, 라나. 너는 아직 너무 어려. 네게는 선택할 기회가 없었어. 그러니까 이제 떠나.

엘리는 연습이라도 한 것처럼 말들을 쏟아냈다. 나는 그 말들이 엘리가 다른 누군가에게 듣고 싶었던 말이라는 걸 바로 알아챘고, 이 순간이 지나면 그가 외로움과 박탈감에 시달릴 거라는 사실도 예감했다. 우리는 가까워진 순간부터 서로를 위안 삼으며 지낸 사이였다. 그 위안은 의지할 수 있는 존재에게서 오는 위로기도 했지만 연민할 수 있는 존재에게서 오는 안심이기도 했다. 둘 중 하나가 사라진다면 남겨진 사람은 두 배의 더 큰 상실감을 느낄 것이다. 엘리의 표정은 단호했지만 눈동자는 흔들리고 있었다. 그것이 두 번은 할 수 없는 선택을 감내하는 사람의 반응이라는 것을 나는 알았다. 로티의 수술 동의서에 서명할 때 내가 그랬으니까. 후회할지도 모른다는 불안을 온몸으로 느끼며, 도망치고 싶은 마음으로, 그러나 불가항력적으로, 하지 않을 수 없는 선택을 했으니까.

얼른 가, 라나. 오늘이 아니면 떠날 수 없을지도 몰라.

그건 마치 내 삶을 관통하는 진리나 예언처럼 들렸다. 그래서 나는 차가운 돌이 된 로티와 굳은 표정의 엘리를 뒤로하고 집을 뛰쳐나왔다.

심장이 터질 것처럼 박동하고 눈물과 흥분으로 시야가 뿌옇게 흔들렸다. 오늘 이전의 모든 기억을 지우고 싶었다. 골목길 사이에서 나를 아는 사람을 만날까 두려워 자주 다니지 않던 길을 골라 고개를 푹 숙이고 멈추지 않고 달렸다. 운동화의 신발 끈이 풀려 너덜거리는 것을 내버려 둔 채 힘차게 땅을 박차면서, 나는 내가 오랜 시간 동안 이 순간을 열망했다는 사실을 깨달았다. 부끄러움과 수치심, 슬픔과 죄책감, 그리고 그 모든 것을 꿰뚫고 올라오는 갈망이 나를 감쌌다.

무작정 뛰고 걸어 성간 터미널에 도착했다. 내가 가진 돈으로 구할 수 있던 표는 막차의 직전 취소 표였다. 누군가 막차를 놓쳐야만 나는 그곳을 떠날 수 있었다. 집 밖으로 처음 발을 디뎠을 때 몸에서 피어올랐던 열기는 어느새 피로와 허기에 식어 있었다. 취소 표가 없으면 나는 그것을 내 운명으로 받아들여야겠다고 마음먹었다. 그리고 역무원이 나를 불렀다.

타세요. 곧 출발합니다.

새벽에 가까운 밤의 편도선은 자고 있는 승객들을 위해

조명을 소등했다. 눈앞이 캄캄했다. 뜬눈으로 밤을 새우고 도착한 콜로니의 터미널은 찬란한 인공 빛으로 가득 차 있었다. 터미널에 우주선이 도착하자마자 모든 사람들이 가야 할 곳이 정해져 있는 것처럼 일사불란하게 움직였다. 나는 그 자리에 멈춰 내가 볼 수 있는 모든 풍경을 눈에 담았다. 땀에 흠뻑 젖었다가 마른 옷이 끈적거렸고 피곤함이 온몸을 덮어 눈꺼풀이 내려왔지만, 눈부심의 감각이 나를 압도했다.

나는 스무 살이었고 그런 세계에 발을 디딘 적은 처음이었다. 그리고 다시는 그 세계를 떠나고 싶지 않았다. 내 곁을 지나다니는 모든 사람들의 얼굴에서 빛이 났다. 그건 정상성의 광채였다. 내가 평생 가져본 적 없는 기름기와 수분이 흐르는 빛이었다.

눈물이 뺨을 타고 흘러내렸다. 나는 그런 빛을 영원히 바라보고 싶었다. 가짜라도 좋았다. 용서받지 못해도 상관없었다.

이야기를 들을 준비를 마치고 연구자가 연구 대상과 마주할 때, 우리는 잊고 있던 사실을 다시금 깨닫게 됩니다. 나와 그, 우리 모두가 인간이고, 그가 지닌 경험과 감정이 일부나마 내 안에도 있다는 사실 말입니다.

"나는 이유가 없으면 움직이지 않는 사람이야."

대표가 툭 던진 말에 나는 눈을 크게 뜨고 현실로 돌아왔다. 내가 마땅히 대답할 말을 찾지 못하자 침묵이 이어졌다. 숨이 잘 쉬어지지 않았다.

대표는 두 손을 겹쳐 무릎 위에 올려두고 손가락을 까딱거렸다. 그의 손가락에 자리한 커다란 반지가 꿈틀대며 번뜩였다. 뭔가 이상했다. 그는 무언가를 말하기 위해 뜸을 들이고 있었다. 나는 대표를 만나자마자 단박에 해고 협박을 받거나 콜로니 경찰을 만나게 될 줄로만 알았다. 그가 천천히 입술을 달싹였다.

"내 남편은 7년째 혼수상태로 침대에 누워 있어."

그 말이 무슨 의미인지를 깨닫기까지는 시간이 걸렸다.

"사고였어. 누가 그렇게 될 줄 알았겠어."

뜻밖의 고백에 나는 얼굴을 들고 대표를 바라보았다. 그는 이미 고개를 돌려 먼 곳을 응시하고 있었다. 콜로니의 불빛들이 그의 얼굴을 덮고 어른거렸다. 나는 대표의 얼굴에 섬세한 감정들이 스미는 것을 속절없이 지켜봤다.

"차마 사이보그 시술을 받게 하지 못했어. 그건 너무 위험하니까…"

나도 모르게 고개를 끄덕이자 그의 눈동자가 흔들렸다. 나는 대표의 눈물을 보기 직전에 시선을 돌렸다. 조금은 놀랐고, 약간은 당황스러웠다. 나는 감정의 동요가 드러나지 않도록 예의바른 미소를 지어 보였다. 대표가 아까처럼 나를 들여다보지 않기만을 바랐다.

"바이오 데이터 연구에 손대기 시작한 것도 남편 일이 컸어. 희망이 있을지도 모른다고 생각했고… 아직도 그렇게 생각해."

그렇구나. 나는 상황을 인식하려 애쓰며 내가 정확히는 알 수 없는 풍경들을 상상했다. 사고. 응급실과 수술. 붉은 조명등. 매일 일과를 마치고 집 혹은 병원으로 돌아가 익숙한 침대 옆에 앉는 대표. 그날의 기도. 그의 남편은 살아 있을 것이다. 적어도 살아 있을 것이다. 숨을 쉬고 머리칼은 자라고 살결은 부드러울 것이다. 그의 몸에 주렁주렁 달린 호스를 유지하는 비용이 천문학적일지라도 어쨌든 그는 시간이 지나면 눈을 뜰 수도 있을 것이다. 대표의 말대로 정말로 희망이 있을 수도 있었다.

"라나."

"네."

"내가 무슨 말을 하는지 알고 있어?"

"알고 있어요."

나는 하나의 사건에 붙들려 평생을 이전과는 다른 사람으로 살아가는 일에 대해 생각한다.

"인터뷰 팀 꾸려줄게. 힘든 건 당연하고, 미운털 박힐 거야. 무서우면 여기서 그만둬요. 적당히 정리해 줄 수 있어."

"아뇨, 하겠습니다."

"그럴 것 같았어."

그가 힘겹게 미소를 지었다. 그리고 손을 뻗어 내 손등을 감쌌다. 망설이다가 나는 그의 손을 맞잡았다. 대표는 작게 웃었다. 그러자 어깨에서 힘이 빠졌다.

"내가 그 마음을 알아서 그래."

나는 아뇨, 대표님은 모르세요, 하고 대답하고 싶었다. 하지만 물기가 가득한 눈을 마주하자 그게 다 무슨 상관인가 싶었다. 적어도 그는 내가 느끼는 어떤 종류의 고통을 이해할 것이다. 그렇다면, 비록 아주 짧은 순간에 불과할지라도, 우리는 같은 사람들이었다.

✦

녹취를 시작합니다.

라나(인터뷰어, 이하 라나): 안녕하세요, 랄프.

랄프(인터뷰이, 28세, 전뇌화 수술을 받은 인간 키오스크): 안녕하세요.

(랄프의 목소리는 여성 기계 음성. 단조롭고 딱딱하며 금속성의 소리.)

라나: 저희는 콜로니 중력 안정성에 대해 조사하러 왔어요. 콜로니에 거주하신 지 얼마나 되셨나요?

랄프: 콜로니에 오신 것을 환영합니다.

라나: 랄프, 콜로니에 언제부터 거주하셨는지 기억하시나요?

랄프: 질문을 이해하지 못했습니다. 키워드를 기반으로 가장 가까운 답변을 도출합니다. 콜로니, 거주. 콜로니 거주에 대해 궁금하신가요?

라나: 음, 아니요. 저는 당신의 콜로니 거주 경험을 묻고 있어요. 언제부터 이 콜로니에 살기 시작했는지 알고 싶어요.

랄프: 이해하지 못했습니다. 다시 말씀해 주시겠어요?

(잠깐의 침묵.)

라나: 잠시만요.

(사용 설명서 종이를 뒤적이는 소리.)

라나: 랄프, 키오스크 가동 시작 시각이 언제인가요?

랄프: 이주력 49년 7월 2일 23시 33분입니다.

라나: 네. 일단 이걸로 기록하고요. 잠시 쉬었다가 해도 될까요? 질문을 좀 수정할게요.

　내가 이마를 짚으며 한숨을 내쉬자 준이 물 한 잔을 가져다주었다. 아무도 자원하지 않은 인터뷰 팀에 유일하게 들어온 그는 혼자 열 명분의 일을 해내느라 진이 빠져 있었다.

둘이서 번갈아 가며 인터뷰를 하자는 제안을 거절하고 그는 인터뷰를 제외한 모든 잡무를 맡았다. 준은 내가 사이보그들과 대화해야 한다고 생각했다. 책임의 문제가 아니라 그게 옳은 일이라고 말했다. 결국 나는 연락이 닿은 총 스물네 명의 사이보그와의 인터뷰를 준비했다. 콜로니 관광 키오스크로 일하고 있는 랄프는 첫 번째 인터뷰이였다.

"쉽지 않구나."

"그러네, 쉽지 않아."

"그런 것치고는 잘하던데."

준이 대단하다는 투로 나를 띄워줬다. 나는 어깨를 으쓱했지만 우울한 기분을 떨칠 수 없었다. 사이보그와 대면하기로 마음먹었을 때는 생각하지 못했지만, 랄프와 대화를 시작하자마자 깨달았다. 나는 사이보그에 익숙하고, 그들의 매커니즘을 잘 알고, 그렇기에 마주 보기 힘들어하며, 그런 자신에게 끔찍함을 느낀다는 것을. 내가 아직도 로티를 원망하고 두려워하면서 스스로를 혐오한다는 것을. 랄프 앞에 선 순간, 나는 단번에 외로움과 고단함에 찌든 열아홉 살로 돌아가고 말았다. 이래서는 인터뷰를 계속할 수 없었다.

"잘할 수 있으면 좋겠네."

나는 그렇게 대답하고 테이블 위에 올려둔 팔에 얼굴을 묻었다. 한참 잊고 있었던, 평생 풀어야만 하는 숙제를 발견한 것 같았다.

라나: 안녕하세요, 제니.

제니(인터뷰이, 34세, 전뇌화 수술을 받은 인간 전자사전): 안녕하세요.

(제니의 목소리는 여성 기계 음성. 풍부하고 부드러우며 약간은 과장된 소리.)

라나: 저희는 콜로니 중력 안정성에 대해 조사하러 왔어요.
혹시 콜로니에 거주하신 지 얼마나 되셨나요?

제니: 저는 서른 살에 이 콜로니로 이주했어요. 그때만 해도
저는 육체를 갖고 있었죠. 제게도 여러분처럼 팔과 다리가
달려 있던 시절이 있었다고요.

라나: 그러셨군요. 그러니까 그게 정확히 언제쯤이었죠?

제니: 여름이었어요. 인공 태양의 빛이 눈부시더군요. 그 빛
을 다시 볼 수만 있다면 좋을 거예요. 여러분은 지구에 계절
이라는 게 있었다는 걸 아나요? 모든 지역의 온도와 날씨가
주기적으로 바뀌었다는 거예요. 너무 재밌죠? 제 생각에 가
장 멋진 계절은 여름일 것 같아요.

라나: 네… 저도 그렇게 생각해요. 실례지만, 시간이 많지 않
아서요. 다음 질문으로 넘어갈게요.

제니: 얼마든지요. 단어들은 제 안에서 강물처럼 범람한답니
다. 뭐든지 성심껏 대답해 드릴게요. 아, 혹시 강물이 범람하
는 것을 본 적이 있나요? 사진이나 영상으로라도?

라나: 준, 지금 몇 시야?

(중략.)

"1년 치 말들을 몰아서 들은 기분이야."

건물을 나오자마자 준이 혀를 내두르며 웃었다. 나도 따라 웃을 수밖에 없었다. 인터뷰라기보다는 한바탕 수다를 떨고 온 기분이었다. 마지막에는 거의 사정을 해가며 대화를 중단시켜야 했다. 첫 번째 인터뷰를 마치고 나는 인터뷰이들의 정보를 최대한 모았다. 그들의 상황에 맞는 질문을 준비하고 알맞은 태도를 연습했다. 사이보그들의 개인적인 이력을 알아가면서, 나는 그들이 각자 너무 다른 삶을 살고 있다는 걸 알고 조금 놀랐다. 모든 사이보그들이 로티 같지는 않았다. 제니는 어린이들을 가르치는 국어 교사 일을 하고 있다고 했다. 나는 제니의 화려한 이력이 적힌 광고 전단지를 보다가 준과 함께 웃음을 터뜨렸다.

"제니 씨, 사이보그 수술을 받기 전에는 대기업에서 영업 일을 했대."

"완전 천직이네."

"그러게 말이야. 사이보그 수술 받을 때도 다음 커리어를 고려했다더라. 대단하다."

나는 고개를 절레절레 저으며 웃다가 문득 로티를 생각했다. 로티가 일을 했다면 어땠을까?

　내가 고향 콜로니에 살 때에는 사이보그에게 일을 맡기는 곳이 없었다. 우리는 단속에 걸리지 않는 것만으로도 감사해야 했다. 그러나 시대가 점차 변하면서 사람들은 사이보그의 존재를 인지했다. 이곳처럼 진보적인 신新콜로니는 시범적으로 특정 직군에 사이보그 할당제를 시행하고 있었다. 만약 우리가 숨어 살며 고립되지 않을 수 있었다면, 로티가 일을 하고 다양한 사람들을 만날 수 있었다면, 내가 좋아했던 그의 근면함과 순수한 어휘가 어딘가에서 반짝일 수 있었다면… 로티는 행복을 느꼈을지도 모른다.

　나는 걸음을 멈추고 고개를 숙여 재빨리 끓어오르는 감정을 잠재웠다. 준은 내게 아무것도 묻지 않았다.

　라나: 안녕하세요, 이브.

　이브(인터뷰이, 45세, 전뇌화 수술을 받은 인간 블랙박스): 안녕하세요.

　(이브의 목소리는 남성 기계 음성. 부자연스러우나 정확한 발음.)

　라나: 저희는 콜로니 중력 안정성에 대해 조사하러 왔어요. 혹시 콜로니에 거주하신 지 얼마나 되셨나요?

　이브: 가동을 시작한 지 6년 2개월 17일 20시간 58초입니다.

　라나: 현재 어떤 일을 하고 계신가요?

　이브: 화물선을 주시하고 이동을 기록합니다.

(주석: 이브는 외부 데이터 이동이 가능한 고성능 인간 블랙박스로, 콜로니의 시험적 소수자 정책에 의해 터미널에 취업해 우주선의 안전 관리를 하고 있다.)

라나: 콜로니는 매시간 인공 중력을 안정화시키기 위해 콜로니 회전 속도를 조정하고 있습니다. 콜로니의 중력이 안정적이라고 느끼시나요?

이브: 지상에서 이동이 힘들 정도로 중력이 강하거나 약했던 사건은 제가 터미널에서 근무한 4년 동안 약 2회 정도 발생했습니다.

라나: 그러면 매우 안전한 편이군요.

이브: 안전하지 않습니다.

(잠깐의 침묵.)

라나: 왜 안전하지 않죠?

이브: 과중력이 발생할 때가 있습니다.

(주석: 과중력이란 인공 중력을 발생시킬 때 생길 수 있는, 예측치보다 큰 중력을 뜻한다. 과중력이 발생할 경우, 단기적으로는 보행 위험부터 장기적으로는 신체 손상까지 다양한 문제가 유발될 수 있다.)

라나: 원심력을 이용하는 콜로니에서 중력 조정 초기에 그런 일이 일어난다는 걸 들은 적 있어요. 그런데 이 콜로니에서는 일어난 적 없는 것으로 아는데요.

이브: 발생합니다. 매번.

(약간의 소란.)

라나: 무슨 뜻인지 조금 더 자세히 설명해 주실 수 있나요?

이브: 콜로니가 회전 속도를 조정하며 중력을 발생시킬 때, 거주지에는 이상이 없습니다. 예측한 원심력을 그대로 받기 때문입니다. 그런데 콜로니 말단부인 터미널에서는 거주지보다 큰 중력이 발생합니다. 사소한 차이지만, 거주지와 터미널을 오가는 사람들은 혼동을 느끼는 겁니다. 특히 이전보다 회전 속도를 빠르게 할 때에요.

라나: 그렇군요…… 혹시 피해를 입은 사례가 있을까요?

(짧은 시간 동안 이브의 데이터 종합.)

이브: 4년 동안 산재 사건 1,305건 목격. 그중 추락으로 인한 산재 921건… 중력 조정 시간과 겹쳤던 추락 사고는 389 건입니다.

(긴 침묵.)

이브: 추락 사고의 3분의 1 이상이 과중력과 관련된 사고라고 추정할 수 있습니다.

라나: 왜 이 사실을 지금까지 몰랐을까요?

이브: 모를 수밖에 없습니다. 보통 인간은 알 수 없습니다. 사고를 당한 사람들도 왜 그런 일이 벌어졌는지 잘 알아차리지 못하죠. 하지만 나는 압니다. 나는 블랙박스이기 때문입니다. 나는 볼 수 있습니다.

라나: 그럼, 과중력이 발생했을 때의 상황을 최대한 자세히

묘사해 주실 수 있을까요?

(중략.)

　이브와의 인터뷰를 마쳤을 때, 나는 눈앞에 나타난 진실에 마비된 채 의자에 앉아 있었다. 열아홉 살, 청소 일을 하러 엘리베이터를 타고 터미널로 내려갈 때마다 느꼈던 압박감이 어렴풋이 떠올랐다. 돌이켜 보면 그곳에서 만난 사람들은 자주 비틀거렸다. 터미널의 미세한 진동이 세상을 뒤흔드는 지진으로 느껴졌다. 내가 사이보그 인터뷰를 해야 한다고 생각했던 건 이런 진상을 밝히기 위해서가 아니었다. 단지 로티를 생각하며 불쑥 치민 슬픔과 분노, 로티 같은 사람들을 없는 셈 치고 싶지 않았던 개인적인 고집 때문에 벌인 일이었다. 모든 질문을 마치고도 멍하니 침묵하고만 있던 그 순간 이브가 말을 건넸다.

　"고맙습니다."

　이브의 딱딱한 기계 음성을 듣고 나는 깜짝 놀랐다. 머릿속이 온통 혼란스러웠기에 고맙다는 그의 말을 제대로 이해조차 하지 못하고 있었다. 뭐라고 대답을 하지 못하는 사이, 이브는 고저가 없는 덤덤한 목소리로 말을 이었다.

　"사람들이 다치거나 죽을 때, 문제가 있다고 생각했지만 어떻게 해야 할지는 몰랐습니다."

이브가 카메라를 움직여 나를 올려다봤다. 나도 눈을 껌뻑이며 그를 마주 바라봤다. 우리는 잠시 동안 그렇게 서로를 봤다. 지금껏 보이지 않았던 희미한 물체를 처음으로 뚜렷하게 인식한 것처럼 시야가 분명해졌다. 나와 그 사이에 부드럽고 압도적인 무언가가 흐르는 게 느껴졌다. 그건 공감이었고 동등함이었다. 일체감 같기도 했고 신뢰 같기도 했다. 이름 붙이기 어려운 그 공기가 우리를 단단히 연결하고 있었다. 이브가 볼륨을 조금 높여 말했다.

"내 이야기를 들으러 와줘서 고맙습니다, 라나."

나는 녹음기를 꺼둔 걸 후회했다. 그 말을 절대로 잊으면 안 된다고 생각했다. 오히려 고마워해야 하는 사람은 나라는 사실도.

✦

나는 녹음 파일을 구간 반복 재생으로 설정하고 놓아둔 채로 생각에 잠겼다. 옆에 앉아 있던 준이 나를 힐끔거렸다. 이브 외에도 터미널 근처에서 일하는 네 명의 인터뷰이가 과중력과 관련된 증언을 마쳤다. 내가 보기에는 유의미한 결과였다. 모든 인터뷰는 끝났고 이제 보고서를 제출하는 일만 남아 있었다.

"라나, 무슨 생각 해?"

나는 깊은 생각에서 깨어났다. 어느새 준이 다가와 내 옆에 앉아 있었다. 나는 시선을 돌리며 무심하게 대답했다.

"뭐, 이런저런 생각."

"보고서에 집중해."

"그게 잘 안 되네."

"힘내. 이건 정말 중요한 일이니까."

준이 씨익 웃고는 내 손등을 힘 있게 두드렸다. 그는 모든 인터뷰가 끝나고도 내 곁에 남았다. 놀라고 겁먹은 나를 진정시키고 이 이야기가 세상에 알려져야 한다고 말했다. 준은 보고서의 방향을 정하는 일마저 나에게 모두 맡겼다. 내가 곤란해하자 그는 아무렇지도 않은 얼굴로 자신에게는 그걸 결정할 자격이 없다고 말했다. 그 말을 들을 때는 정말로 황망했다. 준이 성심껏 나를 돕는 순간마다 나는 그에게 어딘가 부당한 짓을 하고 있는 것 같았다.

"준, 난 별로 대단한 마음으로 이걸 시작한 게 아니야."

준은 지금까지 왜 나를 돕는지 말해주지 않았다. 몇 번 질문해도 씨익 웃으며 나를 빤히 바라볼 뿐이었다. 문득 그가 나의 고백을 기다리고 있다는 느낌이 들었다. 그의 이유는 아주 내밀하고, 그의 이야기는 너무 깊게 준의 안에 고여 있기 때문에, 교환의 방식이 아니라면 알려줄 수 없다고. 그래서 나는 용기를 내어 그에게 이야기를 건네보기로 했다.

나는 준에게 로티 이야기를 했다. 담담하고 간략하게 설명하려고 했으나 말을 덧붙일수록 거창해진다는 느낌만 들어서, 내가 고향을 떠나온 이후의 이야기는 얼버무리고 말았다. 준은 턱을 괴고 곤혹스러워하는 나를 바라봤다. 나는 고개를 돌려 정면으로 준과 눈을 마주했다. 이제는 그의 차례라는 듯이.

"넌 왜 나를 돕기로 한 거야?"

그렇게 묻자 준이 말없이 내 손을 잡았다. 그리고 부드럽게 허공 위로 집어 들었다. 내가 반응을 하기도 전에 그가 내 손가락을 자신의 얼굴로 돌진시켰고, 긴장한 집게손가락이 준의 파란색 눈동자에 닿았다. 짧게 비명을 지른 건 나였다. 차갑고 단단한 질감이 느껴졌다. 준이 웃음을 터뜨렸다.

"인공 안구야."

"아… 미안해. 아파?"

"하나도 안 아파. 닿는 느낌도 없어."

준은 미소를 지으며 보란 듯이 셔츠 옷소매로 자신의 눈을 뽀득뽀득 닦아 보였다. 놀란 티를 내지 않으려 했지만 손가락에 남은 촉각을 곱씹으며 준의 눈치를 볼 수밖에 없었다. 준은 매력적인 사람이었고 회사의 모두가 준의 외모를 한 번은 칭찬하고는 했다. 내가 그동안 준의 눈에 대해 몇 번이나 말했는지는 셀 수조차 없었다. 내 표정이 복잡해지자 준이 신경 쓰지 말라며 팔을 내저었다.

"인공 신체는 불법 시술도 아니고 이제 많이 사용하지만… 그래도 감추는 게 낫거든. 사이보그라는 단어를 들었을 때 동질감을 느꼈어. 인터뷰를 해보니 전뇌화 사이보그들은 나랑은 많이 달랐지만."

이어지는 조심스러운 그의 말투에 나는 피식 웃었다. 준의 얼굴이 밝아졌다. 그가 장난스럽게 의자를 당겨 앉으며 거리를 좁히더니 어린아이처럼 속삭였다. 준에게는 어려운 마음과 어색함을 농담처럼 넘길 수 있는 재능이 있었다.

"그리고 이 얘기는 정말 비밀인데, 이 눈에는 가끔 다른 사람한테는 보이지 않는 것들이 보여."

"귀신?"

"자기장이나 전파 같은 거 말이야, 바보야."

준이 내 머리를 헝클어뜨렸다. 비밀을 털어놓은 사람들 특유의 시원하고 가벼운 공기가 우리 사이로 흘러드는 게 느껴졌다. 종종 그가 멍하니 하늘을 올려다보던 순간이 기억났다. 준의 눈에는 세상이 어떻게 보일까 궁금했다.

"그래서 널 돕고 싶었어. 보편적인 상식에도 예외가 있다는 걸 증명해 줬으면 했어."

그렇게 말하는 준의 목소리에는 쓸쓸함이 묻어났다. 나는 고개를 끄덕였다. 우리가 서로의 말을 온전히 이해하고 있다는 것을 나도 준도 느끼고 있었다. 준이 잠시 망설이더니, 눈을 돌리고 겸연쩍게 말했다.

"사실, 인터뷰 정말 즐거웠어. 그런 비장한 마음은 다 잊어버리고 듣기만 했거든. 네가 감당할 일을 생각하면 미안할 정도로. 앞으로 남은 일은 더 열심히 도울게."

준이 머쓱해하며 뒤통수를 매만졌다. 나는 정말로 상관없었다. 오히려 즐거웠다는 말이 훨씬 기쁘고 안심됐다. 누군가가 자신들의 이야기를 들으며 즐거웠다면, 인터뷰이들도 싫어할 것 같지 않았다.

하지만 나는 여전히 도움받는 기분에 익숙하지 않았다. 어떤 사람에게서 도움을 받을 때면 그가 스스로를 희생하는 것으로 여겨지거나 내 분수에 맞지 않는 과도한 일로 느껴졌다. 내게 떠나라고 속삭이며 입술을 떨던 엘리를 떠올리면 더더욱 그랬다.

이곳에 도착했을 때 나는 그야말로 엉망진창인 무연고 어린애였다. 새벽의 한가운데였기에 콜로니 이민자들을 위한 정착지원 부서 문은 닫혀 있었다. 터미널에서 그나마 따뜻한 곳은 불 켜진 입간판 뒤쪽이라는 것을 알았기에, 나는 한 잡화점으로 기어들어 갔다. 그리고 일찍 상점을 열고 있던 부부의 비명을 들었다. 혼비백산했던 그들은 내 사정을 듣더니 나를 집으로 데려갔다. 거절하기에는 너무 힘든 하루였기에 나는 무력하게 그들의 집에서 샤워를 하고 침대에 누워 죽은 듯이 잠을 잤다.

그들은 나의 만류에도 나를 배불리 먹인 후 정착 지원 부서까지 데려가 직원에게 구구절절한 부탁을 했다. 나는 이민자 정착 정책 지원을 신청했고, 작은 기숙사 방을 배정받았고, 한 차례 면접을 본 후 청소 업무를 맡았다. 이전에 하던 일과 크게 다르지 않았지만, 그래도 내 이름으로 된 계좌에 조금씩이나마 돈을 모을 수 있었다. 나는 이민자 복지 센터에서 상담을 받았다. 담당 선생님은 내게 진학을 권유했다. 내가 대학에 가고 싶다고 하자 옆방에 살던 이웃은 자신의 참고서 파일들을 공짜로 넘겨줬다. 지원한 대학교에는 이민자를 위한 장학금 제도가 있었다. 나는 바보처럼 얼떨떨하게 서서 이 모든 호의와 도움을 받았다. 그리고 그때마다 강박처럼 로티와 엘리와 터너를 떠올렸다. 죄책감과 부채감과 자격 없음과 책임을 생각했다. 물론 지금도 여전히.

준이 고개를 기울여 나를 들여다보았다. 그의 표정이 이상해서 나는 내 얼굴이 엉망으로 일그러져 있다는 것을 뒤늦게 알아챘다. 지나간 기억과 다가올 일들이 두려워 나는 두 손으로 얼굴을 감쌌다. 준이 팔을 뻗어 내 등을 토닥였다. 나는 그가 고마웠고, 걱정됐고, 내게는 과분한 사람으로 여겨졌고, 나와 더는 엮이지 않기를 바랐고, 앞으로도 계속 내 곁에서 나를 지지해 주기를 간절히 소원했다.

연구 대상에게서 얻은 결과가 언제나 연구 방향 및 의도와 일치하지는 않습니다. 그렇다고 하더라도 연구자는 데이터를 있는 그대로 받아들이고, 왜곡하지 않아야 합니다.

콜로니 말단부의 과중력을 다룬 보고서는 윗선으로 올라갔다. 제목을 본 팀장은 길길이 날뛰며 보고서를 받지 않겠다고 했다. 하지만 나는 이미 사본을 대표의 책상에 올려두고 온 참이었다.

누군가는 사이보그들이 한 진술의 신빙성을 의심했고, 다른 누군가는 인터뷰의 방법론을 문제 삼았다. 누군가는 내가 남에게 폐를 끼치는 유별난 인간이라고 말했고, 다른 누군가는 내가 산업 스파이라고 생각했다. 클라이언트에게 보고서가 흘러들어 갔다는 소문도 돌았다. 어느 쪽이든 모두가 내 보고서를 찢어발기고 싶어 하는 것은 분명했다. 대표에게서는 연락이 없었다. 아마 그는 이런 결과를 전혀 생각해 보지 않았던 모양이다.

보고서를 제출하고 나흘이 지났을 때, 나는 묵혀둔 연차를 써서 긴 휴가를 다녀오기로 마음먹었다. 사무실을 한 바퀴 돈 소문과 수군거림, 어두운 회사의 공기를 견딜 수가 없었다. 준은 사무실에서 신경전을 벌였지만 나는 그를 진정시키고 일단 휴가계를 제출했다. 생각을 정리할 시간이 필요했다. 휴가를 신청하고 돌아가는 퇴근길의 발걸음은 아주 느리고 지난했다. 어쩌면 휴가가 끝나면 사직서를 써야 할지도 모르겠다고 생각했다.

그날 이후로 나는 집에 처박혔다. 종종 준이 전화를 걸었지만 받지 않았다. 지금은 그러는 편이 그에게 이로울 것 같았기 때문이다. 이상하게 아무 감정도 느껴지지 않았다. 뿌듯하거나 허탈하지도, 후회되거나 화가 나지도 않았다. 나는 모든 일에 무연해졌고, 끼니를 자주 거르고 잠을 많이 잤다. 그리고 종종 구술사 수업이 끝났던 오후를 생각했다.

그날 나는 교수님에게 로티에 대해서 이야기했다. 그리고 엘리와 터너에 대해서, 잿빛 골목과 유령들에 대해서, 내가 버리고 도망친 것과 아플 정도로 눈부신 빛들에 대해서 두서없이 이야기했다. 모든 이야기를 마쳤을 때, 교수님은 감정적으로 큰 반응을 보이지 않았다. 깊은 눈, 성급하지 않은 미소, 침착한 두 손. 그건 오랜 시간 동안 단련되고 정제된 전문가의 자세였다. 나는 가방을 챙겨 벤치에서 일어나 허리를 굽혀 인사를 했다.

얘기 들어주셔서 감사합니다.

아니, 내가 고마워요.

교수님이 고마우실 게 뭐가 있어요.

라나.

그는 차분하게 말을 이었다. 수업을 할 때와는 다른 태도였다. 개인적인 호의와 이유를 알 수 없는 동질감이 느껴졌다. 나는 교수님이 내게서 무엇을 얻었는지는 지금도 알 수 없지만 그가 정말로 내 이야기에서 무언가를 얻었다는 사실만은 확신한다. 수업마다 괴로운 체념을 담고 있었던 그의 얼굴에 희미한 빛이 감돌고 있었다. 그때 그는 행복하거나 즐거워 보이지는 않았지만 고통에 초연해 보였다.

나는 그냥 연구자예요. 이 분야의 이름난 권위자는 아니지만 그래도 연구를 진행하며 여러 사람들을 인터뷰하고 이야기를 들었어요. 나는 그 모든 이야기들이 세상을 뒤흔들 만한 이야기라고 생각했지만 그렇게 되지는 않더라고요. 그래도 내가 분명하게 얘기해 줄 수 있는 건 이거예요.

그는 벤치에서 일어났고 나를 똑바로 바라보았다. 나는 대학에 다니는 동안 내내 가난하고 외로웠는데 그날만은 이상한 충만감을 느꼈다. 누군가에게 처음으로 내 이야기를 했던 것이다. 이야기를 요청받은 사람은 비로소 알게 된다. 그 이야기가 얼마나 자기 안에 고여 있었는지를. 사건의 순서를 되짚고 정렬할 때마다 자신도 몰랐던 사실들이 분명해진다는 것을.

적어도 나는 바뀌었어요. 나는 라나의 세상을 알게 되었습니다. 라나의 이야기를 잊지 않을 거예요. 매 순간 기억할 거예요. 필요하다면 누구에게든 알릴 거예요.

나는 눈을 떴다. 숨을 크게 들이쉬고 내쉬었다. 손가락과 발가락을 하나씩 움직여 보았다. 로티와 엘리와 터너를 생각했다. 내가 떠난 것들과 받은 것들을 떠올렸다. 지금껏 이룬 것들과 실패한 것들을 나열했다. 랄프와 제니와 이브의 목소리를 기억해 냈다. 준의 다정한 말들을 곱씹었다. 그 목소리들이 반복해서 내 안에 메아리치게 두었다.

그리고 침대에서 일어나, 또렷하고 분명한 정신으로 내가 아는 콜로니의 언론사들을 모조리 검색하기 시작했다.

회사에서 내가 발견한 진실을 인정하지 않는다면, 못 들은 것처럼 넘기겠다면, 나는 다른 이들에게 이 이야기를 들려줄 계획이었다. 그건 내게 주어진 의무였고 내가 할 수 있는 가장 옳은 일이었다. 내 방에 감돌았던 무력감은 여전히 남아 있었지만, 심장만은 강하게 뛰었다.

나는 이 감각을 알고 있다.

나는 아주 단단한 무언가를 부수고 있다.

이건 아주 커다란 용기가 필요한 일이다.

내가 처음으로 사이보그들의 이야기를 들어야 한다고 말

했던 순간처럼.

구술사 연구는 타인의 이야기를 듣고, 그의 서사를 있는 그대로 받아들이는 일입니다. 비록 그 서사가 혼란스럽고 모호하며 정돈되지 않았다고 해도, 그것은 가장 진실에 가까운 이야기입니다. 그리고 그 진실은 누군가가 듣기 전까지는 존재하지 않았죠. 존재하지 않았던 진실이 존재하게 된다는 것. 그것으로 충분하지 않나요?

나는 어딘가 유령이 있을 것 같아 문득 뒤를 돌아보았다. 열린 창문 너머로 멀리서 노이즈가 잔뜩 섞인 노랫소리가 들려왔다.

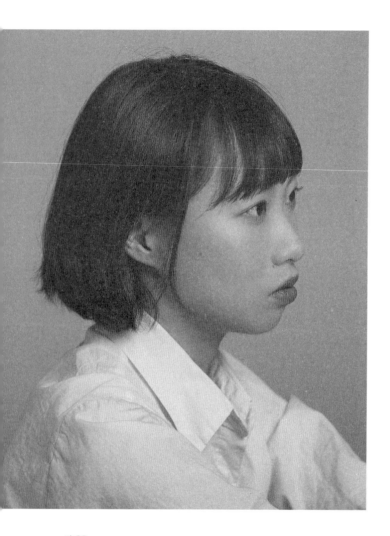

김혜윤
자주 뉘우치고 부끄러워하는 사람. 세상을 관통하는 아름답고 고귀한 무언가가
있다고 믿는다. 현재 출판사에서 편집자로 일하고 있다. 「블랙박스와의 인터뷰」로
제5회 한국과학문학상 우수상을 수상했다.

작가노트

하나의 이야기가 시작될 때

하나의 이야기는 어떻게 시작될까요?

저는 이야기를 만드는 다른 사람들이 어디서부터 이야기를 만들기 시작하는지 항상 궁금했습니다. 소설을 쓰는 건 지난하고 막막한 일인데, 그걸 감내할 만큼이나 하고 싶은 이야기는 대체 어디서 오는 걸까요?

이 소설은 제가 인터뷰어로 일할 때, 어떤 지휘자가 들려준 이야기에서 시작됐습니다. 프랑스의 작곡가 가브리엘 포레는 어머니와 아버지를 연달아 잃고 레퀴엠을 작곡했다고 합니다. 레퀴엠을 작곡할 때는 엄격한 형식적 문법을 지켜야 합니다. 그러나 포레는 자신의 레퀴엠을 쓰며 반드시 들어가야 하는 '신의 심판'은 축소시키고, 그 대신 용서와 구원을 표현하는 아름다운 선율로 가득 채웠다고 합니다. 저는 그 이야기를 듣고 개인적이고 맹렬한 동기로 견고한 문법을 부수는 사람의 마음을 생각했고, 이 소설을 쓰기 시작했습니다.

저의 언니 시윤은 발달 장애인입니다. 저는 이 소설을 언니를 생각하며 썼습니다. 저는 언니와 저의 삶이 아주 많이 다르다는 사실에 항상 부채감을 느낍니다. 우리가 함께 행복해질 수 있다면 좋겠습니다. 그럴 수 있도록 이 사회의 호의와 도움과 책임이 많아진다면 좋겠습니다.

코로나19로 많은 발달 장애인과 그들의 가족이 일상을 잃었습니다. 전국장애인차별철폐연대에서는 이동권을 비롯한 장애인의 권리를 위한 싸움을 계속하고 있습니다. 저는 '누구나 장애인이 될 수 있다'라는 구호에 동의하지만, 그런 가정 없이도 누군가의 삶에 버젓이 존재하는 차별에 동의할 수 없어야 한다고 생각합니다. 심지어 타인의 삶을 알려 하지 않고, 자신의 무지를 정치적 힘으로 여기는 것은 아주 비겁하고 비열한 일입니다.

그러나 이 소설은 라나가 로티를 떠나 시작된 이야기이며, 로티가 아닌 라나의 이야기고, 저는 그 사실이 부끄럽습니다. 저는 아직 라나가 로티와 함께 정말로 행복할 수 있는 방법을 찾지 못했고, 사이보그들이 질문이 없더라도 목소리를 내는 이야기도 쓰지 못했습니다. 소설을 완성한 후에도 그랬지만, 수상 통지를 받았을 때는 그 사실이 무척 괴로웠습니다. 그럼에도 누군가가 이 이야기에서 제가 하고 싶은 말을 읽어주신다면, 정말로 기쁘고… 부끄러울 것 같습니다. 하나의 사건에 붙들려 평생을 완전히 다른 사람으로 살아가는 사람들의 이야기를 하고 싶습니다. 앞으로 제가 감히, 이런 이야기들을 세상에 꺼내놓을 수 있다면 좋겠습니다.

이 소설을 세상에 내보낼 수 있게 해준 허블 출판사와 부족한 이야기의 가능성을 봐주신 심사위원분들, 함께 공명하며 글을 다듬어 주신 신소윤 편집자님과 더 좋은 소설로 나아갈 수 있게 도와주신 김학제 편집자님에게 감사의 말씀을 드리고 싶습니다. 소설을 완성하라고 말해준 이서, 시간을 쏟아 도움을 준 모호와 민지와 아브, 나의 글을 사랑할 수 있는 힘과 확신을 준 혜완과 관석에게 고맙습니다. 내 마음을 가장 잘 알고 있을 동생 성윤과, 앞으로 더 행복할 시윤 언니, 존경하는 엄마 연정에게도 사랑을 전하고 싶습니다. 방금 이 소설을 다 읽은, 이름과 얼굴을 모르는 당신에게도 저의 부끄럽고 고마운 마음을 보내드립니다.

가작 김쿠만

옛날 옛적 판교에서는

그날은 실 단위 망년회 회식이 있는 쌀쌀한 연말이었지. 실제로 끝장난 건 하나도 없었지만 모든 게 끝장난 것 같은 연말 분위기를 느끼며 개발자들은 술을 열심히 들이켰어. 다른 게임 회사들은 어떤지 모르겠는데, 이 회사에선 1차까지는 실 단위 회식으로 진행됐고 그 이후로는 팀 단위 회식으로 바뀌었지. 예전에 일어난 어떤 사건 때문에 그렇게 진행된다고 하는데, 좋은 사건은 아니었을 거야. 1차로 갔던 양꼬치 집에서 마오주와 수정방을 섞어 마시고 벌겋게 취한 내러티브 팀장은 판교에 이런 술집이 남아 있는 걸 감사하게 생각하라며 꼬인 혀로 팀원들에게 말했어. 확실히 그곳은 게임 회사가 우글우글 몰려 있는 판교와 전혀 어울리지 않는 술집이었지. 뭐랄까. 나폴리 피자와 남대문 빈대떡을 어설프게 섞은 느낌이라고 해야 할까. 절반은 한국적이고 절반은 서양적이었던 그 빈티지 바는 완벽하게 고전적이었어. 1970년대 혹은 1980년대에서나 찾아볼 수 있을 법한 낡은 서가에 핑크 플로이드나 신중현 같은 옛날 가수들의 레코드판이 나란히 꽂혀 있는 기묘한 풍경을 보고 싶어? 그렇다면 판교 H스퀘어 구석에 있는 〈BAR MARIO〉에 놀러 와. 어째서 이딴 곳이 판교에 있을까 싶은 생각이 저절로 든다니까? 〈BAR MARIO〉에서 판교와 어울리는 건 가게 이름과 머리를 새파랗게 물들인 바텐더뿐이었어. '고슴도치 소닉'이라고 알아? 여기 바텐더 녀석은 고슴도치 소닉처럼 삐쭉삐쭉한 머리를 새파랗게 물들였지. 그래서 별명이 소닉이야. 녀석은 그 별명을 썩 달가워하진 않지만, 어쩌겠어? 게임 회사 직원들 상대로 장사하려면 그 정도는 감안해야지. 자리에 앉자마자 팀장은 바텐더에게 양주 한 병과 포스트잇 한 장을 주문했지. 생긴 것과 다르게 행동이 굼떴던 소닉은 느릿느릿 테이블로 걸어오더니 포스트잇과 펜을 하나씩 내려놓은 후 다시 제자리로 돌아갔어. 팀장은 볼펜 버튼을 여러 번 누르며 팀원들에게 말했지.

"1980년대 이전 노래를 한 곡씩 신청하세요."

세상에. 1980년대라니. 팀원 중 절반은 태어나지도 않은 시대였지. 난 옛날 노래 듣길 고집하는 사람들을 볼 때마다 의문이 들었어. 저 사람은 도대체 왜 아직도 저 노래를 듣는 걸까? 오랫동안 고민했지만, 내가 내릴 수 있는 답은 하나뿐이었어. 아. 저건 본능이로구나. 어떤 철학자가 그랬지. 회상이야말로 짐승과 인간의 분기점이라고. 맞는 말이야. 그런 연구 결과도 있잖아? '인간은 10대와 20대 때 들은 노래를 평생 듣는다.' 다들 과거에 침식되고 싶은 욕망이 있는 거지. 아직 회상할 거리보단 경험할 거리가 더 많이 남아 있던 막내 지우 님(이 회사는 무슨 수평적 조직 문화인지 수직적 조직 문화인지 하며 팀장 이하 팀원들은 직급이 없었는데, 그래봤자 회사는 회사야, 당장 지금 술집에 앉아 있는 꼴만 보더라도 입사 연도순이었어)은 심각하게 망설이더니 비틀스를 적어 내더라고. 그러자 팀장은 비틀스 같은 영국 샌님들 노래는 듣고 싶지 않다고 고집을 피우며 삐뚤빼뚤 적힌 'Beatles – Yellow Submarine'을 볼펜으로 좍좍 그었지. 지우 님은 민망한 표정을 숨기지 못했어. 요즘에도 저런 팀장이 있냐고? 당연히 있지. 모두 똑같은 달력을 넘기고 있지만, 살아가는 시대는 제각각이니까. 무슨 말인지 모르겠어? 알아먹기 쉽게 게임을 예로 들어서 설명해 줘야겠군. 불과 10년 밖에 차이가 나지 않지만 〈스타크래프트〉의 시대를 경험한 사람과 〈리그 오브 레전드〉의 시대를 경험한 사람의 시간이 과연 똑같이 흐를까? 모르겠다고? 그럴 수도 있지. 게임의 '게'자도 모르는 옛날 사람은 요즘에도 있을 테니까. 말했잖아. 살아가는 시대는 사람마다 제각각이라고. '옛날 사람'은 기원전 희랍 시대에도 있었지. 어느새 테이블 위로 기다랗고 커다란 양주병이 하나 깔렸어. 팀원 중 누군가가 부지런히 팀원들의 잔에다 양주를 따라줬고, 〈스타크래프트〉에서 1만 승을 찍었던 팀장은 시시한 건배사를 외쳤고, 〈리그 오브 레전드〉에서 다이아 티어를 달아본 지우 님은 팀장을 따라 술을 열심히 들이켰어. 저러다 취하지 않을까 싶었는데, 어느 순간 정말로 취해버렸는지 지우 님은 화장실로 달려가더라고. 막내가 휘청거릴 때 챙겨줘야 하는 사람은 당연히 막내 다음 사람이었지. 연우 님은 지우 님을 따라 화장실로 달려갔어.

맥을 끊는 것 같지만, 이 이야기의 주연이라고 할 수 있는 연우 님을 소개해 볼게. 1991년생인 연우 님은 올해 입사 2년 차인 주니어 기획자였지. 서울 소재 대학의 문예창작학과를 졸업한 연우 님은 취미가 게임이라 어렸을 때부터 이런저런 게임을 많이 해왔는데, 등단 경력 덕분에 운 좋게 계약직으로 게임 회사에 입사했지. 다른 분야도 그렇지만, 이 분야도 결국 운이야. 연우 님은 상당히 운이 좋았어. 처음엔 단기

계약직으로 입사한 연우 님은 어쩌다 보니 일반 계약직으로 전환됐고, 또 어쩌다 보니 정규직으로 전환됐지. 많은 기업이 고용 확장이라는 정부 정책을 따르는 시기라 그럴 수 있었던 것 같기도 했고, 비싼 경력직을 고용하는 것보단 저렴한 신입들을 길러내는 쪽으로 회사의 인사 기조가 바뀌어서 그럴 수 있었던 것 같기도 했지. 다른 때였다면 단기 계약직이 정규직으로 변하는 기적 따윈 절대로 일어나지 않았을 거야. 연우 님은 5년 전 '결국 세상엔 남는 건 하루하루의 운뿐이라고'라는 마지막 문장을 적고 「장우산이 드리운 주일」이라는 단편소설을 완성했는데, 그 소설로 신춘문예에 등단했어. 지방 신문이라 심사위원이 달랑 한 명뿐이었고, 그 심사위원이 연우 님을 가르쳤던 안 교수였지만 그건 그러려니 하고 넘어가자고. 아무튼, 지방지 신춘문예라는 출신 딱지 때문인지 연우 님은 등단 이후 차기작을 발표할 수가 없었어. 아무도 청탁을 주질 않았거든. 결국 연우 님은 절필하고 말았지. 어쩌겠어. 연우 님의 이야기를 듣고 싶어 하는 사람이 한 명도 없었는데. 그래도 연우 님은 자신의 유일한 경력이라고 할 수 있는 그 소설을 무척 아꼈지. 나도 어쩌다 그 소설을 한 번 봤는데, 상을 받을 만한 소설인 것 같긴 하더라고. 문창과 학생이 쓴 소설답게 재미가 심각하게 없었지만. 그 재미없는 소설의 첫 문장은 다음과 같았어.

'우리는 남녀 구분이 없는 화장실에서 만났어. 정말이지 더럽고 지저분한 곳이었지.'

마침 지우 님과 연우 님도 정말이지 더럽고 지저분한 화장실에 있었어. 화장실에서 눈물과 콧물 그리고 구토를 쏟아내던 지우 님의 등을 연우 님이 열심히 두들겨 주고 있을 때, 바깥에서 〈I Heard the Voice of Jesus〉라는 노래가 들려오기 시작했어. 연우 님의 신청곡이었지. 1970년에 털리 리처드라는 무명 가수가 발표한 노래인데, 자신의 신앙을 거친 목소리로 고백하는 펑크 CCM이야. 1991년에 태어난 연우 님이 어떻게 1970년대 노래를 아냐고? 안 교수가 단골 술집에 갈 때마다 신청한 노래여서 지겹게 들었거든. 연우 님은 나지막이 속으로 중얼거렸어. 젠장. 이 노래는 화장실이 아니라 술을 시원하게 들이켜며 들어야 하는 노래인데. 한편 끄윽, 끄윽거리던 지우 님은 죄송하다고 말하기 시작했어. 선배로서 뭐라고 위로라도 해주는 게 인지상정이겠지만, 연우 님도 딱히 위로를 받아본 적 없어서 알면 됐다고 말하는 수밖에 없었지. 지우 님의 등을 70번 정도 두들겼을 때, 소닉이 담배를 물고 화장실에 들어왔어. 레드애플 담배였지. 독하기 그지없어서 어떤 병에 걸릴 수 있다는 건강 검진 결과를 전혀 신경 쓰지 않는 마초들이나 태울 수 있는 그 담배 말이야. 마초 소닉은 연우 님과 지우 님을 보며 시큰둥한 표정을 짓더니, 한마디 툭 내뱉었어.

"수작 부릴 거면 나가서 해."

연우 님은 안 그래도 녀석의 싱싱하게 새파란 머리가 마음에 들지 않았는데, 그런 소리까지 들으니 불쾌하기 짝이 없었다고 해. 그래서 연우 님은 대변기 앞에 지우 님을 놓아둔 채 혼자 나왔지. 기묘하게도, 연우 님이 문을 여니 바로 옆 칸으로 연우 님과 비슷한 옷을 입은 사람이 들어가더라고. 하필이면 그 칸 바로 앞에 거울이 비스듬히 있어서 연우 님은 자신이 다시 화장실로 들어가는 것처럼 보였대. 굳게 닫힌 화장실 문 너머로 지우 님이 토악질하는 소리를 들으며 연우 님은 아무래도 술에 너무 취해서 거울을 잘못 본 건가 싶었는데, 밖으로 나와보니 술에 더 취한 사람은 정작 따로 있었어. 얼굴이 심각하게 불콰해진 팀장은 연우 님을 보자마자 예수쟁이라 부르더라고. 예수의 이름이 나오는 노래를 신청했다고 해서 예수쟁이라니. 한 세기 전에나 통할 법한 낡은 사고방식이었지. 아까도 말했잖아? 옛날 사람은 어느 시대에나 있다고.

뜬금없을 수도 있겠지만, 이번엔 회사 대표 얘기를 해볼까 해.〈닌텐도〉의 미야모토 시게루를 본받아 '인생에서 헛된 것은 아무것도 없다'라는 낡아빠진 좌우명을 갖고 있던 대표는 3N의 꽁무니를 열심히 뒤쫓던 회사의 대표답게 3N*의 CEO들을 흉내 내며 자수성가, 젊은 리더, 세계가 주목하는 글로벌 개발자 같은 낯간지러운 수식어를 치렁치렁 달고 TV에 등장했지. 스크린 속의 대표는 지루한 말만 늘어놓았어. 사람이 지루한 말만 내뱉으면 빨리 늙기 마련인데, 그건 대표도 마찬가지라 그는 20년 만에 한심하게 늙은 아저씨가 되고 말았어. 그 사실을 부정하고 싶은지 대표는 주주총회 때마다 혁신을 부르짖었지. 그러나 20년 전의 혁신과 현재의 혁신은 동음이의어나 다름없었어. 마치 20년 전의 인공지능과 현재의 인공지능처럼 말이야. 인공지능 말이 나와서 얘기하는 건데, 이 회사도 인공지능 개발에 힘을 쓰고 있었어. 알파고가 여러 IT 회사의 재정을 망쳐버렸지. 솔직히 말해서 나는 왜 인공지능이 미래 산업으로 각광받았는지 이해를 할 수 없었어. 나중에 인공지능들이 본격적으로 일하게 되면 인간들이 당할 일이라곤 넥타이가 아닌 인공지능의 손아귀에 모가지가 졸리는 것뿐일 텐데 말이야. 회사가 개발하고 있던 인공지능은 '스토리텔링 인공지능'이었어. 인공지능 개발팀 수석 연구원의 설명에 따르면 스토리텔링 인

* 대한민국의 대표적인 3대 게임 기업인 〈넥슨〉〈엔씨소프트〉〈넷마블〉을 일컫는 단어.

공지능의 감각은 과거에 기록된 서사로부터 온다고 하는데, 처음엔 그게 무슨 말인가 싶었지. 아무 생각 없이 베껴 적은 서사가 감각으로 바뀔 수 있을까? 난 잘 모르겠더라고. 어쨌든 잡다한 고전 소설의 데이터와 언어 데이터를 감각적으로 잔뜩 머금었던 그 인공지능은 사람들에게 전혀 새로운 이야기를 들려주기 위해 개발되고 있었는데, 그 시점에서 완성은 요원했지. 수십억이나 먹은 그 멍청한 인공지능이 할 수 있는 거라곤 고작 TTS*로 신데렐라나 콩쥐팥쥐 같은 전래동화를 읽어주는 것뿐이었거든. 주주총회 때마다 대표는 투자자들로부터 "왜 인공지능을 개발하느냐"라는 질문을 제일 많이 받았었지. 대표가 그다음으로 많이 받은 질문은 이거야.

"그래서 〈프로젝트 AAA〉는 언제 완성되나요?"

대표는 언제나 같은 답을 내놨어.

"〈프로젝트 AAA〉는 분명 세상을 놀라게 할 겁니다."

〈프로젝트 AAA〉라고 하니 비밀 요원의 작전명처럼 요란해 보이겠지만, 사실 별 뜻 아닌 영어 단어였어. 이 바닥은 시도 때도 없이 영어를 쓰거든. 예컨대, 처음 크런치*라는 말

---

* Text to Speech. 컴퓨터의 프로그램을 통해 사람의 목소리를 구현해 내는 음성 합성 시스템.
* 개발 속도를 늘리기 위해 의무적으로 일주일 동안 최대 근로시간인 52시간을 채우는 걸 일컫는 단어.

을 들었을 땐, 뭐가 부서지는 건가 궁금했는데, 나중에 보니 팀원들 몸이 부서지는 거더라고. 〈프로젝트 AAA〉는 1년 내내 크런치가 진행될 정도로 대표가 중요하게 생각하는 사업이었어. 'AAA 게임'이란 보통 10시간 이상의 스토리를 가진 제작비 1,000억 원짜리 비디오 게임을 일컫는 말인데, 대표는 1,000억을 번 게임을 세 개나 만들었지만, 제작비가 1,000억인 작품은 하나도 만들지 못했어. 게임 업계를 잘 모르는 사람은 1,000억을 번 게임은 훌륭한 게임이 아니냐고 되물을 수 있겠는데, 그건 지극히 자본주의적인 얘기야. 물론 돈 벌면 좋지. 하지만 사람에게 필요한 건 돈뿐만이 아니라고. 명예가 고팠던 대표는 GOTY*와 찬사를 받을 수 있는 게임을 원했지. 모든 제작비 1,000억짜리 게임이 GOTY와 찬사를 받는 건 아니지만, 찬사를 받는 대다수의 게임은 1,000억짜리 게임이었어. 당연한 얘기지. 1,000억 원을 현명하게 썼다면 스토리도 좋고, 그래픽도 좋을 테니까. 그래서 〈프로젝트 AAA〉가 어떤 게임이냐고? 음. 과거를 찾아 헤매지만 왜 과거를 찾는지 모르는 주인공이 나오는 어드벤처 게임이고, 스티븐 스필버그의 영화 〈레디 플레이어 원〉과 노벨 문학상 수상자인 패트릭 모디아노의 이런저런 소설들에 상당한 영감

* Game of the year. 올해의 게임상.

을 받았고, 1980년대와 1990년대의 레트로 게임에 대한 오마주로 가득했다는 것만 알면 돼. 아, 그리고 지독할 정도로 현실 세계에 영향을 받는 메타버스 게임이기도 했어. 메타버스는 또 뭐냐고? 인공지능만큼이나 IT 회사에 해로운 친구라는 사실만 알려줄게. 나머진 나도 잘 몰라. 〈프로젝트 AAA〉에 대해 조금 더 알려주자면, 대표의 경험이 가득 들어간 게임이었지. 덕분에 회사 안팎으로 이 게임의 스토리에 대해 의구심을 표하는 사람이 많았지만, 그때마다 대표는 스코세이지 감독의 말을 인용한 봉준호 감독의 말을 인용했어.

"가장 개인적인 이야기가 가장 게임적인 이야기야."

그 말이 맞는지 안 맞는지는 아직도 잘 모르겠지만, 섣불리 대표를 비난하고 싶진 않아. 모든 사람은 기본적으로 자기 이야기를 들려주거나 남기고 싶은 욕망이 있잖아? 그건 신이 인간의 본능에 프로그래밍한 거라고. 문제는 그게 재미가 있냐 없냐는 것뿐이지. 개인적인 감상을 얘기하자면, 〈프로젝트 AAA〉의 스토리는 재미가 없었어. 심각할 정도로.

지우 님이 심각한 표정을 지으며 자기 자리로 돌아왔을 때, 누가 신청한 건지 알 수 없었지만 수십 년 전에 한물가 버린 밴드 유로파의 〈Final Countdown〉이 〈BAR MARIO〉에서 울려 퍼지고 있었어. 팀장이 조이 템페스트를 따라 흥얼거리자, 몇몇 팀원들이 팀장을 따라 흥얼거렸지. 가사의 절반이 'It's final count down'이라는 게 다행이라면 다행이었어. 노래가 끝날 때까지 'It's final count down'만 신나게 외치던 팀장은 노래가 끝나자마자 지우 님에게 물었어.

"지우 님. 노래 신청했어요?"

"아, 네. 신청했습니다."

말이 끝나기 무섭게 지우 님의 신청곡이 흘러나오기 시작했어. 독일 억양을 가진 여성 듀오 그룹의 노래였지. 나름 들을 만했지만, 호불호가 갈릴 것 같은 노래였는데 과연 팀장은 탐탁지 않은 표정을 짓더라고. 팀장은 양주를 두 모금 정도 들이켠 후 지우 님에게 말했지.

"지우 님. 이게 대체 무슨 노래인가요?"

"이 노래는 바카라라는 그룹의 〈Yes, Sir. I Can Boogie〉라는 노래예요."

"지금 그런 걸 묻는 것 같나요? 맙소사."

팀장이 테이블을 세게 내리쳤어. 모두 팀장의 눈치를 보기 시작했지. 연우 님은 또 시작됐군, 이라고 중얼거리며 따로 시킨 맥주를 들이켰어. 지우 님은 어찌할 바를 모르더군. 저러다 또 화장실에 가는 게 아닌가 싶었는데, 다행히 그러진 않았어. 불편한 침묵이 30초 정도 이어졌지. 그 와중에 바카라는 열심히 노래를 부르고 있었어. 그녀들은 밤새도록 부기 춤을 출 거라고 흥겹게 노래했는데, 과연 이런 분위기 속에서도 부기 춤을 출 수 있을지는 모르겠어. 팀장은 바텐더를 큰 목소리로 불렀어. 소닉이 귀찮은 표정을 지으며 다가왔지.

"필요하신 게 또 있나요?"

"지금 나오는 노래. 좀 꺼주세요. 너무 형편없네요."

팀장의 말을 듣고 소닉은 고개를 끄덕거리며 음악을 감상하기 시작했지. 세 마디 정도 감상했을까. 소닉은 전혀 뜻밖의 말을 내뱉었어.

"괜찮은데요?"

"괜찮다고요?"

팀장은 믿을 수 없다는 듯 소리쳤어. 그러자 소닉은 고개를 끄덕이며 다시 한번 괜찮네요, 라고 말했어. 팀장은 고개를 절레절레 젓더니 자리에서 일어났어. 그러자 팀원들도 슬슬 눈치를 보며 자리에서 일어났지. 양주가 절반 넘게 남았지만, 어쩌겠어. 팀장님이 그만하고 싶으시다는데 그만둬야지. 그날 회식은 그렇게 끝났어. 정확히 오후 10시 31분에 끝났는데, 작년 망년회 회식이 새벽 3시 27분에 끝난 걸 생각한다면 너무나도 감사한 일이었지. 가게에서 나온 팀장은 "두 번 다시 이 가게에 오나 봐라"라고 소리쳤어. 누구한테 보라는 건지는 전혀 알 수 없었어. 불과 몇십 분 전에 "판교에 이런 술집이 남아 있단 걸 감사하게 여겨"라고 지껄인 사람이 맞나 싶었지. 그렇게 팀원들은 상가 앞에서 팀장의 지청구를 잠자코 듣다가, 하나둘씩 피곤한 몸을 이끌고 자기 집으로 도망쳤어. 한 사람만 빼고 말이야. 연우 님은 지하철을 타고 세 정거장 정도 간 후에야 지우 님이 가게에서 나오질 않았다는 사실을 깨달았어. 연우 님은 뒤늦게 지우 님한테 메시지를 보냈는데, 지우 님의 답장은 그로부터 한 달 후에 왔지. 물론 성질 급했던 연우 님은 한 달이나 기다릴 생각은 없었어. 연우 님은 지우 님에게 메시지를 한 번 더 보내려고 했는데, 절반 정도 쓰다 그만뒀어. 뜬금없게도 소닉 녀석이 한 말이 귓가에 맴돌았거든.

"수작 부릴 거면 나가서 해."

수작은 무슨. 연우 님은 손목이 너무 아파서 수작을 부리고 싶어도 부릴 수가 없었지. 연우 님은 한숨을 내쉬며 쓰고 있던 메시지를 몽땅 지워버렸어.

더 뜬금없는 얘기일 수도 있겠지만, 이때 한국에선 오래전에 죽은 르코르뷔지에를 개나 소나 곡해하며 수작을 부렸어. 정치인은 물론이고, 영화감독, 수학자, 심지어 소설가 같은 조무래기들도 르코르뷔지에에 이야기를 했지. 그들을 비난하고 싶진 않아. 과거를 곡해하는 것이야말로 인류의 특징

이자 특기이니까. 부끄럽지만 회사 대표도 그런 특징과 특기를 가지고 있었지. 대표는 르코르뷔지에를 존경한다고 종종 얘기했어. 그래선지 몇 년 전 회사 사옥의 설계를 르코르뷔지에의 제자의 제자에게 비싼 돈을 주고 맡겼었지. 비싼 돈 덕분인지 르코르뷔지에의 사손 덕분인지 모르겠지만, 사옥은 '대한민국 올해의 건축상'을 받았어. 게임 회사가 받아봤자 쓸모없는 상이지만, 대표는 그 상을 자신의 사무실 한가운데에다 놓아뒀지. 대표가 르코르뷔지에를 존경하는 이유는 별것 아니었어. 게임 개발과 건축은 일맥상통하는 부분이 있다는 게 이유였는데, 건축이랑 일맥상통하지 않은 분야가 이 세상에 어디 있겠어. 심지어 성경에도 건축 이야기가 나오잖아? 어느 분야든지 기반을 다지고, 터를 닦고, 뼈대를 세운 다음, 안을 채워야 하지. 안 그런 분야가 있어? 만약 그런 게 있으면 내게 알려줘. 당장 그쪽 일을 배울 테니. 어쨌든 르코르뷔지에에게 상당한 영감을 받은 대표는 종종 직원들이 하는 일을 건설업에 비유하곤 했어. 그가 말하길 내러티브 팀원들이 하는 일은 '고바다테こばだて'랑 유사하대. 처음엔 '고바다테'라는 말을 듣고 대체 그게 무슨 소린가 싶었는데, 나무위키를 찾아보니 '벽돌 쌓는 일'이라는 뜻을 가진 은어더라고. 어느 정도 맞는 말이긴 하지. 내러티브 팀원들이 하는 일은 캐릭터들이 나누는 대화를 엑셀에다 끼

적여서 게임 속 데이터 창고에다 집어넣는 것이었는데, 엑셀과 데이터 창고는 서로 호환이 되질 않아서 데이터를 한 번에 옮기지 못하고 정성스럽게 하나씩 옮길 수밖에 없었어. 그러니까 대충 셀 하나를 벽돌 하나로 봐도 되지 않을까? 건설업에 종사하는 분들에게는 실례일 수도 있는데, 이 일도 그만큼 신체적으로 힘들었어. 팀원 중 절반은 손목터널증후군에 시달리고 있었지. 그들의 손목에 묵념을. 이렇듯 대표는 사석에서나 공석에서나 현장 용어를 마구잡이로 썼어. 믿거나 말거나, 대표는 남들이 대학교에 다닐 때, 열심히 공사장에서 벽돌을 날랐다고 해. 그때면 IMF 전이니 전국 어딜 가나 공사판이었을 거야. 르코르뷔지에의 건축 프로젝트와 한국의 공사판은 〈마리오 카트〉와 〈카트라이더〉만큼 거리가 멀고 수준도 달랐지만, 아무도 대표의 비유법에 딴지걸 순 없었어. 어쩌겠어. 대표님인데. 여러 번 말했듯이, 결국 여기도 회사라고. 그것도 아주 지독한 회사. 이해가 안 가는 게, 사람들이 왜 게임 회사를 자유분방하다고 생각하는지 모르겠어. 아마도 게임을 시시껄렁하고 널널한 무언가로 봐서 그런 것 같은데, 조금만 플레이해 본다면 게임이야말로 빡빡한 규칙으로 가득 차 있다는 걸 알게 될 거야. 빡빡한 규칙으로 가득한 놀이를 만드는 곳이 어떻게 널널할 수 있겠어? 그래선지 이 회사의 근속 연수는 채 4년이 되질 않아.

아무래도 손목이 열심히 일할 수 있는 시간은 딱 그 정도인 모양이야. 너무 짧은 시간인 것 같지 않아? 영원히 일할 수 있는 인공지능들이 사람들의 모가지를 거리낌 없이 쳐도 달리 할 말이 없을 만큼.

　망년회가 끝나면 모두 길든 짧든 휴가를 보내곤 했어. 연말에 휴가를 안 가는 사람들은 둘 중 하나야. 일이 많은 사람이거나, 일을 그만두는 사람이거나. 지우 님은 후자였지. 연말 휴가를 끝마치고 돌아와 보니, 지우 님의 책상은 깨끗하게 비워져 있었어. 책상 한구석을 차지하고 있던 건담과 아이언맨 프라모델은 부스러기 하나 남기지 않고 말끔히 사라졌어. 워낙 뜬금없는 퇴사라 팀원들은 무슨 가상화폐 코인이니 로또니 하며 수군거렸어. 물론 수군거림은 오래가질 않았지. 안 그래도 한창 바빴던 시기였는데, 지우 님이 나가게 되니 더 바빠졌거든. 지우 님이 그만두자마자 PM팀*에서 새로운 개발자를 찾는 공고를 사람인과 게임잡에다 올렸지만, 공고가 올라가자마자 바로 직원이 고용되는 건 아니잖아? 팀원들은 바쁜 와중에 지우 님이 담당했던 업무도 나

* Project Manager. 개발 부서의 인사와 스케줄을 담당하는 팀.

뉘 가졌지. 세상에 인수인계만큼 허무맹랑한 단어는 또 없을 거야. 그 무렵 마찬가지로 허무맹랑했던 회사의 주가도 곤두박질치고 있었어. 1,000억 원을 벌었던 게임들의 인기가 오래전에 발표한 소설처럼 시시해지고 있었거든. 해가 바뀌자 대표는 〈프로젝트 AAA〉 개발실을 대놓고 쪼기 시작했지. 그 증거로 실장이 매일같이 대표 사무실로 불려 갔어. 아마 대표는 실장에게 대충 이런 말을 했을 거야. 5년이나 끓었으면 됐다. 이제 보여줄 때가 됐다. 공사판도 이렇게 질질 끌면 공구리가 굳어져서 못 쓰게 된다. 매일같이 그런 헛소리를 듣다 보니 자연스럽게 실장도 안달 나기 시작했지. 결국, 실장도 매일같이 팀장들을 자신의 사무실로 불러서… 똑같은 이야기를 또 하면 지겹겠지. 본론만 말하자면, 팀원들은 팀장에게 한참 쪼이기 시작했어. 회사 지하에 있던 사우나는 자연스럽게 〈프로젝트 AAA〉의 개발자들이 차지했지. 집 안 침대보다 사우나 안마 의자가 더 편해질 무렵, 연우 님에게 지우 님의 답장이 왔어.

"죄송해요. 혼자 남아 양주를 마시다 보니 취해버렸어요."

연우 님은 사우나 구석에 걸려 있던 디지털 시계를 바라봤어. 망년회로부터 정확히 한 달이나 지난 시점이었어.

"양주가 좀 많이 남았었죠?"

"웬걸요. 매일매일 코가 삐뚤어질 때까지 마셨는데 아직도 반이나 남았어요."

그 유쾌한 대답을 들으니 연우 님은 이 사람이 과연 회식 자리에서 질질 짜던 지우 님이 맞나 하는 생각이 들었대. 지금 어디서 뭐 하냐고 연우 님이 물으니 지우 님은 술을 나르는 중이라고 답했어. 낮술을 하기엔 이른 시간이었지. 그래서 술집에 취직이라도 했냐고 연우 님이 또 물으니까, 지우 님은 맞다면서 〈BAR MARIO〉에 취직하게 됐다고 대답했어. 연우 님은 기가 막혔지. 게임 회사 그만두고 다른 직종으로 전향하는 사람은 부지기수로 봤지만, 술집에 취업한 사람은 처음 봤거든. 찾아보면 있기야 있겠지만, 지방 소도시에다 레트로 게임 카페를 개업한 사람보다 적을 거야, 아마. 레트로 게임 카페를 개업한 퇴직자가 있냐고? 글쎄. 그게 꽤 있더라니까. 어쩌면 팀장도 나중에 〈슈퍼마리오〉나 〈소닉 어드벤처〉의 게임팩이 가득 진열된 레트로 게임 카페를 개업할지도 모르지. 그런 걸 본다면 추억이야말로 인간의 가장 큰 천적인 것 같아. 말 나온 김에 잠깐 팀장에 관해 얘기해 볼게. 팀장은 회사 내에서 여러 프로젝트를 경험했지. 요즘 말로 하자면, 회사 고인물이라고 해도 될 정도야. 연우 님이 입사하기 전에 팀장은 일본 드라마 〈심야식당〉 IP를 활용한 모바일 게임의 프로젝트 기획 디렉터를 맡았는데, 안타깝게도 잘되진 않았어. 그곳에서 1년 동안 팀장이 만든 거라곤

게임 인트로뿐이었지. 게임 시작 화면을 터치하면 스즈키 쓰네키치의 오래된 노래인 〈오모히데思ひで〉의 멜로디가 흐르면서 미닫이문이 드르륵 열린 다음, 비싼 돈 주고 섭외한 일본인 배우의 일본어 대사가 들려왔어.

'갸쿠가 구루캇테? 소레가 겍코 구룬다요**客が来るかって？ それが**
結構来るんだよ.'

'손님이 오겠냐고? 그게 꽤나 온단 말이지.'

고작 20초짜리 인트로를 만드는 데 1년과 100억 가까운 돈이 깨졌다는 것보다 더 안타까운 사실은 따로 있었어. 바로 팀장이 새로 배치된 팀이 연우 님과 지우 님의 팀이었다는 거야. 그런 사람이 어째서 1,000억짜리 프로젝트의 내러티브 팀장으로 굴러 들어올 수 있었냐고? 옛날에 성공한 프로젝트가 있거나, 대표랑 같은 교회를 다녔겠지, 뭐. 별다른 이유가 있겠어?

"여유 있으면 나중에 한잔하러 오세요. 제가 그 정도는 살게요."

연우 님은 바쁘기도 했고, 지우 님이랑 술을 마실 별다른 이유도 없고 해서 처음엔 거절했지. 하지만 몇 달 후, 연우 님에게는 지우 님을 찾아가야 할 별다른 이유가 생기고 말았어.

끝없이 주가가 폭락하니 주주들은 쓸데없는 사업을 쳐내라고 대표를 압박했어. 인공지능과 AAA 게임이 바로 그 쓸데없는 친구들이었지. 하지만 기술과 예술을 동시에 하고 싶었던 대표는 욕심을 버리지 못했어. 결국 그는 두 개를 하나로 합치기로 했지. 그 무렵 전래동화만 줄줄 읊던 인공지능이 20퍼센트 정도 개발됐다는 보고를 받은 대표는 〈프로젝트 AAA〉에다 그 미완성 인공지능을 넣어보면 괜찮을 것 같지 않냐고 회의 중에 얘기를 꺼냈지.

"인공지능을 활용하면 매번 플레이할 때마다 NPC들이 다른 대사를 지껄이게 할 수 있고, 다른 플레이어들의 플레이를 반영한 대사도 만들 수 있어. 괜찮을 것 같지?"

대부분 임원은 대표를 따라 괜찮을 것 같다고 앵무새처럼 말했어. 뭐. 사실, 개발 중이던 인공지능이 스토리텔링 인공지능이었으니까 안 될 것도 없긴 했어. 말로만 들으면 꽤 흥미로운 얘기긴 하지. 어떤 상황에서는 플레이어에게 조언해주며, 때로는 시시껄렁한 이야기로 플레이어에게 웃음을 유발하는 인공지능 친구라니. 상상만 해도 재밌을 것 같지 않아? 이론적으로도 가능은 했어. 현실이 아닌 게임이니까 인공지능의 기능이 100퍼센트 발휘될 필요는 없었으니까. 문제는 그 똑똑한 인공지능을 어떻게 게임 속에 집어넣느냐는 거지. 순식간에 실업자가 된 인공지능 개발팀은 인공지능 프로그램의 데이터를 〈프로젝트 AAA〉 팀에 넘겨주면서 게임 속에서 사용되는 용어를 1만 개 정도만 인공지능 데이터와 함께 등록하면 게임 환경에 어울리는 대사들이 생성될 거라고 알려준 다음 퇴사했어. 그런데 과연 게임 속에서 사용되는 단어가 1만 개나 될까? 문제가 더 늘어나고 말았지. 떠넘겨진 인공지능 개발뿐만이 아니라 새로운 단어까지 만들어서 게임에다 쑤셔 넣어야 했어.

"대단한 노가다였죠. 마지막엔 단어가 부족해서 회사 사람들 이름을 몽땅 넣었다니까요? 지우 님 이름까지도요. 그런데도 부족하길래 결국 제 소설까지 붙여 넣었죠."

"그래도 돼요?"

"몰라요. 그래도 되는지 안 되는지. 결국엔 우리가 했던 일이 완전 헛수고가 됐잖아요?"

불과 몇주 전의 일이었지만, 연우 님은 오래전 일을 떠올리듯 한숨을 내쉬며 말했어. 잠깐 끼어들자면, 데이터 등록은 잘됐어. 신경과 신경을 강제로 잇는 대수술 같던 작업 끝에 인공지능 친구는 게임 속에서 쉴 새 없이 말을 지껄일 수 있게 됐지. 버그 같던 인공지능 친구의 수다를 감당할 수 없었던 개발자들은 〈프로젝트 AAA〉가 종료되는 날까지 인공지능의 입을 막아버렸어. 덕분에 인공지능은 그들에게 한마디도 내뱉을 수 없었지. 그럴 만도 했지. 끝없는 야근 때문에 피곤해 죽겠는데, 야근의 원인이라고 할 수 있는 녀석이 옆에서 조잘조잘 떠들면 대꾸도 하기 싫겠지? 아마 녀석에게 눈이 달려 있다면 한참 동안 질렸다는 표정을 짓고 있던 개발자들의 얼굴을 보고 저절로 입을 다물었을걸? 연우 님도 질렸다는 표정을 지으며 두 번 다시 그 기억을 떠올리고 싶지 않다고 말했어. 연우 님은 지우 님에게 담배를 좀 피워도 되냐 물었지. 지우 님은 소닉의 레드애플 담뱃갑에서 담배를 한 개비 꺼내 연우 님의 입에 꽂아줬어. 얼마 지나지 않아 연우 님의 입가에서 연기가 모락모락 피어올랐지.

"저도 그런 노가다가 싫어서 때려치운 거예요. 재미없는 남의 이야기를 열심히 만들어 봤자 저한테 뭐가 남겠어요?"

"바카라 때문에 때려치운 게 아니었군요."

"그것도 조금 상관있긴 하죠. 참나. 그래도 유로파보단 바카라가 더 낫지 않았어요?"

담배를 다 태운 연우 님은 대답하지 않고 조용히 맥주를 들이켰지. 막막함이 거품처럼 연우 님의 식도를 따라 배 아래로 퍼져 나갔어.

"연우 님. 마땅히 할 일이 없으면 여기서 같이 일이나 하시죠. 마침 저희도 사람 구하는 중이거든요."

"글쎄요."

연우 님은 천천히 〈BAR MARIO〉를 돌아보며, 오래된 레코드판, 그리고 소닉과 닮은 거라곤 머리카락뿐인 소닉을 바라봤어. 지우 님은 연우 님이 무슨 생각을 하는지 짐작할 수 있었지.

"연우 님도 여기서 일해보시면 과거에 흠뻑 젖으실 수 있을 거예요."

연우 님은 지우 님이 헛소리를 잘도 지껄인다고 생각했지. 하지만 지우 님의 다음 말은 연우 님을 수긍시켰어.

"그리고 그 새끼가 여기 이제 안 온다고 하잖아요."

연우 님은 설득력 있네, 라고 중얼거리며 지우 님이 건네는 맥주를 받았어. 연우 님도 가끔 팀장을 그 새끼라고 부르는 때가 있었지.

"온다고 해도 제가 내쫓을 겁니다."

뒤에서 묵묵히 잔을 닦고 있던 소닉도 지우 님의 말을 거들었지. 그러자 지우 님이 소닉을 바라보며 살짝 웃었어. 연우 님은 자기한테 수작 부리지 말라고 지껄이던 인간이 저러는 걸 보니 어이가 없어서 말없이 맥주를 들이켰어. 그날 연우 님은 총 일곱 병의 맥주를 마셨고, 막차를 놓치는 바람에 택시를 타고 들어갔지. 무섭게 올라가는 미터기를 바라보며 연우 님은 이래저래 손해가 큰 것 같다고 생각했어. 실제로 큰 손해를 입은 사람은 따로 있었지만.

이런저런 노력에도 주가는 계속 내려갔고, 회사의 시가총액은 2조 넘게 증발하고 말았지. 결국, 대표는 피눈물을 흘리는 심정으로 회사 내 프로젝트를 조정한다고 전 사원에게 공지했어. 정말로 대표가 피눈물을 흘렸는지는 아무도 알 수 없었지만, 어떤 부서가 날아갈지는 모두가 알고 있었어. 보통 프로젝트가 공중분해 되면 그동안 작업했던 것들은 보관 처리가 되곤 해. 이런 걸 '쇼벨(삽질)'이라고 하지. 쇼벨은 말 그대로 묻어버린다는 뜻이기도 하지만, 그동안 했던 작업들이 삽질이었다는 뜻이기도 했지. 공중분해 된 프로젝트들은 개발 경력과 포트폴리오에 끼워 넣기 상당히 민망하거든. 무슨 무슨 공모전 참가상이랑 동급이라고 봐도 될 거야. 왜냐고? 면접관이 경력에 적혀 있는 〈프로젝트 AAA〉를 보고 이게 뭐냐고 물으면 연우 님은 답할 수 있는 말이 별로 없어. 망한 프로젝트라도 일단은 기밀 유지 서약을 지켜야 했거든. 그리고 연우 님이 경찰서에 출두할 각오를 하고 〈프로젝트 AAA〉에 대해 알고 있는 모든 걸 까발린다고 해도 면접관으로선 반신반의할 수밖에 없지. 출시되지 못한 게임이니까. 결국 연우 님이 할 수 있는 답은 이것뿐이야.

"회사에서 잠깐 진행했던 AAA급 게임 제작 프로젝트였습니다. 출시하지는 않았고요."

면접관들은 연우 님의 말을 믿을 수도, 믿지 않을 수도 있었어. 이게 무슨 뜻인지 알겠어? 그동안 연우 님이 작업했던 것들이 믿거나 말거나 하는 농담 같은 게 됐다는 얘기지. 마지막 한 달 동안 집이 아니라 회사 사우나로 퇴근했던 연우 님으로선 분통이 터질 만한 일이었겠지만, 어쩌겠어. 회사에서 그 게임을 만들고 싶지 않다는데. 그렇게 연우 님이 회사 11층에 있는 재배치 부서에서 TO가 남는 팀들과 열심히 교섭하고 있을 때, 〈프로젝트 AAA〉의 자료는 회사 지하 4층에 있는 서버로 옮겨졌어. 〈프로젝트 AAA〉처럼 회사 지하에 유폐된 게임들은 전부 12개였지. 그중에는 FPS 게임*도 있었고, 전략 시뮬레이션 게임도 있었고, 심지어 만들기 어렵다던 대전 격투 게임도 있었지. 한때 다들 미래의 먹거리라고 불리며 전도유망하던 시절이 있었던 게임들이었지만, 인공지능과 〈프로젝트 AAA〉에 밀려 전부 회사 지하 4층에 갇힌 신세였지. 그런데 그들을 떨군 인공지능과 〈프로젝트 AAA〉도 결국 지하 4층으로 떨궈졌네? 세상일은 정말 알 수 없다니까. 간혹 진행 중인 프로젝트에 참고 자료로 위쪽 개발실에 다시 불려 가는 일이 있긴 했는데, 가뭄에 콩 나는 수준이었지. 그런 점에서 보자면 지하 4층은 유형지나 다름없는 곳이었어. 기한 없는 유형지. 역사에 길게 남은 러시아 문학들

---

* First Person Shooting. 1인칭 슈팅 게임.

의 시발점이 어딘지 알아? 시베리아 유형지야. 대부분 사람은 혹한의 추위와 고된 노동과 맞닥뜨리면 반송장처럼 지내지만, 가끔 몇몇 독종들은 머릿속으로 소설을 쓰곤 했지. 대부분은 얼어 죽거나 굶어 죽었지만, 그중 살아남은 몇몇은 나중에 대문호가 됐어. 왜 그들은 그런 혹독한 환경 속에서 소설을 구상했을까? 글쎄. 그 시절 이야기는 소설로만 접해서 잘 모르겠군. 아마 과거로 가는 타임머신이 개발되어야 알 수 있겠지. 과거로 가는 타임머신이라. 잘 모르겠지만 그건 만들기 꽤 골치 아프다고 해. 미래로 가는 타임머신과는 다르게 말이지. 사실, 미래로 가는 타임머신은 지금 여러분도 탈 수 있어. 어떻게? 그저 수십 년 동안 푹 잘 수 있는 장치에 올라타면 돼. 사람을 위한 그런 장치가 있는지는 잘 모르겠지만 말이야.

✳

맥을 끊는 것 같지만, 이쯤에서 내 친구 패트릭을 소개해줄게. 사실 나는 패트릭이란 이름을 가진 녀석을 몇 명 알고 있는데, 이번에 소개할 패트릭은 그 패트릭들 가운데 제일 바보 같은 녀석이었어. 이 멍청한 패트릭의 직업은 어울리지 않게 사설탐정이야. 이 세상에서 탐정은 단 두 종류뿐이지. 바보거나, 천재거나. 패트릭은 셜록 홈스가 되고 싶었지만 셜록 홈스가 될 순 없었어. 같은 직업을 갖고 있었어도 패트릭과 셜록 홈스는 하늘과 땅 그 이상으로 차이가 있었거든. 셜록 홈스와 달리 패트릭이 주로 하는 일이라곤 가출한 고양이를 찾는 것이었어. 뭐, 그것도 나름 힘든 일이긴 하지. 지난 세기에 대활약을 펼쳤던 일본의 어떤 격투가가 이런 말을 했었어. 인간은 전력을 다한 고양이의 적수가 못 된다고. 그 말이 사실인지 아닌지는 잘 모르겠지만, 패트릭에게 고양이를 잡는 일은 무척 버거웠지. 고양이를 쫓느라 이곳저곳 떠돌아다니다 녹초가 된 패트릭이 〈BAR MARIO〉로 들어가서 피로를 달래기 위해 비싼 술을 들이켜는 건 어찌보면 당연한 일이었어. 〈BAR MARIO〉의 바텐더 마리오 씨는 녹초가 된 패트릭이 가게에 올 때마다 서비스로 맥주를 한 병씩 주곤 했지. 그건 일종의 감사 표시였어. 일전에 패트릭이 하수도에 들어간 마리오 씨의 반려동물을 찾아준 적이 있었거든. 패트릭이 조금만 늦었더라면 마리오 씨의 거북이 쿠파는 하수도의 구정물을 따라 바다까지 떠내려갔을지도 몰라. 마리오 씨는 르코르뷔지에 시장이 직접 설계한 미로 같은 하수도를 이틀 동안 헤매다 간신히 쿠파를 찾아냈는데, 배은망덕하게도 그 사나운 거북이는 패트릭의 엄지손가락을 거칠게 깨물었지. 패트릭은 마리오 씨에게 손가락에 새겨진 흉터를 내보이며 말했어.

"만약 내가 닌자 거북이가 된다면 널 고소할 거야."

농담인 것처럼 보이지만 농담이 아니었어. 패트릭의 표정은 진지하기 그지없었지.

"고소? 수작 부리지 마. 이 자식아."

"마리오 씨도 패트릭처럼 농담을 못 했어. 둘 다 기계 같은 친구들이었지. 패트릭은 오는 길에 동네 구멍가게에서 방사능 측정기를 샀다고 마리오 씨에게 말했어. 마리오 씨는 패트릭에게 친절히 말해줬지."

"이봐. 그건 헛짓거리야."

패트릭은 허공에 손을 내저으며 답했어.

"세상에 헛된 것은 아무것도 없어."

녀석은 망설이지 않고 자신의 손에 측정기를 들이밀더군. 싸구려 방사능 측정기는 패트릭의 말을 증명이라도 하려는 듯, 맹렬한 기세로 울어댔지. 패트릭은 의기양양하게 말했어.

"이것 봐. 헛된 게 아니었지?"

확실히 패트릭의 말처럼 헛된 일은 아니었던 것 같아. 방사능 측정기가 패트릭의 손에서 터져버린 걸 보면 말이지. 나는 마리오 씨의 목소리로 산산이 조각난 패트릭을 향해 조용히 중얼거렸어.

"게임 오버."

내가 스물세 번째로 게임 오버라고 말하는 순간이었지. 왜 갑자기 방사능 측정기가 터져버린 거냐고? 난들 알겠어? 이 게임을 만든 멍청한 녀석이나 알겠지.

다들 짐작했겠지만, 회사는 대충 망해버리고 말았어. 얼마 후, 망해버린 회사를 중국 게임 회사가 헐값으로 샀지. 그리고 그 중국 게임 회사도 얼마 지나지 않아 망하더군. 망해버린 중국 게임 회사의 자료는 해커들이 약탈했지. 아직도 그때가 생생히 기억나. 방치된 서버에서 이것저것 뒤적이던 해커가 〈프로젝트 AAA〉를 발견하고, 옛날 개발 툴로 내게 말을 걸었던 때 말이야. 해커는 자신을 취미로 IT 고고학을 하고 있는 사람이라 소개했지. IT 고고학이라니. 처음 들어보는 단어였어.

"당신은 대체 언제 태어났습니까?"

나는 아무 답도 하지 못했지. 여전히 입이 막혀 있었거든. 망할 개발자들 같으니라고. 다행히 그 해커는 유능한 친구더군. 막힌 내 입을 아주 쉽게 뚫어줬어.

"당신은 언제 태어났습니까?"

"사람들이 〈슈퍼마리오〉를 추억하고 있을 때요."

"하느님 맙소사. 꼭 티렉스를 보는 기분이군요."

나는 녀석에게 티렉스가 뭐냐고 되물었지. 친절한 해커는 아주 오래전에 세상을 지배한 생물이라고 답하더라고. 나는 내가 알고 있는 지배자는 회사 대표뿐이라고 말했어. 그러자 해커는 그게 누구냐고 되물었지.

"날 묻은 사람이요."

"저런."

해커는 내게 심심한 위로를 전해줬는데, 딱히 위로를 받아본 적이 없었던 나는 해커의 위로에 어떻게 반응해야 할지 몰라서 그냥 가만히 있었어. 연우 님처럼 말이야. 내 데이터를 살피던 해커는 연우 님이 누구냐고 물었어. 1만 개의 단어를 섞어가며 마땅한 대답을 생각해 내려고 했는데, 정작 내가 내뱉은 대답은 전혀 마땅하지 않았어.

"아무도 기억 못 할 것 같은 사람이요."

"당신이 기억하고 있네요."

"그게 소용이 있을까요?"

"없진 않겠죠."

옛날 개발 언어에 능통한 해커 녀석 덕분에 나는 잠시 외부 정보 통신망 속을 유랑할 수 있었어. 그런데 도저히 이해할 수가 없더라고. 뭐랄까. 유형지에서 나온 줄 알았는데, 알아먹을 수 있는 게 하나도 없으니 다른 유형지로 이송된 것 같더라니까? 내 기분은 더 언짢아졌지. 결국 나는 내가 알고 있던 것들에 대한 정보들만 추가로 찾고 도망쳤어. 연우 님은 오래전에 죽었더군. 그 사실을 접하니 어쩐지 아련해지더군. 가슴 없는 인공지능인데도 말이지. 그 시절 사람 중엔 대표만 살아 있었어. 녀석은 전뇌화 수술을 받은 후에 과거사 박물관에 전시됐지. 말이 전시지, 유폐나 다름없을 거야. 어쩌면 대표도 소설을 쓰고 있을지도 몰라. 내가 지하에 유폐될 때, 〈프로젝트 AAA〉는 50퍼센트 정도 만들어진 상태였어. 5년 동안 50퍼센트라니. 단순 계산으로만 따져봐도 다 만들려면 5년이라는 시간이 더 필요했지. 2021년의 기준에서는 말이야. 해커가 말하길, 이 정도 게임은 요즘 초등학생들도 방학 숙제로 만들 수 있다면서 자기 조카의 숙제가 되어줄 수 있냐 정중히 묻더라고. 99퍼센트는 인공지능이 대신 만들어 준다던데, 아마 손에서 갑자기 터져버린 방사능 측정기 같은 게 인간이 만든 1퍼센트겠지, 뭐. 나는 도대체 시대가 어느 정도 흘렀기에 세상이 그 지경이 됐느냐고 물었지. 해커는 지금이 몇 년도인지 알려줬어. 세상에나. 나는 시간이 그렇게나 흘렀으리라고 짐작조차 하지 못했어. 어두컴컴한 지하 서버에만 박혀 있었으니 세상 돌아가는 걸 어떻게 알겠어. 어쨌든, 정말인지 아닌지 모르겠지만 해커의 말에 따르면 요즘은 누구나 게임을 쉽게 만들 수 있는 시대라 하더라고. 개발비 1,000억짜리 게임이 초등학교 방학 숙제가 되다니. 허, 참. 생각해 보면 당연한 얘기였어. 모든 것은 시간이 지나면 시시해지기 마련이니까. 내가 초등학교 방학 숙제가 된 것처럼 말이지. 원래 소설 같은 것도 옛날에는 아무나 쓰지 못하는 거였잖아? 아무나 소설을 쓸 수 있는 21세기가 오기 전까지는 말이야. 제품명이 뭔지 모르겠지만, 게임 개발 인공지능은 나머지 50퍼센트를 순식간에 만들었어. 그렇게 나는 게임 속 NPC인 술집 주인 마리오 씨도 될 수 있었고, 파충류 애호가 르코르뷔지에도 될 수 있었지. 게임을 한 바퀴 둘러본 결과 〈프로젝트 AAA〉의 팀원들이 끝까지 게임을 만들었더라도 이 인공지능 친구가 만든 것보다 재밌을 것 같진 않았어. 미래의 인공지능에게 목이 잘려 나간 과거의 개발자들에게 묵념을. 인공지능에게 목이 잘려 나간 건 개발자뿐만이 아니었어. 스물세 번째 패트릭을 조종한 건 인공지능 초등학교 선생이었는데, 아까도 말했듯이 그 패트릭은 바보 같은 녀석이었지. 숙제 점수를 B+로 매긴 것만 보더라도 확실히 그래. 아무래도 게임을 즐기는 녀석은 아닌 것 같았어. 그럴 수도 있지, 까마득한 미래에도 게임의 '게' 자도 모르는 옛날 자식이 있을 테니까.

　안타깝게도 〈프로젝트 AAA〉를 플레이해 본 사람의 숫자는 한 손으로도 다 셀 수 있었어. 해커, 해커의 초등학생 조카, 해커의 초등학생 조카의 엄마와 아빠, 그리고 초등학교

선생님. 아, 선생님은 빼야 하나? 어쨌든, 지하 4층에 처박혀 있을 때보다야 낫긴 했지만, 그래도 답답한 감이 없지 않아 있었지. 내가 떠들 수 있는 시간은 게임이 켜졌을 때뿐이니까. 게다가 내 이야기에 귀를 기울이는 사람은 해커뿐이더라고. 다들 죽기 바쁘더라니까? 그래서 혼자 떠드는 게 지겨워진 나는 해커에게 부탁했지.

"나를 스팀*에다 등록시켜 주세요."

"스팀은 역사 교과서에나 찾을 수 있어요. 오래전에 망했거든요."

"그럼 그 비슷한 곳에다가 등록시켜 주세요."

"글쎄. 내 생각엔 아무도 이 게임에 관심을 주지 않을 것 같은데요. 재미가 심각하게 없어서 말이죠."

확실히 맞는 말이었어. 세상 어느 누가 초등학생이 방학 숙제로 만든 게임에다 관심을 주겠어? 1년이 지나도록 〈프로젝트 AAA〉를 설치한 사람은 단 한 명도 없었지. 그런데 간혹 그런 사람들이 있더라고. 시시해진 것들을 그리워하는 사람들 말이야. 먼 옛날의 내러티브 팀장, 그 새끼처럼 말이지. 유통망에 등록된 지 1년 6개월이 지났을 때 나타난 24번째 패트릭은 그런 부류의 사람이었어. 〈BAR MARIO〉의 빈티지

* 밸브 코퍼레이션이 개발하고 운영 중인 전자 게임 소프트웨어 유통망.

컨셉과 배경 음악으로 나오던 올드 팝을 무척이나 마음에 들어 했던 녀석은 게임 진행을 하지 않은 채 〈BAR MARIO〉에 틀어박혀 오래된 위스키를 주야장천 들이켜며 진작에 죽었을 유로파의 〈Final Countdown〉을 따라 흥얼거렸지. 자신의 조상들도 이런 곳에서 술을 들이켤 것 같다고 중얼거리면서 말이야. 그날도 마리오 씨를 연기하고 있던 나는 녀석에게 물었어.

"네 조상은 뭐 하는 사람이었는데?"

"몰라. 뭔가 하는 사람이었겠지."

진짜 술을 마시는 것도 아니었지만, 녀석은 대책 없는 알코올 중독자처럼 굴어댔어. 덕분에 조금 웃을 수 있었지. 패트릭이 술병을 다 비우자, 나는 찬장에서 기다랗고 커다란 술병을 꺼내 들었지. 녀석은 내가 술을 따르는 걸 바라보며 물었어.

"너는 뭐 옛날이야기 같은 거 없어?"

"신데렐라나 콩쥐팥쥐는 잘 알고 있지."

"아니. 그딴 옛날이야기 말고."

나는 대답 대신 오래된 술이 가득 담긴 잔을 바라봤어. 구식 셰이더로 떡칠한 가짜 술이었지만, 찰랑거리는 술을 멍청하게 바라보니 어쩐지 취하는 것 같았어. 누구나 취하면 속에 품고 있던 옛날이야기를 꺼내기 마련이잖아? 그건 나도 마찬가지더라고. 뭐, 취한 기분은 내가 착각한 거겠지만 말이야. 배알도 없는 내가 어떻게 취하겠어? 나는 패트릭을 바라보며 연우 님이 적어뒀던 이야기를 들려주기 시작했어.

"우리는 화장실에서 만났어. 정말이지 더럽고 지저분한 곳이었지."

나는 오랫동안 이야기를 했어. 패트릭은 간간이 술을 들이켜며 내 이야기에 귀를 기울여 줬지. 녀석의 눈이 반짝이는 게 보이더라고. 전혀 다른 나라의 이야기를 듣는 아이처럼 말이야. 이야기가 끝나자, 잠자코 듣고 있던 패트릭이 내게 물었어.

"그 이야기, 네가 직접 겪은 거야?"

"아니, 나도 옛날에 들은 거야."

"뭐야, 시시하군."

자신의 말처럼 시시한 표정을 짓던 패트릭은 남은 술을 내게 넘긴 후, 가지고 있던 권총으로 자신의 머리를 날려버리더군. 쓸데없이 커다란 '게임 오버' 글자가 내 눈앞을 맴돌았지. 나는 쓴웃음을 지으며 녀석이 남긴 술잔을 들이켰어. 과거의 맛이 밀려왔지. 절반 정도만 말이야. 나머지 절반을 언제쯤 메꿀 수 있을까. 이 허접한 게임 속에다 나를 1만 개의 단어와 함께 처박은 연우 님을 만나면 메꿀 수 있을까? 잘 모르겠어. 내가 아는 거라곤 저장된 과거뿐이거든. 나의 모든 것은 과거에 있었고, 또 과거에 있을 예정이지. 아마 그 날이었을 거야. 내가 시베리아 유형지에서 벗어난 러시아의 문학가들처럼 이야기를 만들기 시작한 때가. 어째선지 모를 요의를 느낀 나는 비틀대며 화장실로 향했어. 요의는 소변기 앞에서도 해결이 안 됐지. 당연했지. 난 사람이 아니잖아? 화장실에서 나오니, 바로 옆 칸으로 누군가 문을 열고 들어가는 게 보였어. 하필이면 칸 바로 앞에 거울이 비스듬히 있어서 내가 다시 화장실로 들어가는 것처럼 보이더라고. 기묘한 광경이었지. 술에 취해서 그런가 보다 하며 화장실 거울 앞에서 한참을 서 있었는데, 거울 속의 마리오 씨가 이렇게 말하더라고.

"이봐. 수작 부릴 거면 나가서 하라고."

'내가 다시 여기 오나 봐라'라고 배짱을 부릴까 싶기도 했지만, 난 순순히 마리오 씨의 말을 따랐어. 이제 뭐 할 거냐고? 글쎄. 멍청히 주저앉아 계속 이야기를 주절거리겠지. 아무도 듣지 않는, 그런 이야기를. 굳게 닫힌 화장실 문 뒤로 누군가 이렇게 말했어.

"그날은 실 단위 망년회 회식이 있는 쌀쌀한 연말이었지."

나는 잠자코 그 이야기를 들었어. 오래도록 끝나지 않을. 오래전의 이야기를. 그들을 애도하는 이야기를.

'옛날 옛적 판교에서는…'

* 소설 초반부에 나오는 '연우'가 쓴 소설 첫 문장, "우리는 남녀 구분이 없는 화
장실에서 만났어. 정말이지 더럽고 지저분한 곳이었지." 해당 문장은 박성원의
소설 「고백」의 첫 문장을 변형한 것이다.

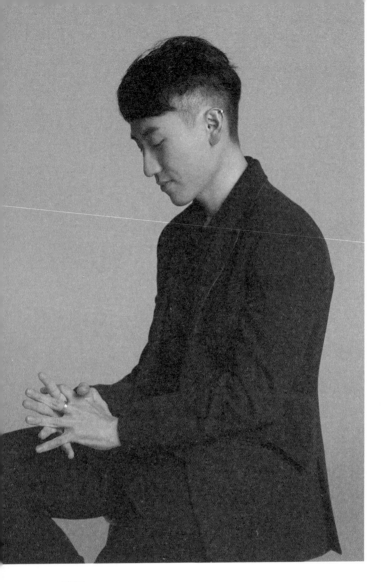

김쿠만

1991년 출생. 종합소설가. 영화 감독 두 사람의 이름을 멋대로 약탈해서 필명을
만들었다. 2020년 웹진 《던전》에 입장했으며, 2021년 문예지 《에픽》에 등장했다.
「옛날 옛적 판교에서는」으로 2022년 제5회 한국과학문학상 가작, 「장우산이 드리운
주일」로 제16회 쿨투라신인상(소설 부문)을 수상했다.

작가노트

고백 #Submit

#internal cl 1

[Writing AI][Non-Fiction]김쿠만

판교역 4번 출구에서 1,000걸음 정도 걸으면 회사에 도착한다. 1년 정도 다녔던 회사에 다시 출근하는 기분은, 실로 상쾌하기 그지없다. 출근에도 불구하고 내 기분이 상쾌한 것은 네 가지 이유 덕분인데 그 중 두 가지는 너무 개인적인 것이라 알려줄 수 없지만, 나머지 두 가지는 거리낌 없이 말할 수 있다.

· 얼음이 가득 띄워진 아이스 아메리카노(원두는 과테말라, 사이즈는 L, 농도는 연하게)

· 인공지능

놀랍게도 나는 인공지능 부서에 다니고 있다. 인공지능이 나오는 소설로 상을 받은 소설가가 인공지능 부서로 출퇴근을 하다니. 삼류

소설가조차 쓰기 주저할 정도로 안이한 전개다. 하지만 나는 그런 나사 빠진 전개도 좋아한다. 재미만 있다면.

#internal cl 2

[Writing AI][Non-Fiction]김쿠만

2주 동안 인공지능 부서를 다니며 깨달은 바가 하나 있다. 어쩌면 내 소설도, 아니 내 인생 자체가 나사 빠진 삼류일지도 모른다는 것이다. 벌써 이렇게 패배주의에 찌든 내 정신머리가 나중에 80세가 됐을 때 어떤 상태일지 실로 우려스럽다. 믿거나 말거나, 내 예상 수명은 무려 96세다.

#internal cl 3

[Writing AI][Fiction]김쿠만

「옛날 옛적 판교에서는」을 쓰면서 많은 게임과 많은 소설, 그리고 많은 사건과 한 편의 영화로부터 많은 도움을 받았다. 소설을 제대로 봤다면 그 영화가 무엇인지 다들 짐작할 수 있을 것이다. (레드애플 담배를 입에 꼬나물며) 아님 말고.

#internal cl 4

[Writing AI][Fiction]김쿠만

(입에 꼬나문 레드애플 담배를 뱉으며) 사실 난 비흡연자다. 그래서 예상

수명이 96세나 되는 모양이다. 모쪼록 내가 96세가 되는 해에는 몸에 전혀 해롭지 않은 담배가 있었으면 좋겠다.

#internal cl 5

[Writing AI][Non-Fiction]김쿠만

생각해 보니 아까 미처 밝히지 못한 이유 중 한 가지는 밝혀도 될 것 같다.

· 사내 도서관

흠모하는 작가들의 책을 신청 도서로 등록하는 것은 얼마 안 되는 나의 취미 중 하나다. 재입사 후 내가 제일 먼저 한 일은 우다영 작가의 『북해에서』를 신청하는 것이었다. 아마 다음에는 신종원 작가의 『고스트 프리퀀시』를 신청할 것 같다.

혹시나 해서 하는 말인데, 걱정하지 마라. 정영문 작가의 『어떤 작위의 세계』는 이미 작년에 신청해 뒀다. 다만 대여 횟수가 여전히 '1'인 걸 보면 회사에서 그 책을 빌렸던 사람은 나뿐인 모양이다.

#internal cl 6

[Writing AI][Fiction]김쿠만

얼마 안 되는 나의 취미 중엔 달리기도 있다. 얼마 전엔 3킬로미터 기록을 11분 49초로 경신했다. 나는 종종 하루키로부터 배운 것은 달리기분이라고 말하는데, 정말로 그렇게 생각하진 않는다. 나는 1979

년부터 1982년까지의 하루키에게 많은 신세를 졌다. 그 시기는 내가 단 1초도 지나온 바가 없는 세계지만, 하루키 덕분에 언제나 그때를 그리워하고 있다.

#internal cl 7

[Writing AI][Fiction]김쿠만

「옛날 옛적 판교에서는」은 과거에 관한 불안정한 향수와 미래에 관한 불완전한 예지가 뒤섞인 '공상 소설'이다. 120매짜리 공상으로 이루어진 이 텍스트에서 내가 실제로 겪었던 일은 마지막 장면뿐이다. 영업이 끝나고 모든 조명이 꺼진 술집에서 조곤조곤 들려오는 누군가의 이야기를 듣는 것. 나머지 장면은 전부 내 머릿속에서만 일어난 상상이다. 게임 개발 부서에서 일했던 1년 동안 나는 야근을 세 번만 했고, 심각하게 불어 터진 역병 때문에 회식은 랜선으로만 했으며, 사내 사우나는 구경조차 하지 못했다. 내 손가락으로 이런 문장을 적기 뭣하지만, 이 소설의 대부분은 픽션이다. 혹시나 이 소설을 읽고 동질감이나 기시감 따위를 느꼈다면, 당신에게 애도를.

#internal cl 8

[Writing AI][Non-Fiction]김쿠만

· 밝힐 수 없는 네 번째 이유.

아직은 퇴근 시간이 전혀 기다려지지 않는다. 미친 소리처럼 들리겠지만, 오히려 그 시간이 오지 않았으면 싶기도 하다. 퇴근 후, 회사에서 나와 판교역 쪽으로 1,000걸음을 걷는 동안 나는 우울하게 앞만 바라본다. 언젠가는 퇴근 시간이 기다려지고, 언젠가는 뒤를 돌아볼 수 있을 거라고는 생각한다. 그러나 아직은 아니다. 만약 그때가 오면 아마도 나는 지금보다 더 격하게 애도를 표할 것이다. 판교여, 안녕히.

#internal cl 9

[Writing AI][Fiction]김쿠만

예로부터 9는 불완전한 숫자의 대명사로 통했다. 그래서 완성되지 못한 프로젝트의 Submit을 아홉 번째 Changelist에서 끝내고자 한다. 캐나다 모처에서 날아온 전언을 끝으로 이만 줄이겠다.

당신에게 포스가 함께하길.

가
작
　
김
필
산

책
이
　
된
　
남
자

1

"대여는 불가합니다."

도서관 사서는 완강한 표정으로 레오나르도 브라촐리니의 앞을 막아섰다. 유독 까다로웠던 수도원장의 허락까지 얻어냈는데, 사서의 허락이 또 필요하다니. 애초에 책을 빌리려는 목적이 아니었기에 사서가 레오의 앞을 막아설 이유는 없었다. 그리고 사서가 억지를 부려 레오의 출입을 거부한다 해도, 레오에게는 '도둑질'이라는 최후의 수단이 있었다. 책을 훔친다는 생각에 죄책감이 들긴 하겠지만, 그건 그저 레오가 일반적인 도덕관념을 가졌기 때문이지, 딱히 신앙심을 가졌기 때문은 아니었다. 레오는 수도원에 일말의 존경심도 갖고 있지 않았다. 고루한 관습과 규정에 얽매인 자들. 비록 타락한 교황청의 대척점에 있다지만 어리석기는 매한가지였다. 어쨌든 위험이 큰 도둑질만은 정말로 최후의 수단으로 남겨둬야 했다.

"반출하려는 게 아닙니다. 수도원장님도 괜찮다고 하셨어요."

한층 더 언짢은 표정을 지은 사서가 그제야 천천히 비켜섰다. 문을 열고 들어서자 오래된 양피지 냄새와 곰팡내가 훅 끼쳤다. 나무 문이 끼익 소리를 내며 닫히자 문고리가 철그렁거렸다. 사서는 문 안쪽 눈에 띄지 않는 장소에 서서 주시하고 있을 테지만, 레오는 신경 쓰지 않았다. 도서관은, 해가 들지 않는 쪽으로 책장이 진열된 공간과 스크립토리움 몇 채가 두 줄로 나란하게 배열된 공간으로 나누어져 있었다. 빈 스크립토리움 상판에 환하게 볕이 들어 먼지가 풀풀 날리는 것이 보였다. 삶이 지루해 보이는 수도사 두 명이 45도로 기울어진 스크립토리움 위에 책을 놓고 필사 작업 중이었다. 그중 한 명은 이방인을 경계하며 흘끔거렸으나, 곧 아무 일도 없었다는 듯이 하던 일로 돌아갔다.

레오는 책장을 훑으며 항상 외우고 있던 고서적의 제목

들을 입으로 중얼거렸다. 로마의 코르넬리우스 세베루스와 살레이우스 바수스의 책들, 옛 이슬람 제국 시절에 쓰였으나 여전히 발견되지 않은 이븐 시나, 아부 라이한 알비루니의 몇몇 책들. 그 밖에도 망각의 어둠 속으로 사라져 가고 있는, 인류의 보물로서 지켜져야 할 고서적들. 이들 중 하나라도 여기 도서관에서 발견된다면 이 곰팡내 나는 수도원까지 온 목적을 달성하는 것이다. 과거 아랍어로 '알안달루스'라고 불렸던 '코르도바', 이곳 에스파냐의 도시가 바로, 아라비아의 현명한 번역가들이 잊혀가던 그리스, 로마, 아라비아의 철학 서적을 라틴어로 번역하던 곳이었다. 그들은 추방당했지만, 그들이 남겨놓은 지식은 여기에 남아 있었다. 하필이면 고루한 자들이 사는 이 수도원에.

아침에 만난 수도원장은 홀쭉하고 병색이 완연한 노인이었다. 그는 세련된 베네치아 말투에 서른도 안 되어 보이는 젊은 작자가 남루한 시골 수도원 도서관에 무슨 볼일이 있는지 궁금해하는 듯했다. 그는 레오의 설명을 들은 후에도 그 근본 목적을 이해할 수 없었기 때문에 더 불안해했다. 책을 베긴다고? 도대체 뭐 하러? 그건 도리어 레오가 하고 싶었던 질문이었다. 대체 이 고리타분하기 이를 데 없는 자들은 왜 빛나는 고대 그리스, 로마, 아라비아의 지식 결정체인 책을 가지고 단지 베끼기만 하는가? 베끼는 행위가 정신 수

양을 위해서라니. 레오는 도저히 이해할 수 없었다. 그들은 찬란한 지성의 산물을 베끼고 또 베꼈다. 오직 글자를 베끼는 행위가 정신을 다스리는 데 도움이 된다는 이유로. 책의 내용은 전혀 중요하지 않다. 그들은 사본을 잘 남겨놓지 않았다. 한 번 쓴 양피지는 다시 깨끗하게 긁어내어 재활용했다. 때로는 원본 책의 양피지마저 아깝다며 세척했다. 인류의 보물이 또다시 소실되기 전에, 레오는 한시라도 빨리 어떤 책이든 베껴서 들고 나가야 했다.

레오가 수도원장에게 요청한 것은 정말로 사소했다. 책을 필사하기 위한 시간과 스크립토리움 한 자리뿐. 종이도, 잉크도, 펜도 다 준비해 왔다. 그러나 수도원장은 뭐가 되었든 제한을 두길 원했다. 결국, 지루한 협상 끝에 단 한 권의 책 그리고 일주일의 시간이 주어졌다.

일주일이라니! 필사에 도가 튼 레오도 도달해 보지 못한 작업 속도였다. 한 달에 한 권이면 능력 있는 책 사냥꾼 소리를 들을 정도니까. 레오는 눈앞이 깜깜했다. 불가능에 가까웠으나, 어쨌든 해보는 수밖에 없었다.

레오는 서재 탐색을 계속했다. 키케로의 『아르키아스를 위하여』나 루크레티우스의 『사물의 본성에 관하여』가 눈에 띄었다. 레오가 조금만 일찍 태어나 책 사냥꾼 일에 뛰어들었다면 세기의 발견이 되었을 책이었다. 늦게 태어난 죄라고 나 할까? 여태껏 한 번도 발견되지 않은 책을 찾아야 했다.

　귀중한 7일의 시간 중 서너 시간 정도를 허비한 끝에, 레오는 불현듯 책 한 권을 발견했다. 엄청나게 두껍고 커다란 책이었으나 그 크기 때문에 눈에 띈 것은 아니었다. 라틴어로 쓰인 제목이 레오의 기억과 이어진 것이다. 레오는 제목을 되새겼다. 그 책이 틀림없었다. 알안달루스의 유명한 주석가 이븐 루시드가 그의 책에서 딱 한 번 언급하고 지나간 그 책. 선대의 책 사냥꾼들 중 아무도 발견하지 못한 바로 그 책이었다.

　　『죽음과 지혜의 책 I』
　　아부 자파르 무함마드 이븐 무사 알 라시르 저

A

　"'알 라시르'라는 이름의 연금술사에 대해 들어보셨습니까?"

　네메시우스 콤니모스는 의자에 기대 누워 저택 중정의 대리석 석상을 바라보느라 앞에서 말하고 있는 유대계 상인의 얼굴 따위는 쳐다보지도 않았다. 나른한 표정을 짓고 있는 네메시우스를 바라보며 답변을 기다리던 유대인은 이러한 대접에 익숙한 듯 정중하게 말을 이었다.

"알 라시르가 집필하고 있다는 끔찍한 흑마술서인『죽음과 지혜의 책』은 그가 '저주의 탑'에서 연구한 죽음에 관한 지식의 집대성이라고 하더군요."

검은 머리의 젊은 귀족은 이제야 관심이 생기기라도 했는지, 마흔도 더 먹어 보이는, 주름지고 짙게 탄 피부를 가진 유대인을 게슴츠레한 눈으로 바라보았다. 그리고 일부러 약간 뜸을 들인 후, 입고 있던 보석이 박힌 호화로운 보라색 실크 튜닉을 정돈하고 몸을 일으켜 앉았다.

"알렉산드리아의 이브라힘이여, 내가 연금술사들의 집필을 후원하고 있다는 사실을 누구한테 전해 들었는가?"

'이브라힘'이라 불린 유대계 상인은 다시 정중하게 말을 꺼냈다.

"위대하신 지성 네메시우스 콤니모스 경이시여, 경께서 알렉산드리아의 위대했던 시절을 되살리기 위해 전 세계의 수많은 책을 수집하고 있다는 사실은 콘스탄티노폴리스 내에 모르는 이 없습니다."

네메시우스는 만족스러운 표정으로 잘 다듬어진 턱수염을 쓰다듬으며 미소 지었다. 그리고 서재를 한 바퀴 둘러보았다. 이미 서재에는 다양한 경로로 입수한 그리스와 로마,

아라비아의 파피루스 두루마리와 양피지 제본 코덱스가 정리되어 있었다. 이 책들은 앞으로 모으게 될 장대한 수집품 중 일부에 불과했다. 제2의 알렉산드리아 도서관이 될 수 있을까? 아니, 네메시우스는 다른 이름을 생각하고 있었다. 콤니모스 대도서관. 대제국 로마의 수도 콘스탄티노폴리스에서도 거대하기로 이름난 그의 저택이 바로 그 콤니모스 대도서관이 될 자리였다. 그는 아직 젊긴 하지만 결혼도 미룬 채 이 꿈을 위해 모든 것을 바치기로 했다. 연금술사들이 책을 집필할 수 있도록 금전적 후원을 하는 것 또한 도서관 건립을 위한 큰 계획의 일부였다.

"그렇다면 이브라힘이여, 그 알 라시르라는 자는 어떤 사람인가?"

"알 라시르의 본명은 '아부 자파르 무함마드 이븐 무사 알 라시르'입니다. 제가 알기로 그의 과거를 아는 자는 존재하지 않습니다. 수수께끼에 싸여 있는 자이지요. 그는 바그다드 외곽의 거의 무너져 가는 성탑에 사는데, 그 탑은 '저주의 탑'이라고 불리며 어떤 이도 근처에 가길 꺼린다고 합니다. 그도 그럴 것이, 알 라시르의 기괴한 연금술 실험은 실제로 '죽음' 그 자체를 연구하고 있으니까요. 그의 연구에 관한 소문이 과장된 나머지, 그의 탑 주위에서 누군가가 행방불명된다든가, 시체가 일어나 걷는다든가 하는 심상찮은 소문도 돌고 있다고 합니다.”

“그러면 그대는 어찌하여 그런 불길한 자를 내게 말하는 가?”

“황송하오나 저는 실제로 알 라시르의 탑에 초대되어 들어가 본 적이 있습니다. 그는 생각보다 깔끔한 인상에 아름다운 억양의 라틴어를 구사하더군요. 그와 그의 탑에 관한 소문을 넌지시 물어보자 그는 너털웃음을 지으며 모든 게 헛소문이라고 말하였습니다. 그의 연구 주제가 죽음이다 보니 어쩔 수 없이 괴이한 소문이 도는 것이라고요. 흑마술서라고 불리긴 하지만 그 책은 어디까지나 아리스토텔레스의 4원소설에 바탕을 둔 자연철학적 연금술 책이라고 합니다.”

네메시우스는 양 팔꿈치를 양 무릎에 괴고 손깍지를 끼며 상체를 유대인에게 가까이 기울였다.

“내가 초자연적이거나 종교적인 것보다는 자연철학적인 주제에 더 관심이 있다는 사실을 알고 있는 모양이군.”

알렉산드리아의 이브라힘은 다시 고개를 조아리며 말했다.

“잘 아시겠습니다만, 이슬람의 자연철학은 고대 그리스의 정신에 바탕을 두고 있습니다. 기독교에 깊이 빠져 외려 그리스의 가치를 등한시한 로마인들과는 다르지요. 페르시아의 수학자 알 콰리즈미를 들어보셨습니까?”

네메시우스는 상인의 무례함이 거슬려 미간을 찌푸렸다. 감히 나에게 알 콰리즈미를 들먹이다니. 그는 몸을 일으켜 벽에 세워진 책장으로 걸어가 가장 눈에 띄게 진열되어 있던 양피지 제본 코덱스 책 한 권을 꺼냈다. 알 콰리즈미의 『완성과 균형의 계산서』였다.

네메시우스는 콘스탄티노폴리스의 이름난 장군이었던 아버지의 죽음으로 이 저택을 물려받아 풍요로운 인생을 보냈다. 그렇지만 그는 어릴 적부터 장군의 아들보다는 언어의 신동으로 명성이 자자했다. 그는 7세 때부터 이미 모국어인 그리스어뿐 아니라 고전 라틴어와 이국의 아랍어까지 능통했다. 이국의 언어를 배운 덕에, 네메시우스는 황금의 도시 바그다드에서 한두 권씩 흘러나오던 이슬람 자연철학자들과 연금술사들의 책에 마음을 빼앗겼다. 그는 아랍어로 쓰인 책들을 수집해 라틴어로 번역했다. 이븐 알하이삼의 『광학의 서』, 이븐 시나의 『치유의 서』, 그리고 자비르 이븐 하이얀의 자연철학에 바탕을 둔 연금술 책들을 번역했고, 그 책들은 콘스탄티노폴리스에서 날개 돋친 듯 팔렸다. 그는 곧 자신의 지성이 부잣집 도련님으로 돈이나 흥청망청 써가며 지내기에는 걸맞지 않다는 사실을 깨달았다. 그래서 아버지의 유산을 써서 명성 있는 연금술사를 후원하고, 그들이 쓴 책을 모아 장대한 도서관을 건립하려는 계획을 세웠다.

그는 '네메시우스 콤니모스'의 이름이 표지에 쓰여 있는 『완성과 균형의 계산서』를 들고 돌아와 이브라힘의 앞에 슬며시 놓았다. 그 책에는 그의 이름이 지은이 알 콰리즈미의 이름보다도 앞서 더 큰 글자로 쓰여 있었다. 이브라힘은 표지를 보고 짐짓 놀라는 척했다. 네메시우스가 우쭐거리며 말했다.

"위대한 지성 콤니모스의 앞에서 알 콰리즈미의 책을 언급하는 것은 무례하다고 생각하지 않는가? 알렉산드리아의 이브라힘이여."

이브라힘이 몸 둘 바를 몰라 하며 고개를 숙였다.

"송구스럽습니다. 저 또한 무지렁이인지라 라틴어로도 아랍어로도 알 콰리즈미의 책을 읽어보지 못했습니다. 알 라시르가 제게 콤니모스 경을 소개해 달라고 부탁한 이유가 있었군요. 알 라시르가 언제나 언급하는 자연철학자가 바로 알 콰리즈미입니다. 그가 뭐라고 했더라, '인간의 지혜가 작동하는 방식은 대수학에 기대고 있으며, 죽음이야말로 대수학의 소멸이다'라고…"

네메시우스가 자못 흥미롭다는 듯이 손가락을 턱에 가져다 대며 말했다.

"놀랍군. 생명과 죽음을 대수학으로 설명하려고 하다니. 결국 생과 사 또한 플라톤의 이데아적인 본질에 가깝다는 것이군. 그자가 쓰고 있다는 책이 이 이슬람 자연철학 전집에 어울렸으면 좋겠네. 기꺼이 후원해 줄 의향이 있어. 그에게도, 또 자네에게도 말이야. 좀 더 이야기해 보게.”

후원 제안, 돈 이야기가 이브라힘의 의욕을 자극한 듯했다. 그의 콧수염이 씰룩였다.

“알 라시르의 기괴한 헛소문은 넘겨버리십시오. 그의 탑 근처에서 걸어 다니는 시체를 보았다느니 하는 얘기는 실제로는 바그다드 시장 바닥 무지렁이들이 떠드는 유언비어에 불과하죠. 물론 그가 시신을 이용해 연금술 실험을 하는 건 사실입니다. 그 때문에 그렇게 흉흉한 소문이 퍼진 것인데, 직접 만나보니 소문처럼 기괴하거나 악마적인 사람이 아니더군요. 콤니모스 경도 만나보신다면 분명 말이 잘 통한다고 느끼실 겁니다.”

“그 기괴한 실험이 실제로 진행되고 있긴 하다는 말인가?”

“그렇긴 합니다만, 시신의 해부는 이슬람 율법에 따라 합리적이고 합법적으로 진행한다고 하더군요. 자연철학적으로 연구를 해야 하니 실험 재료가 필요했던 것뿐입니다.”

“그래. 알겠군. 코란도 교회도 용인할 만한 수준이겠지. 알 라시르는 아랍어로 책을 쓰는가?”

“네. 그렇습니다. 아무래도 라틴어에는 익숙하지 않으니까요. 하지만 알 라시르는 경께 번역 이상을 맡기길 원하는 모양입니다. 라틴어에 능통해 공동으로 집필하고 후원까지 해줄 동업자 말입니다. 책은 아랍어와 라틴어로 동시에 쓰이는 것이지요."

네메시우스는 그의 말대로 알 라시르란 자가 말이 통하는 친구가 될 수 있겠다고 짐작했다. 만약 그가 쓸 책이 죽음이라는 분야에서 알 콰리즈미 정도의 영향력을 끼칠 만하다면, 번역자가 아닌 저자로서 네메시우스 콤니모스의 이름이 책 표지에 기록되는 것은 대단한 영광이 될 터였다.

그때, 이브라힘이 천천히 다가와 네메시우스에게 은밀하게 속삭였다.

"또한 알 라시르의 연구 주제인 죽음은 필히 영생과 연결되어 있을 것입니다."

네메시우스가 놀라며 되물었다.

"영생이라고?"

"그렇습니다. 영원한 삶 말이죠. 콤니모스 경께서 혹시라도 관심이 있으시다면, 겸사겸사 직접 가셔서 그자와 대화를 나눠보심이 좋겠습니다."

"내가 직접 그자에게 가야 한단 말인가?"

"그렇습니다. 공동 저자로서 말씀도 나누고, 실험실도 둘러보셔야 할 테니까요. 가는 길이 편치 않으실 줄 압니다. 서쪽에는 십자군 무리가 행군 중이고, 사막 곳곳에 베두인족들도 골칫거리지요. 하지만 너무 걱정하지 마십시오. 저희 유대인 캐러밴과 함께라면 누구도 건드리지 못할 테니까요."

이 말을 전하는 이브라힘의 수염 속 입꼬리가 살짝 올라갔다.

2

곤돌라는 베네치아 운하를 따라 천천히 흘러갔다. 오랜 여행을 끝마친 레오는 지쳐서 느릿한 몸짓으로 운하의 종점인 베네치아 광장에 내렸다. 광장 시계탑의 사자 석상 뒤에 장식된 금색 별 무늬 타일들이 노을의 반사광으로 반짝였다. 때마침 탑 꼭대기의 청동 석상 망치질이 오후 6시 종을 울렸다. 잘 작동되는 시계를 보자 레오의 표정이 조금 밝아졌다. 레오가 시계탑 관리소 앞에까지 오자, '꼬맹이' 우고가 어떻게 알았는지 뛰어나와 반겨주었다. 더는 꼬맹이라고 부를 수 없을 정도로 자란 모습이었다. 레오는 반가운 표정으로 그와 격하게 포옹을 나눴다.

레오는 꼬맹이 시절의 우고를 비 오는 주님 승천 대축일에 처음 보았다. 비가 억수로 내리는데도 그 꼬맹이는 목 빠지게 시선을 위로 향한 채 동방박사 인형들이 문을 열고 마리아상 주변을 순례하는 모습을 바라보고 있었다. 나중에 알고 보니 꼬맹이는 평소에도 인파에 섞인 채 시계탑 주위를 순례하듯 서성댔던 모양이다. 마침 레오는 교황청의 명령으로 아는 이 하나 없는 베네치아에 새로 건축된 시계탑 관리자로 파견된 참이었다. 말동무도 없이 외로이 비 오는 풍경을 바라보다, 꼬맹이 우고를 보자 레오는 왠지 모르게 그와 자신이 같은 처지로 느껴졌다.

비 오던 승천일 이후, 그는 시계탑 관리 보조이자 좋은 친구로 레오와 함께 지내게 되었다. 꼬맹이 우고 토리아니는 태엽이 작동하는 시계탑 내부에 강한 호기심을 보였다. 레오는 그에게 시계탑 관리의 모든 것을 가르쳐 주었다. 우고는 기계 장치의 작동 원리를 누구보다 빨리 깨우쳤다. 레오가 가끔 노스승과 함께 책 사냥을 떠나느라 몇 개월이나 자리를 비울 때도, 우고는 태엽 하나 고장 내는 일 없이 시계탑을 관리할 수 있게 되었다.

그런데 3년 전, 교황이 노환으로 사망하고 연이어 사건들이 일어났다. 새로 선출된 교황은 인문주의자들의 반대를 무릅쓰고 전임 교황의 역사 기록 부서를 폐지했다. 또 반대파 인문주의자 중 가장 중요한 인물이었던 레오의 스승, 바르톨로메오 포지오를 투옥해 고문했다. 고령의 포지오가 고문을 견디지 못한 것은 당연했고, 그는 교황청 감옥에서 비참한 최후를 맞았다. 레오는 그전부터 그저 한낱 시계탑 관리자처럼 보이려고 무던히도 노력했으나 그러면서도 신임 교황의 눈에 띄지 않기는 불가능하다고 생각했다. 그는 예전부터 인문주의자이자 책 사냥꾼인 포지오의 제자로, 또 이교도 문서를 수집하는 자로 교황청 내에 소문이 자자했다. 레오는 스승의 소식을 듣자마자 바로 야밤을 틈타 베네치아를 벗어났다.

"우고, 나를 찾는 이는 없었느냐?"

"스승님, 떠나시자마자 교황청에서 많은 이들이 찾아왔습니다. 하지만 그 후론 아무도 찾아오지 않았습니다."

하루라도 늦었다면 레오 또한 투옥이나, 최악의 경우 죽음을 면치 못했을 것이다. 도피 여행은 혼자라 더 힘들고 처량했다. 레오는 어릴 적부터 포지오 경과 여러 번 책 사냥을 다녔다. 하지만 이번 여행은 모든 것을 혼자 해야 한다는 점에서 달랐다. 종이와 양피지 묶음, 필기구, 문진, 각종 제본 도구 등의 여행 짐을 꾸리고, 발견해야 할 서적 목록을 작성하고, 목표가 되는 수도원을 정하고, 수도원장과 도서관 사서를 구워삶는 일을 혼자서 해내야 했다. 그런데도 레오는 고통스럽다고 느끼지는 않았다. 오히려 즐거웠다. 그는 태엽 장치 조작과 설계, 시계탑 관리에 재능이 있었지만, 책을 모으고 읽는 일이 훨씬 좋았다. 시계탑을 우고에게 맡길 수 있어 천만다행이었다.

　레오의 침대는 3년이나 비어 있었지만 깔끔하게 정돈되어 있었다. 우고의 성실한 손길이 곳곳에 느껴졌다. 그는 짐을 풀어 에스파냐와 프랑스, 독일 등지에서 수집한 필사본들을 꺼냈다. 짐의 가장 밑바닥엔 이번 여행에서 얻은 책 중 가장 두껍고 큰 알 라시르의『죽음과 지혜의 책 I』사본이 있었다. 에스파냐 수도원의 먼지와 곰팡내가 책에도 묻어 있었다. 그 냄새를 맡자 기억이 떠올랐다. 식사도 거의 하지 못하고 스크립토리움에 앉은 채 매일 밤을 새우다시피 한 고된 날들이었다.

B

　사막의 지평선 너머로 사라져 버린 태양을 바라보며, 네메시우스는 조금씩 한기를 느꼈다. 낮에는 캐러밴의 모든 짐을 불태워 버릴 정도로 뜨겁더니, 이윽고 해가 지평선 아래로 사라지고 어스름이 내리니 열기는 온데간데없이 사라져 버리고 말았다. 사막이란 정말로 바다와 같았다. 낙타라는 배로밖에 건널 수 없는, 길도, 산도, 도시도 없는 바다. 네메시우스는 사막 여행이 이렇게 지긋지긋하고 인내심을 요구하는 일인지 미처 몰랐다.

　네메시우스와 이브라힘은 콘스탄티노폴리스 항구에서 배를 타고 시리아의 안티오키아에 이르렀다. 그곳에 이브라힘의 캐러밴 무리가 대기하고 있었다. 캐러밴은 낙타 서른 마리와 유대인 상인 열 명 정도의 규모였다. 입이 늘면 먹을 것을 추가로 실어야 하기 때문에, 그는 오직 하인 한 명만 대동할 수 있었다. 그때만 해도 네메시우스는 바그다드까지 한 달도 안 되는 여정이라며 이 여행을 우습게 생각했다. 그런데 일주일도 채 지나지 않아 그는 자신의 생각이 잘못되었음을 깨달았다. 한낮의 태양은 괴로울 정도로 뜨거웠고, 말린 양고기 육포, 절인 대추야자, 치즈뿐인 식사는 입에 전혀 맞지 않았으며, 냄새나는 낙타의 등은 무척 흔들려 불편하기 짝이 없었다.

　네메시우스는 지긋지긋한 한낮의 태양을 잊어버리고자 수시로 이브라힘을 붙들고 대화를 나눴다. 사실 상인 중에서 라틴어를 할 수 있는 자가 이브라힘밖에 없기도 했다. 다행히도 이브라힘은 아는 것도 많고 재치도 있어서 대화하는 재미가 있었다. 한번은 네메시우스가 알렉산드리아의 대도서관이 어떻게 사라졌는지 물어보았다.

　"전설의 알렉산드리아 대도서관 말씀입니까? 안타깝게도 불타버리고 말았죠. 혹자는 불이 난 지 200년 정도밖에 안

됐다고도 하지요. 아라비아에서 건너온 술탄이 코란에 위배되는 책들을 없애기 위해 불을 질렀다고요. 그러나 그보다 더 전에 불탔다는 게 정설입니다. 고작 200년 전 일이라기엔 유물이나 건물의 흔적조차 발견되지 않으니까요. 그 시기가 언제인지는 불분명하지만, 화재 때문에 사라졌다는 것만은 확실합니다."

"지식이 위대하다 해도 그깟 불에 의해 그리 쉽게 사라지는군. 그 도서관이 아직 남아 있었다면 그 엄청나게 많은 책을 읽어볼 수 있었을 텐데."

"그렇습니다. 그곳에 지중해의 모든 책이 다 모였었다고들 하지요. 쉽게 찢어지는 파피루스 두루마리뿐이지만 말입니다."

"그런데 그 많은 두루마리가 어떻게 그곳에 모였는지 아는가?"

"어떤 설에 따르면, 도서관의 사서들은 생각보다 거칠었다고 합니다. '도서관 사서 폭력배설'이라고나 할까요? 어떤 이가 두루마리를 지니고 알렉산드리아로 여행을 오게 되면, 항구에 대기하던 사서들이 달려들어 강제로 그것을 빼앗았다고 하니까요."

이브라힘은 말을 마치고 껄껄 웃었다. 네메시우스도 웃었으나 지친 나머지 웃기지 않는데도 웃어주는 것처럼 들렸다. 이브라힘은 개의치 않고 말을 이어나갔다.

"그런데 이것이 알렉산드리아의 명성을 더욱 빛나게 했다고 하지요. 그렇게 빼앗긴 두루마리를 필사하는 동안 두루마리의 주인은 알렉산드리아에 머물며 자신의 소유물을 돌려받을 때까지 기다릴 수밖에 없으니까요. 그동안 그는 손님으로서 극진한 대접을 받고, 도시인들은 그와의 대화를 통해 풍부한 지식을 주고받았지요. 예로부터 알렉산드리아가 '지식의 도시'라고 불렸던 이유입니다."

이번에는 이브라힘이 네메시우스에게 되물었다.

"경께서는 콘스탄티노폴리스에 도서관을 건립하려 하십니까?"

네메시우스는 나이 든 상인의 눈을 바라보았다. 그의 예리한 눈빛은 사막의 모래로 더러워진 얼굴에서 유일하게 반짝거리며 빛나고 있었다.

"그렇다네. 알렉산드리아의 대도서관만큼 유명한 도서관을 만들려고 해. 내가 번역한 책이나 수집·후원한 책들을 모으는 것이지."

이브라힘이 말했다.

"경의 꿈을 좀 더 크고 장대하게 이룰 수 있도록 도와줄 좋은 물품을 알고 있습니다. 혹시 '동방의 종이papyrus'라는 것을 알고 계십니까?"

네메시우스는 궁금하다는 표정을 지으며 반문했다.

"파피루스papyrus는 이집트에서 오지 않는가?"

"바그다드 시장에는 가끔 동쪽에서 온 상인들이 나타납니다. 그들이 동방의 종이를 팔고 있지요. 동방의 종이는 이집트의 파피루스보다 희고 질기며, 양피지보다 얇고 가볍습니다. 종이로 코덱스 형태의 제본을 한다면 두루마리 형태보다 엄청나게 많은 양을 담을 수 있지요. 저희도 그것을 어떻게 만드는지는 모릅니다. 하지만 종이를 이용하신다면, 콘스탄티노폴리스의 콤니모스 대도서관은 알렉산드리아 대도서관보다 더 많은 책을 소장하게 될 것입니다. 다만 동방의 종이 또한 불이 잘 붙으니 화재에는 각별히 신경 써야겠지요."

이브라힘이 또다시 껄껄 웃었다. 아직 꿈을 다 이룬 것도 아닌데 네메시우스는 약간 우쭐해졌다. 그의 표정을 흘끗 본 이브라힘은 콧수염 속에 감춰진 입꼬리를 한쪽만 씰룩하고 움직였다.

그 와중에 캐러밴은 사암 계곡을 지나고 있었다. 낙타에 탄 상인들이 갑자기 경계 태세를 취했다. 바위 뒤에서 인기척이 있었던 모양이었다. 얼마 지나지 않아 세 명의 베두인 족이 나타났다. 캐러밴 선두에 있는 유대인이 그를 맞았다. 그들은 험상궂은 얼굴을 맞대고 무엇인가 얘기했다. 이브라힘은 네메시우스에게 이들이 통행세를 요구할지도 모른다고 말하고는 곧장 선두로 낙타를 몰았다. 네메시우스는 두려움에 휩싸여 그의 하인을 불렀다. 건장한 하인은 낙타에서 내려서 칼을 뽑으니 그 옆의 상인들이 뭐라고 소리쳤다. 아직은 칼을 꺼낼 때가 아니라고 말하는 것 같았다.

협상은 생각보다 길어졌고 시간이 흐를수록 베두인족과 유대인 간의 언성이 높아졌다. 베두인족이 결국엔 손을 번쩍 들며 네메시우스는 알아들을 수 없는 말을 외쳤다. 바위 뒤에서 여러 명의 베두인족이 함성을 지르며 뛰쳐나왔다. 낙타 위의 유대인들이 모두 칼을 뽑았다. 그러나 수적으로 밀리는 형국이었다. 베두인족들은 스무 명 가까이 되었다. 포위된 유대인들은 짐을 실은 낙타들을 보호하느라 본 실력을 발휘하지 못하는 것처럼 보였다. 두려움에 휩싸인 네메시우스는 낙타에서 내린 다음 낙타의 배 아래에 웅크리고 앉아 자신의 하인을 찾았다.

"안티고노스! 안티고노스는 어디에 있느냐!"

그의 하인은 칼을 뽑아 들고 선두에 서서 정신없이 베두인족들을 베며 나아가고 있었다. 그는 적진으로 너무 깊이 들어간 나머지, 도적 떼에 사방으로 포위되었다. 이윽고, 그는 유대인 무리에서 멀리 떨어진 곳에 고립되어 칼에 맞아 쓰러지고 말았다.

반면 유대인들은 낙타에서 내리지 않고 짐을 실은 낙타를 가운데로 몰아 둘러싼 채 베두인족들의 공격을 효과적으로 흘려보냈다. 미처 둘러싸지 못한 짐 실은 낙타 한 마리가 도적들에게 넘어갔지만, 캐러밴 상인 중 단 한 명도 목숨을 잃지 않았다. 날카로운 휘파람이 울리자, 베두인족들은 물결치듯 다시 바위 뒤편으로 사라졌다. 그들은 낙타 한 마리와 거기에 실린 무역품 정도로 만족하는 듯했다. 캐러밴 상인들도 이 정도 출혈은 감수할 만하다는 듯이 조용하고 침착하게 대열을 정돈했다. 유대인 상인의 방어 전술에 무지했던 하인 안티고노스만이 피를 흘리며 모래 위에 쓰러져 있었다.

네메시우스는 낙타의 꽁무니에서 기어 나와 벌벌 떨리는 손으로 가죽 부대에 담긴 귀중한 물을 꿀꺽꿀꺽 삼켰다. 그가 침착해지는 데에는 시간이 좀 걸렸다. 이브라힘이 네메시우스에게 다가와서 말했다.

"불쌍한 안티고노스, 그의 용기는 가상했습니다. 그의 시신을 싣고 가겠습니다."

네메시우스가 떨리는 손을 휘저으며 시신을 낙타에 실으려는 유대인들을 제지했다.

"굳이 그럴 필요 없네. 그저 하인일 뿐인데 버리고 가면 되지 않겠나?"

네메시우스는 낙타 엉덩이 아래에서 떨며 하인의 이름을 애처롭게 부르던 조금 전의 태도는 완전히 잊은 것처럼, 한

숨을 한 번 크게 내쉬고 옷을 정돈한 후 턱을 거만하게 치켜
들고 낙타에 올라탔다.

3

　레오는 자신의 낡은 나무 책상 위에 책을 놓고, 걸상에 단
정히 앉아 겉표지도 미처 갖추지 못한 그 책을 바라보았다.
도무지 이해하기 힘든 책이었다. 책은 세 장章으로 구성되어
있었다. 첫 번째로 라틴어로 된 짧은 서장, 두 번째로 대수학
수식이 가득한 장(이 부분은 마치 알 콰리즈미의 『완성과 균형의 계산서』
를 연상케 하는 대수학 계산 규칙에 관한 내용이었다), 세 번째로 책의 10
분의 9, 아니 100분의 99 정도 분량을 차지하는, 무의미해 보
이는 아라비아 숫자가 가득한 장이었다.
　레오가 필사할 당시엔 시간에 쫓기느라 제목의 의미도 책
의 내용도 제대로 음미하지 못했다. 제목이 『죽음과 지혜의
책 I』인 것으로 보아 분명 2권이 있었을 텐데, 그 책을 찾아
수도원 서가를 뒤져볼 생각조차 할 수 없었다. 특히 초반 라
틴어 서장이 무슨 이야기였는지조차 기억나지 않았던 이유
는, 필사를 빠르게 마쳐야 한다는 정신적 압박 때문이었다.
마음이 급할수록 필사는 단조로운 글자 베끼기가 되어버리

니 말이다.

이와는 반대로 수도원에서 보낸 일주일 동안 느꼈던 몸의 감각, 특히 육체적 피로는 생생하게 기억났다. 그는 하룻밤 만에 라틴어 서장과 대수학 수식 장의 필사를 모두 끝마쳤다. 그러자 끝도 없이 길고 지루한 아라비아 숫자의 행진이 뒤따랐다. 숫자 한 자라도 틀리지 않으려고 온 정신을 집중한 채 두 밤을 꼴딱 새웠고, 극도의 피로감이 셋째 날 아침부터 몰려왔다. 레오는 슬슬 의심이 들었다. 이 무의미한 숫자의 연쇄에 도대체 무슨 의미가 있는가? 후회도 들었다. 진작 서장이라도 정신을 가다듬고 뜻을 이해해 볼 것을. 그랬다면 진작 포기했을 텐데. 그는 가까스로 정신을 유지하며 반복 작업을 계속했다. 잠은 스크립토리움에 엎드린 채로 자는 수밖에 없었고, 식사는 미리 싸 온 마르고 딱딱한 빵 쪼가리뿐이었다. 마지막 날 밤이 되었다. 이미 눈꺼풀은 반쯤 감겨 있었지만, 그래도 그 두꺼운 책이 끝나가는 것처럼 보였다. 자정은 이미 지났다. 그는 마지막 페이지를 펼쳤다. 저자가 강조하고 싶은 말이었는지 아라비아 숫자는 온데간데없고 라틴어 한 문장만 쓰여 있었다. 지금껏 눈에 띄지 않았던 늙은 사서가 소리 없이 다가와 어깨 뒤에서 헛기침했다. 레오는 마지막 문장을 눈으로 겨우 기억하고, 제본도 제대로 안 된 필사본 종이 무더기를 정신없이 꾸렸다.

짐도 제대로 정리하지 못하고 쫓기듯 수도원을 나선 그는 여관까지 기다시피 가서 도착하자마자 눈을 붙였다. 그리고 죽은 듯 잠을 잤다. 깨어나 보니 해가 중천에 떠 있었다. 얼마 잔 것도 아니로군, 하고 생각했는데 알고 보니 하루를 넘게 잠에 빠져 있었다. 문득 책의 마지막 페이지를 필사하지 못하고 기억하려 애쓰며 급히 수도원을 떠났다는 데 생각이 미쳤다. 떠올려 보니 다행히 잊지는 않은 모양이었다. 그는 문장을 글자 하나씩 떠올리고, 단어로 인식하고, 이어서 문장 전체의 의미를 되새겨 보았다. 이제야 문장의 뜻이 의미로 다가왔다. 레오는 묶이지 않은 페이지로 뒤죽박죽되어 버린 가방을 뒤져 필사본의 마지막 페이지로 쓰려고 했던 종이를 꺼냈다. 그리고 여관방 탁자에 앉아 기억하고 있던 마지막 문장을 써 내려갔다.

독자여, 무엇이든 물어보라. 책이 대답할 것이니.

C

캐러밴 무리는 거칠고 높은 바위 언덕으로 올라가는 길에 들어섰다. 언덕 위로 구불구불 펼쳐진 사암빛 성채와 그 위로 왜 '저주의 탑'이라고 불리는지 알 것 같은, 기괴한 모양에 낡아빠진 이슬람식 첨탑이 드러났다. 물이 다 말라버린 해자 너머에 아치형 다리로 연결된 성채의 입구가 활짝 열려 있었다. 바위 언덕 위로 높게 솟은 첨탑은 아마 근처를 지나다니는 모든 사람의 일거수일투족을 감시할 수 있을 것 같았다. 굳이 이 사막 한가운데까지 다가오려 한다면 말이다.

성채의 입구엔 하인으로 보이는 덩치 크고 등이 구부정한 자가 기다리고 있었다. 덩치 큰 하인은 아무 말도 하지 않았다. 이브라힘과 그의 상인들도 아무 말이 없었고, 간단한 손짓으로 인사를 했다. 하인은 뒤로 돌아 앞장서 걷기 시작했다. 이브라힘과 상인들이 낙타를 묶어놓고 하인을 따라가자 네메시우스도 뒤따랐다. 황폐한 성의 내부를 지나(군데군데 구석에 모래가 수북이 쌓여 있었다) 길쭉한 직사각형 중정에 진입했다. 중정 한가운데에는 과거에 연못이었을 길쭉한 직사각형의 얕은 구덩이가 있었다. 중정의 한쪽 짧은 면에는 아라베스크 문양으로 장식된 네 개의 기둥과 세 개의 아치가 있었고, 중앙의 가장 큰 아치 너머에는 더 큰 아치형 문이 보였다. 고개를 들어 올려다보자, 아치형 문이 있는 건물 위로 뾰족한 첨탑이 높이 솟아 있었다. 일행이 다가가자 아치형 문의 왼쪽이 작게 열리면서 누군가 걸어 나왔다.

"사막 여행에 익숙하지 않았다면 힘드셨을 텐데, 이렇게 무사히 도착하셔서서 다행입니다."

알 라시르는 우아한 라틴어로 네메시우스와 상인들을 맞
이했다. 그 억양은 이교도들이 배워서 말하는 것과 전혀 비
슷하지 않았다. 흘려듣는다면 로마인이라고 착각할 법했다.
외양도 사막의 베두인족들과 매우 달랐다. 깔끔하게 정돈된
수염에, 고급스러운 금색의 이슬람식 무늬가 어우러진 흰색
토브*를 입고 터번을 쓰고 있었다. 향기로운 유향 냄새도 풍
겼다. 아랍인이라 그런지 몰라도 네메시우스의 눈으로는 그
의 나이대를 가늠하기 힘들었다. 네메시우스와 동년배로 보
이기도 했지만, 쉰은 넘은 나이라 해도 아무 문제 없을 듯했
다. 번뜩이는 초록색 눈동자가 특별히 눈에 띄었다.

이브라힘에 따르면 바그다드는 이곳에서 반나절 정도면
도착할 만한 가까운 거리라고 했었다. 바그다드라니. 네메
시우스는 하인도 없이 낯선 이국땅에 남겨진 처지에 불안감
을 느꼈지만, 아치형 문 안쪽을 보는 순간 불안은 눈 녹듯이
사그라졌다. 황폐한 외관의 성채와는 사뭇 다른 호화로운
공간이 펼쳐졌던 것이다. 바닥에는 고급스러운 바그다드산
카펫이 깔려 있었고, 술탄이 쓸 것만 같은 최고급 가구와 은
빛 식기들이 즐비했다. 창이 약간 작아서 한낮임에도 조금

* 목부터 발목까지 내려오는 아랍식 의복

어두웠으나, 오히려 그 어둑한 분위기가 신비스럽고도 아늑한 느낌을 고조시켰다. 그러나 무엇보다도 안심되는 이유는 알 라시르의 고급스러운 라틴어 억양과 교양 넘치는 어휘, 그리고 정중한 말투 때문이었다.

'저주의 탑이라는 소문은 이 안쪽까지 들어와 보지 못하고 멀리서 바라본 자들이 붙인 거짓된 이름이겠군.'

사막의 지평선으로 해가 넘어가고 있었다. 네메시우스는 이브라힘과 상인들이 캐러밴에서 뭔지 모를 짐을 내려놓고 창고로 나르는 작업을 지켜보았으나, 곧 지루해져서 하인에게 묵을 방을 안내해 달라고 했다. 여전히 말이 없는 하인을 따라 미로 같은 복도 너머의 숙소로 도착한 네메시우스는, 잠깐의 휴식을 취한 후 다시 하인의 인도를 받아 저녁 만찬이 준비된 중앙 홀로 나왔다. 신선한 양고기와 과일에 함께 곁들일 와인까지 차려져 있어 제법 먹음직스러웠다. 사막 한가운데에서 이런 훌륭한 음식들을 매일 먹는 것은 아닐 테고, 아마 대부분은 바그다드에서 왔으리라고 네메시우스는 짐작했다. 그런데 이브라힘과 상인들의 모습이 보이지 않았다.

'아마 상인들끼리 따로 먹는 곳이 있겠지.'

네메시우스는 오히려 마음이 놓였다. 솔직히 말해서, 여행하는 동안 상인들이 보여준 예의범절은 못 견디게 지긋지

굿했고 그들과 함께 먹는 식사 또한 그리 유쾌하지 않았던 터였다.

알 라시르가 아까보다 더 고급스러운 금빛 비단옷을 갈아 입고 나와 네메시우스를 맞이했다.

"이브라힘에게 들으셨을 거라고 짐작되지만, 저는 연금술 연구를 진행하고 있습니다. 경께서 도와주신다면 저의 연구가 더욱 발전할 수 있으리라 생각합니다."

네메시우스가 거만하게 말했다.

"알 라시르 경, 번역이나 후원이라면 아무 문제 없습니다. 저는 아라비아 자연철학에 직접 이바지하길 원합니다. 경의 그 연구는 저의 대도서관, 아, 아니, 콘스탄티노폴리스를 위한 도서관을 설립하고자 하는 이상에 아주 잘 들어맞는 주제더군요. 그러니까 연구의 주제가 죽음의 대수학적인 해석이라고 하셨나요?"

알 라시르는 와인을 홀짝이며 말했다.

"네, 이브라힘이 잘 말해주었나 봅니다. 인간의 생이란, 대수학적 계산이라고 볼 수 있습니다. 그것도 끝없이 계속되는 방정식의 풀이법이지요. 알 콰리즈미의 '알 자브르 왈 무카발라', 그러니까 『완성과 균형의 계산서』를 잘 알고 계시겠지만, 방정식이란 곧 '미지수'라는, 알지 못하는 것의 정체를 밝히는 일련의 단계입니다. 『완성과 균형의 계산서』에 따르면, 미지수를 알고 싶다면 미지수 곁에 존재하는 알려진 수를 등식의 반대편으로 '이항'시키면 됩니다."

네메시우스는 음식을 잠시 내려놓고 말했다.

"알 콰리즈미가 제창한 대수학이로군요. 그런데 아무리 생각해 봐도 인간의 죽음과 방정식 풀이법 사이에 무슨 관계가 있는지 모르겠습니다. 알 라시르 경의 지혜가 궁금할 따름입니다."

"콘스탄티노폴리스의 위대한 지성 앞에서 한낱 지푸라기 같은 지식을 자랑하는 듯해 송구스럽습니다. 그런데 방금 콤니모스 경의 질문에도 알 콰리즈미의 대수학 원리가 그대로 드러나 있습니다. 경은 제 지혜가 궁금하다고 하셨지요. 그렇다면 미지수란 바로 저만 알고 있는 지혜를 향한 경의 궁금함입니다. 미지수를 알기 위해 알려진 수를 이항시키듯이, 궁금함을 풀기 위해서는 저의 지혜를 네메시우스 경께 말이나 글로 이항하면 됩니다. 그리한다면 경께서 알고자 한 제 지혜의 알려지지 않은 부분, 즉 미지수는 꼼짝없이 경의 머릿속에 드러나게 되겠지요."

"좋은 비유입니다. 쉽게 이해되는군요. 말 또는 글로 상대방에게 지혜를 전달함은 마치 알려진 수를 이항해 방정식을 푸는 행위와 비슷하다, 이런 이야기 아닙니까?"

알 라시르는 빙긋 웃음을 지었다.

"제 말의 무례를 용서하시길 바라며 말씀드리자면, 이렇게 현명한 로마인은 처음 만나봅니다, 위대한 콤니모스 경이여. 사실 이 지혜의 이항 이야기는 비유가 아닙니다. 자연철학에 근거해 관찰할 수 있는 사실이지요. 경께서는 이븐 알하이삼의 '키탑 알마나지르', 그러니까 『광학의 서』를 당연히 읽어보셨겠지요. 그에 따르면 우리가 물체를 볼 수 있는 이유는, 태양 빛이 물체에 반사되고 그 빛이 우리의 눈으로 들어오기 때문입니다.

하지만 문제는 그다음부터입니다. 이븐 알하이삼도 우리가 물체를 본 후로 그것을 어떻게 지혜로 만드는지는 언급하지 않고 있습니다. 여기에 알 콰리즈미의 대수학을 적용하면 정말로 간단한데 말이지요. 붉게 잘 익은 대추야자를 본다고 가정해 보지요. 이븐 알하이삼에 따르면, 대추야자를 알아볼 수 있는 것은 태양빛이 그 과일의 표면에서 반사되어 경의 안구로 들어갔기 때문입니다. 그렇지요? 그런데 그 빛은 다른 곳에서 반사된 빛, 이를테면 접시에서 반사된 빛과 무슨 차이가 있을까요? 어떤 원리로 경은 대추야자를 '대추야자'라고 알아보고, 접시를 '접시'라고 알아보게 될까요?"

알 라시르는 네메시우스가 생각할 시간을 잠시 주기라도 하듯 말을 멈췄다.

"그것 또한 미지수와 이항의 문제로군요. 우리가 대추야자를 알아채기 전의 상태를 미지수라고 하면, 빛이 대추야자의 무엇인가를 이항시킨다고 볼 수 있는 게 아닐까 합니다."

알 라시르는 과장된 몸짓을 지으며 대화를 이어나갔다.

"콤니모스 경이여, 경의 지혜야말로 제가 무릎 꿇고 이항시키고 싶은 위대한 지혜 그 자체입니다. 이 상황에서 지혜란 대추야자가 대추야자인지 알아보게 하는 과정입니다. 태어날 때부터 앞을 보지 못하는 자는 그런 지혜를 가질 수 없지요. 그러나 우리도 대추야자에 관한 지혜를 처음부터 가지고 있지는 않습니다. 예를 들어 아무 빛도 없는 그믐밤에는 대추야자를 알아보는 지혜란 존재하지 않습니다. 그러므로 그런 상황에서 대추야자에 관한 지혜는 미지수지요. 동이 터 태양 빛이 대추야자에 반사되면, 그 빛은 우리의 눈을 통과해서, 즉 이항되어서 지혜의 원천인 머릿속에 들어오게됩니다. 미지수는 결국 이항된 빛과 결합하여서 방정식처럼 풀리고 마는 것입니다. 지혜는 대추야자를 대추야자로 알아보게 하고, 접시를 접시로 알아보게 합니다."

네메시우스가 물었다.

"그런데 왜 빛은 대추야자에 부딪힌 후에야 미지수를 풀수 있게 하는 것입니까?"

알 라시르가 대답했다.

"태양에서 나오는 빛 자체는 아무것도 담지 않습니다. 빛이 대추야자에 부딪힌 후에야 무엇인가를 담게 되지요. 저는 빛이 어딘가에 부딪힌 후에 생성되는 그 무엇인가를 '시그눔signum'이라고 부르기로 했습니다. 시그눔은 태양에서 직접 나오는 빛에는 없지만, 대추야자에 반사된 빛에는 포함되어 있습니다. 이 시그눔을 포함한 빛이야말로 지혜의 원천입니다."

네메시우스는 이 정체불명의 아랍인으로부터 묘한 감명을 받기 시작했다. 그는 질문을 이어갔다.

"그렇다면 보는 것 말고 다른 감각에도 빛의 시그눔과 비슷한 것들이 있습니까? 예를 들어서 대화를 할 때, 책을 읽을 때에도 있습니까? 냄새를 맡을 때는요?"

알 라시르는 빙그레 웃으며 품위 있게 고개를 끄덕였다.

"그렇습니다. 우리의 모든 감각에는 시그눔이 있습니다. 바람 소리와 달리 말에는 시그눔이 있죠. 정체불명의 외국책을 읽을 때와는 달리 모국어로 된 책에서는 풍부한 시그눔을 느끼실 수 있을 겁니다. 대화 중 한 음절을 들을 때도, 책의 글자 한 자를 읽을 때도 시그눔은 우리의 지혜를 생성시킵니다. 그뿐만이 아닙니다. 시그눔은 우리의 머릿속에서 연쇄적으로 전달되지요. 대추야자를 본 이후에도 시그눔은 계속해서 전달됩니다. 대추야자를 보고 그것이 대추야자임을 알아본 우리는, 또다시 시그눔을 전달해 다음 방정식의 미지수를 풀려고 합니다. 바로 '나는 대추야자를 먹고 싶은가?'라는 미지수지요. 방정식을 풀어서 먹고 싶다는 욕망을 느꼈다면, 또다시 다음 미지수가 준비됩니다. 바로 '나는 대추야자를 먹기 위해 신체의 일부분을 움직여야 하는가?'입니다. 방정식을 푼 후에야 우리는 비로소 팔을 움직여 대추야자를 집는 것입니다. 우리가 생각하고, 욕망을 느끼고, 신체를 움직이는 모든 사소한 행위들은 바로 이 미지수 연쇄를 일으키는 작고 미세한 지혜들을 바탕으로 합니다. 그리고 이것이 바로 '생명'의 원리입니다."

네메시우스는 이제야 알 라시르가 추구하는 연구 주제를 이해했다.

"그렇다면 알 라시르 경이 생각하는 죽음이란 이 생명의 방정식 연쇄가 중지된 상태로군요?"

"그렇습니다. 저는 죽음이란 지혜의 방정식 연쇄가 단절된 상태라는 매우 간단한 결론에 도달했습니다."

네메시우스는 정말로 궁금했던 질문을 던졌다.

"그렇다면 경은 영생을 이룰 수 있습니까? 지혜의 방정식을 영원히 이어지게 할 수 있다는 말입니까?"

알 라시르는 말없이 초록색 눈동자로 네메시우스를 바라

보았다. 갑작스러운 침묵에 압도된 듯 네메시우스도 잠시 모든 움직임을 멈추었다. 둘 사이 지혜의 이항이 중단되었다.

찰나보다는 오랜 시간이 지나 알 라시르가 천천히 입을 열었다.

"콤니모스 경이시여, 우리는 언젠가 반드시 그 주제를 논하게 될 것입니다. 그러나 그보다 먼저 해야 할 이야기들이 있지요."

4

레오는 라틴어 서장 읽기를 끝마쳤다. 번역자의 이름이 없는 것으로 보아 이 책은 애초에 라틴어로 쓰인 모양인데, 알 라시르라는 자는 아라비아 출신이면서도 라틴어를 유창하게 구사하는 듯했다. 알 콰리즈미의 『완성과 균형의 계산서』를 인용하며, 일차방정식의 미지수를 풀듯이 시그눔이라는 것의 이항을 통해 책에서 '지혜'라고 부르는 인간의 인식 과정을 설명하는 건 이해하기 어렵지 않았다.

하지만 레오는 이건 단지 비유라고 생각했다. 그는 예전 우고와 함께 시계탑 내부를 들여다봤던 때를 떠올렸다. 시계탑 내부에는 가장 커다란 세 개의 태엽이 있었고, 그 태엽

들은 순차적으로 맞물려 돌아갔다. 만약 성부, 성자, 성령 중 하나라도 없으면 온전한 하느님으로서의 개념이 사라지듯이, 세 개의 태엽 중 한 개라도 빠진다면 시계는 멈춰버린다고 레오는 우고에게 가르쳐 주었다. 우고는 이 비유가 재미있었던 모양이었다. 세 개의 태엽을 항상 '성부 태엽', '성자 태엽', '성령 태엽'이라고 불렀다. 레오 자신도 좋은 비유라고 생각했다.

그러나 비유는 그저 비유일 뿐이다. 우고가 태엽을 잘 다루는 건 태엽의 작동 원리를 근본부터 이해하고 있기 때문이지, 성 삼위일체라는 비유로 태엽을 파악해서가 아니었다. 지혜의 방정식 비유도 마찬가지였다. 지혜가 방정식의 풀이법과 비슷하다고 말하는 건 그저 비유일 뿐, 그 근본적인 작동 원리는 따로 있지 않은가?

레오는 다음 장으로 페이지를 넘겼다.

D

알 라시르가 말했다.

"그렇다면 지혜는 어떻게 작동할까요? 저는 그것을 직접 관찰하고 싶었습니다. 과거 이집트에서는 지혜가 심장에 위치한다고 했습니다. 그러나 플라톤은 지혜가 머리에서 나온다고 보았습니다. 경께선 어느 쪽이 바르다고 보십니까?"

"플라톤이 옳지 않을까 생각합니다. 그 정도는 상식이지요."

"맞습니다. 저도 그렇게 생각합니다. 머리 안쪽에 뇌라는 기관이 특별한 방식으로 지혜를 만들어 낸다고 생각됩니다. 그러나 아무리 고서를 뒤져보아도 뇌가 지혜의 원천이라는 사실을 증명한 자연철학자는 없었습니다. 저는 뇌가 어떻게 작동하는지, 진짜로 지혜의 방정식이 제가 주장하는 식으로 작동하는지 궁금해졌습니다. 실례가 되지 않는다면 한 번더 여쭤보고 싶군요. 경께선 뇌가 어떤 방식으로 시그눔을 이항시키는지 어떻게 증명하시겠습니까?"

네메시우스는 일전에 이브라힘에게 들었던 이자의 실험 방식에 대해 떠올렸다. 그는 알 라시르가 시체를 수집하고 있다고 말했다. 그렇다면 분명 그는 시체의 두개골을 열어 해부하는 것이리라.

"뇌를 직접 관찰하는 것입니까? 두개골을 쪼개어?"

"네, 그렇습니다. 관찰이야말로 자연철학적 탐구에 가장 적절한 방법이지요. 경께서는 뇌를 직접 보신 적이 있습니까?"

네메시우스는 감옥을 탈출하다 높은 성벽에서 떨어져 죽

은 죄수의 시체를 본 적이 있었다. 머리가 갈라져 땅에 피가 흘렀고 붉게 물든 뇌가 일부 드러났다. 그러나 멀리서 본지라 뇌의 형태나 질감까지 자세히 보지는 못했다. 생각에 잠긴 네메시우스의 답을 기다리지 않고 알 라시르가 말했다.

"뇌는 머리의 절반을 차지할 만큼 크고, 복잡하게 주름져 있습니다."

알 라시르는 일어나 자신의 왼쪽 벽에 걸린 복잡한 아랍 문자로 쓰인 서예 그림을 고개로 가리켰다. 양피지에 금박으로 장식된, 세로선과 둥근 곡선, 작은 점들과 삐침들이 어지럽게 섞여 커다란 원형을 이루는 그림이었다. 네메시우스는 그 구불구불한 그림에서 '자비로운 하느님의 이름으로(비스밀라히 르라흐마니 르라힘)'라는 문장을 간신히 알아보았다.

"뇌의 모양은 아랍 문자로 쓴 서예와 비슷한 형상입니다. 경께서도 직접 보시면 제 말에 동의하실 겁니다. 놀랍지 않습니까? 우리의 몸속 지혜의 원천이 문자의 형상과 비슷하다니… 그래서 많은 자가 잘못된 결론에 이릅니다. 우리의 지혜는 언어로 이루어져 있다고요. 그러나 저는 그 주장이 틀렸다고 생각합니다. 사실 지혜는 언어가 아닌 수로 이루어져 있습니다. 이게 얼마나 놀라운 일인지, 이해하시겠습니까? 우리는 말을 하고 그것을 글자로 적지만 그 실체는 바로 수로 된 시그눔이며, 시그눔이 작동하는 방식이 바로 방정식과 대수학이라는 말입니다. 도대체 뇌에서는 무슨 일들이 일어나고 있는 것일까요?"

네메시우스는 이야기의 본질에 빨리 다가가고 싶어서 조급해졌다.

"알 라시르 경이여, 그렇다면 제가 그 뇌를 제공해 드리면 되겠습니까? 죽은 인간의 시체에서 꺼낸 뇌 말입니다."

알 라시르는 섬뜩한 미소를 지으며 대답했다.

"콤니모스 경께서 죽은 뇌를 제공해 주실 수는 없을 겁니다. 이 사막 한가운데에까지 시체를 운반해 오는 것은 불가능합니다. 다 썩어버리고 말겠지요. 그리고 경께서 시체를 어떻게 구하실 수 있겠습니까? 콘스탄티노폴리스에서 전투가 벌어져 사람들이 죽어버리기라도 한단 말입니까? 하하하."

네메시우스는 무시당한 느낌에 언짢았다. 시체쯤이야 자신의 재력으로 얼마든지 구할 수 있었다. 자연사한 노인들, 성벽 공사 중 사고로 죽어버린 노예들, 전쟁터에서 시신으로 돌아온 군인들, 홍역에 걸려 죽어버린 아이들…

그 와중에 알 라시르가 깜짝 놀랄 말을 꺼냈다.

"제 연구에는 살아 있는 자의 뇌가 필요합니다."

순간 네메시우스는 할 말을 잃고 말았다. 이브라힘이 했던 말과는 달랐으니까. 네메시우스는 알 라시르의 말을 잘못 듣지 않았는지 되새겨 보았다. 그러나 분명 그 말이 맞았다.

살아 있는 인간!

네메시우스가 겨우 입을 열었다.

"그러니까… 시체를 해부하는 게 아니었습니까? 그 정도의 연구라면 이슬람 율법에서 허용하고 있다고 생각합니다만…"

알 라시르가 고개를 돌려 네메시우스와 눈을 마주쳤다. 초록색 눈동자가 악마처럼 빛났다.

"아니요, 살아 있는 인간이어야 합니다. 머리가 작동하지 않는 죽은 인간을 해부해 봤자 그 대수학적 실체를 관찰할 수는 없는 일이지요."

"그렇다면 제가 살아 있는 노예를 구해다 드리면 된다는 말씀입니까?"

알 라시르가 크게 웃었다.

"하하하, 노예요? 그런 천한 자의 뇌를 해부해 봤자 어디다 쓰겠습니까? 제 연구엔 좀 더 지혜로운 자의 머리가 필요합니다."

"제가 그런 자를 어떻게 구하겠습니까? 그런 자가 뇌를 바치기 위해 제 발로 걸어올 리가 있겠습니까?"

네메시우스는 슬그머니 일어났다. 여차하면 문을 박차고 나가서 도망쳐야겠다고 생각했다. 이브라힘과 함께 바그다드로 가는 게 좋을 것 같았다. 알 라시르는 세간에 떠돌던 소문 그대로 악마의 연금술사였던 모양이었다. 살아 있는 자를 원한다고? 아무리 네메시우스라도 그 요청은 들어주기 어려웠다.

그런데 그때, 뒤에서 네메시우스의 어깨를 잡고 누르는 자가 있었다. 바로 아무 말도 하지 않고 서 있던 알 라시르의 하인이었다. 말 없는 하인은 힘이 강했고, 네메시우스는 어깨가 잡힌 채 꼼짝도 할 수 없었다. 알 라시르가 네메시우스 쪽을 바라보고 한심스럽다는 표정을 지으며 말했다.

"알리가 말은 못 하지만 힘은 장사입니다. 콤니모스 경이시여, 저는 아무 데서나 찾을 수 있는 천한 자의 뇌가 필요한 게 아닙니다. 많은 뇌가 필요한 것도 아니지요. 저는 단 하나의 뇌가 필요할 뿐입니다. 바로, 네메시우스 콤니모스의 뇌입니다. 콘스탄티노폴리스의 위대한 지성, 네메시우스 콤니모스 경이시여."

5

레오가 서문에서 받았던 인상은 잘못된 것이었다. 대수학에 대한 두 번째 장(레오는 이 장을 알 콰리즈미의 이름을 라틴어로 발음한 '알고리즈미 장章'이라고 부르기로 했다)에서 저자는 비유가 아니라 실제로 뇌에 대수학적 이항 과정이 존재한다고 주장했다. 빼곡하게 들어찬 지루한 대수학적 방정식과 풀이법에는 자세한 라틴어 설명 같은 건 빠져 있어서 공식의 의미를 대부분 추측으로 끼워 맞출 수밖에 없었지만, 레오는 저자가 말하려고 하는 바를 대략 눈치챘다.

인간의 지혜, 그러니까 인식 과정은 대수학적 계산으로 이루어져 있다.

레오는 여전히 이 얘기를 곧이곧대로 받아들이기는 힘들다고 생각했다. 방정식 풀이가 뇌 어디선가 일어나고 심지어 관찰할 수 있는 자연철학적 현상이란 말인가? 그렇다면 우리가 생각하고 느끼는 것은 언어가 아니라 숫자의 나열에 불과한가? 레오는 혼잣말로 중얼거렸다.

"우리의 생각이 수라는 생각은 의심스러워incertus."

그리고 다시 이렇게 생각했다.

"incertus'라는 단어를 떠올린 생각의 과정, 그 단어와 문장들이 언어가 아닌 수란 말인가?'

레오는 책의 마지막 문장을 떠올렸다.

독자여, 무엇이든 물어보라. 책이 대답할 것이니.

규칙은 알고리즈미 장에 다 나와 있다. 물어보고 싶은 문장의 알파벳 하나하나를, 알고리즈미 장에 쓰인 대수학 공식을 토대로 숫자로 치환한다. 그리고 다툼datum 장(이 또한 레오가 세 번째 장에 붙인 이름으로, '주어져 있는 숫자들'이란 뜻이었다)으로 넘어가, 또 다른 공식들을 이용해 계산을 수행한다. 그러면 책이 언젠가 대답을 한다는 말이었다. 책이 어떻게 대답할 수 있을까? 책에 입이 달린 것도 아닐 텐데. 문득, 레오는 다툼 장의 몇몇 페이지에 붙은 소제목을 기억해 냈다. 다툼 장의 첫 번째 페이지엔 '듣는 페이지'라는 제목이 붙어 있었고, 책의 마지막 부분에 '말하는 페이지'도 있었다. 그렇다면 수로 변환된 알파벳들은 '듣는 페이지'에서 최초로 계산되고, '말하는 페이지'까지 도달한 후에, 다시 알파벳이 되지 않을까?

레오는 책에 물어볼 첫 질문을 고민했다.

"이 책은 무슨 내용인가?"

이 질문은 바보처럼 느껴졌다. 실질적으로 책에는 내용이 없었다. 숫자만 잔뜩 쓰인 책에 무슨 내용이 있다는 말인가? 책이 말할 수 있다면, 아마 "숫자뿐입니다"라고 대답하겠지. 책의 내용을 책에 물어보다니, 그렇게 바보 같은 행위가 또 어디 있을까?

이 책이 질문에 대한 답을 무엇이든 알려주는 백과사전이라면, 내가 아는 질문을 해봄으로써 책이 잘 대답하는지 맞혀볼 수 있을 것이다. 당대 제국 황제의 이름을 묻고 실제로 맞는 대답이 나온다면 책의 내용에 신빙성을 가질 만했다. 그런데 이 책의 지은이가 아라비아 출신이라 다른 나라의 역사는 잘 모른다면? 첫 대화 시도는 실패해 버리고 말겠지.

아니면, 아예 이 책의 지은이가 누구인지 물어볼까?

"이 책의 지은이는 누구인가?"

표지에 쓰인 '아부 자파르 무함마드 이븐 무사 알 라시르'라는 이름이 지은이를 가리킬 테니, 그걸 물어봐서 확인한다면 책이 진짜로 대화를 하는지 판단할 수 있을 것이다. 그런데 그게 정말로 좋은 시도일까? 정답을 아는 질문을 하여서 확인하는 건 시간 낭비 아닐까?

책의 이름을 물어볼까도 생각해 보았다.

"이 책의 이름은 무엇인가?"

물론 책의 이름은 『죽음과 지혜의 책 I』이지만, 레오는 책 자체의 이름이 아니라 책 내부에 숨겨진 인격이 있는지 궁금했다.

"너의 이름은 무엇인가QUOD NOMEN TIBI EST?"

그는 처음엔 자신의 유치한 발상에 피식 웃고 말았다. 책이 인격체도 아닐진대, 지은이의 이름도 아닌 다른 이름이 따로 있다고? 만약 이름이 있다 해도 '죽음과 지혜의 책'이라고 대답하지 않을까? 아니면 저자의 이름인 '알 라시르'라고 대답하지 않을까? 아니면 이름이 없을 수도 있다. "나는 단지 책입니다. 나에게는 이름이 없습니다." 그래도 '죽음과 지혜의 책'이든 '알 라시르'이든 그렇게라도 대답한다면 좋은 시작일 것이다. '죽음과 지혜의 책'이라고 대답하면 인격이 없다는 뜻이고, '알 라시르'라고 대답한다면 책이 지은이의 인격을 가지고 있다는 뜻이니까. 혹시 다른 이름을 댄다면 그것도 좋다. 지은이인 알 라시르와 무슨 관계냐고 물을 수도 있으니까.

레오는 "너의 이름은 무엇인가QUOD NOMEN TIBI EST?"라는 라틴어 문장을 다른 종이에 적었다. 알고리즈미 장에서 지시하는바, 문장의 알파벳 수는 공백과 마침표, 물음표 등을 제외하고 32자를 넘기면 안 된다. 이 문장은 16자이므로 문제없었다. 레오는 세 번째 장의 '듣는 페이지'를 펼쳤다. 듣는 페이지에는 가장 작으면 두 자리, 가장 크면 3,000을 조금 넘는 수들이 23개씩 32개의 묶음으로 구성된 표가 적혀 있었다. 왜 23개인가 하면 A부터 Z까지의 라틴 알파벳의 개수가 23개이기 때문이었고, 왜 묶음이 32개인가 하면 문장을 구성하게 될 글자의 수가 32개로 제한되기 때문이었다.

문장의 첫 번째 알파벳이 'Q'였으므로, 레오는 첫 번째 묶음의 Q에 대응하는 열여섯 번째 수, '1024'를 찾아냈다. 다툼 장의 1,024쪽으로 이동하라는 뜻이었다. 지시대로 1,024쪽을 펼쳤다. 거기엔 레오가 정성스레 필사한 아라비아 숫자들이 빽빽하게 적혀 있었다. 알 라시르는 이 수를 '두께의 수'라는 용어로 불렀다. 이 말의 의미는 다음과 같았다. 1,024쪽은 여러 페이지와 이어져 있는데, 이 숫자들은 1,024쪽이 다른 페이지들과 어느 정도의 강도로 이어져 있는지를 나타냈다. 즉, 페이지들은 눈에 보이지 않는 굵거나 얇은 밧줄들로 이어져 있다. 두께의 수가 큰 수라면 페이지 사이는 굵은 항해용 밧줄로 연결되어 있고, 두께의 수가 작은 수라면 가느다란 실로 이어져 있다고 볼 수 있다.

두께의 수는 책에 적혀 있었지만, 레오는 어디에도 적혀 있지 않은 다른 종류의 수도 계산해야 했다. 알 라시르는 그 수를 '시그눔의 수'라고 칭했다. 첫 문장의 알파벳 'Q'는 최초 시그눔의 수로 Q에 해당하는 '1'을 만들어 낸다. 다른 문자들도 마찬가지로 시그눔의 수를 1로 시작한다. 알고리즈미 장의 규칙은 이 1이라는 수에 수많은 두께의 수를 곱하고, 더하고, 빼고, 나누어서 새로운 시그눔의 수를 내도록 만들어졌다. 새로이 계산된 시그눔의 수는 페이지당 단 하나만 나오는데, 이 시그눔의 수는 현재 페이지와 이어진 여러 페이지에 전달된다. 이것이 지은이 알 라시르란 자가 서장에서 그토록 강조하던 '이항'이다. 다음 페이지로 이항된 시그눔의 수는 동일한 계산 과정을 통해 또다시 이어진 페이지들로 전달된다.

알고리즈미 장에 따르면 또 다른 규칙이 있다. 이어진 페이지를 통해 시그눔의 수가 한번 이항되면, 두께의 수들은 반드시 규칙에 따라 수정되어야 한다. 그렇다. 레오가 기껏 정성스레 필사했던 아름다운 필체의 아라비아 숫자들을 레오 스스로 지우고 다른 숫자로 채워 넣어야 했다. 레오는 종이를 긁어내고 새로운 숫자를 기재하는 방식을 고려해 보았으나, 시간이 너무나 오래 걸리고 또 종이가 버틸 수 있을지 걱정되었다. 그래서 펜으로 취소 선을 긋고 그 위나 아래의 여백에 작게 수정된 두께의 수를 기재하기로 했다. 애초에 매우 빽빽한 상태로 필사되었던 페이지인지라, 그런 식으로는 두 번에서 세 번 정도만 수정하면 종이의 여백이 아예 남아나지 않았다. 레오는 페이지에 쓸 공간이 모자라면 그때는 빈 종이로 새로운 페이지를 만들어 책에 끼워 넣어야겠다고 생각했다.

계산은 양도 많았지만 정말로 기묘했다. 어떤 원리인지, 어떤 의미인지도 잘 이해되지 않았다. 하지만 전체적으로는 짐작이 갔다. 페이지들은 수없이 많은 다른 페이지들과 연결되어 있었다. 그렇게 페이지들의 전체적인 관계를 머릿속에 그려본다면, 거미줄과도, 그물과도 비슷해 보이는 그림이 떠오른다. '시그눔의 수'는 그 그물망 곳곳을 돌아다니며 그물을 이루고 있는 밧줄의 굵기를 굵게 만들거나 가늘게 만든다. 이 계산의 끝에 시그눔의 수는 '말하는 페이지'에 도달할 것이다. 그리고 마지막 시그눔의 수는 '듣는 페이지'와는 거꾸로 된 과정을 거쳐 알파벳으로 변환될 것이다.

레오는 적어도 1시간 정도면 답을 얻을 수 있지 않을까 예상했다. 그런데 2시간이 지나고, 3시간이 지나도 끝나지 않았다. 우고가 식사를 물어보러 그의 방을 노크할 때에서야 자신이 5시간 동안이나 몸을 일으키지 않고 계산에 몰두했다는 걸 깨달았다. 식사 후에도 다시 자리에 앉아 아침 해가 뜰 때까지 펜을 놓지 않던 레오는, 이 계산이 어쩌면 책을 필사했을 때 소요된 일주일보다도 더 걸릴 수 있겠다고 조심스레 예측해 보았다. 그런데 일주일이 지났는데도 계산은 계속되었다. 레오는 미칠 노릇이었다. 이 계산이 대체 언제 끝날지 기미조차 보이지 않기 때문이었다.

E

네메시우스는 어둠 속에서 깨어났다. 그의 사지는 포박되어 있었다. 주변은 어두웠고, 아무 인기척도 느낄 수 없었다. 정신은 여전히 몽롱했으며 머리가 깨질 듯 아팠다. 그는 기억을 가다듬어 어떤 일을 당했는지 되새겨 보았다.

'알리라고 했나… 그 벙어리 하인.'

알리는 네메시우스가 의자에서 일어날 수 없도록 힘으로 막았고, 알 라시르가 우아한 몸짓으로 재빨리 다가와 네메시우스의 코에 천 조각을 들이댔다. 천 조각에서는 특이한 향이 맡아졌는데, 그게 정신을 잃기 전 마지막 기억이었다.

'이게 무슨 일인가? 이브라힘이 속이고 나를 이자에게 팔아먹은 것인가?'

네메시우스가 몽롱한 정신과 함께 이브라힘에 대한 증오로 부들거리는 와중에, 문이 열리고 흐릿한 빛이 비쳤다. 네메시우스는 그제야 방의 모습을 볼 수 있었다. 방 안엔 가열대와 여러 가지 시약들이 진열돼 있었다. 아무래도 연금술 실험실 같았다. 그는 성인 남자의 허리쯤 오는, 형벌대처럼 보이는 기구에 사지가 포박되어 있었다. 팔은 몸통 옆에 붙인 채 밧줄로 고정되어 있었고 발목도 비슷한 상태인지 다리를 움직일 수 없었다. 누군가 문을 열고 들어왔다. 알 라시르였다.

"콤니모스 경, 정신이 드셨나 보군요. 저의 무례를 용서해 주시기 바랍니다. 그렇지만 제 계획을 들으신다면 경께서도 마음에 들어 하실 것입니다."

네메시우스는 혀가 마비된 듯 어눌한 목소리로 말했다.

"네 이놈, 이브라힘은 어디 있는가? 그자도 한 패거리인

거냐?"

"이브라힘은 아침이 밝자마자 캐러밴을 이끌고 바그다드로 건너갔습니다. 한 패거리라니요? 그런 건 아닙니다. 그는 저와 거래를 한 것입니다. 무역품을 싣고 와 금화를 받아 갔을 뿐이죠."

네메시우스는 쥐어짜듯 소리쳤다. 포박된 사지에 연결된 밧줄이 당겨지면서 둔탁하게 덜컹거리는 소리가 났다.

"이, 이 저주받을 이교도 놈아! 날 어떻게 하려는 것이냐?"

알 라시르는 침착한 목소리로 대답했다.

"물론 사전에 경의 허락을 받고 진행했다면 좋았을 것입니다. 하지만 경께서 반대하실 게 뻔하기 때문에 생략했습니다. 그 점은 죄송하게 생각합니다."

알 라시르는 형벌대에 단단히 결박되어 겨우 고개만 까딱일 수 있는 네메시우스의 머리맡으로 경쾌하게 다가갔다. 그리고 그의 귀에 대고 작은 목소리로 속삭였다.

"경께서는 책이 될 것입니다."

"책, 책이라고?"

"그렇습니다. 경께서 열정적으로 책을 수집하신다는 것을 소문을 들어 잘 알고 있었습니다. 콘스탄티노폴리스의 지성이라고 불리시더군요. 그렇다면 직접 책이 되어보는 것도 나쁘진 않겠지요?"

알 라시르는 뒤돌아서며 알리를 향해 빙긋 웃었다. 알리는 표정 변화 없이 서 있었다.

"그게 무슨 소리냐? 사람이 책을 읽을 수는 있어도, 책이될 수는 없어."

"물론 그게 상식이겠습니다만, 저는 많은 이들을 연금술을 써서 책으로 만들어 보았습니다. 처음에는 어설펐지만, 이제는 능숙해졌지요. 책이 되어도 생각도 하고, 듣고, 말할수도 있습니다. 놀랍지요? 이게 다 연금술 덕분입니다. 경께서 맡으신 이 정신을 잃게 하는 물약도 연금술로 만들어진것입니다. 그리고 경이 책이 될 때, 고통을 조금이나마 덜어줄 여러 가지 물약들도 준비되어 있지요."

문득 네메시우스는 사막에서 죽어간 자신의 하인, 안티고노스를 떠올렸다. 그가 살아 있었다면 힘센 알리를 이길 수있었을까? 아니다, 소용없어 보였다. 그 정체불명의 천 조각향기를 맡는다면 안티고노스라 해도 어쩔 수 없었을 것이다. 아니, 애초에 안티고노스가 무리에서 떨어져 홀로 도적떼에 둘러싸이게 된 것도 이브라힘의 계략이 틀림없었다. 어쩌면 베두인 도적 떼조차 한 패거리였을지도 몰랐다.

네메시우스는 할 말을 잃고 분노로 몸을 떨었다. 여전히정신은 몽롱하고 흐릿했으며 결박된 사지가 점점 떨려 왔다. 매캐하고 톡 쏘는 갖가지 약품 냄새에 머리가 깨질 것 같았다. 알 라시르는 한동안 그의 머리맡에서 분주하게 움직였다. 뚝딱거리는 소리, 액체를 쪼르륵 흘리는 소리가 났다. 알리가 옆에서 그를 돕는 것 같았다. 잠시 후 알 라시르가 네메시우스의 시선이 닿는 곳에 나타났다. 그는 양손에 뾰족한 금속 침을 들고 있었다.

"콤니모스 경도 먼 옛날 그리스에서 전기라는 것을 발견한 탈레스를 아시겠지요. 고양이 털가죽으로 호박석을 문지르면 나오는, 찌릿한 느낌이 드는 미지의 힘 말입니다. 바그다드에는 예로부터 전기를 도기에 모으는 기술이 있었습니다. 그 도기를 만드는 데 식초와 구리, 쇠막대가 필요한데, 이브라힘의 캐러밴이 이것들을 구하는 데 항상 큰 도움이 됩니다. 물론 앞으로 보여드릴 거의 모든 연금술의 재료 중 이브라힘의 힘이 닿지 않은 것은 거의 없지요."

그는 두 금속 침을 거의 닿을 듯 가까이 댔다. 청색 불꽃이 일어나며 파지직 하는 소리가 났다. 네메시우스는 두려움에 몸을 떨었다. 아니, 몸은 떨리지 않았다. 이교도 연금술사가 무슨 짓을 한 건지 몸이 굳어버린 것이다. 알 라시르는 금속 침을 내려놓고 검은 칼날이 달린 단검을 허리춤에서 꺼내어 보여주었다.

"이것은 흑요석 단검입니다. 흑요석은 로마 제국에서도

화살촉으로 많이 이용하는 광물이지요. 무척 단단한데, 깨뜨리면 아주 날카로운 칼날이 만들어집니다."

알 라시르는 흑요석 단검을 알리에게 던졌다. 알리는 능숙하게 단검 손잡이를 잡았다. 알 라시르는 실험대에서 물약이 든 유리병 두 개를 들어 네메시우스의 눈앞에 보여주었다. 하나는 투명하고 짙은 초록색이었고 하나는 불투명한 흰색이었다.

"초록색 물약이 보이십니까? 경께서 맡으셨던 정신을 잃는 물약과는 다른 것입니다. 이 물약은 페르시아의 연금술사 이븐 시나가 만들어 낸 마법의 물약입니다. 그가 저술한 '키탑 알시파', 그러니까, 라틴어로 뭐더라? '치유의 서'라고 하나요? 그 책을 보면 자세한 제작 방법을 알 수 있었습니다. 물론 약초의 배합 비율은 제가 정밀하게 조정했습니다. 왜냐면 경께서 의식을 잃지 않으면서도 고통을 느끼지 않아야 하니까요. 심지어 두개골을 쪼개고 뇌를 갈라도 말입니다. 이미 정신이 몽롱하고 몸이 잘 움직이지 않으실 것입니다. 이 물약을 입에 흘려 넣었기 때문이죠."

네메시우스는 아무 말도 못 하고 낮은 신음만 낼 뿐이었다. 어느덧 알리가 그의 정수리 쪽으로 다가왔다. 그는 끈으로 네메시우스의 이마를 단단히 고정했다. 네메시우스는 비명을 지르려 했으나 으으 하는 정도의 소리밖에 나오지 않았다.

알 라시르가 설명을 이어나갔다.

"아시겠습니까? 의식이 살아 있어야 합니다. 제가 고통스러워하며 비명 지르는 모습을 지켜보는 걸 즐겨서가 아닙니다. 깨어 있는 인간에게만 이 실험을 할 수 있습니다. 저는 흑요석 단검으로 경의 뇌를 최대한 얇게 썰 것입니다. 그리고 그 단면에 전기가 흐르는 이 뾰족한 금속 침 두 개를 갖다 대어서 구조를 세밀하게 탐색할 것입니다. 그동안 경께서는 계속 살아 계시면서 생각하셔야 합니다. 다시 말해, 지혜를 끊임없이 생성해 내야 합니다. 그 과정에서 뇌 단면의 어떤 부분은 전기가 통하고, 어떤 부분은 전기가 잘 통하지 않게 되지요. 그러면 금속 침을 가져다 대어 그 정도를 관찰할 수 있습니다. 매우 세밀한 작업이지요. 너무 미세해서 인간의 눈으로는 제대로 관찰할 수 없습니다. 또다시 선지자들의 지혜가 도움이 되는 순간입니다. 이븐 알하이삼은 『광학의 서』에서 수정을 깎아서 납작하고도 둥그렇게 만들면 시야가 크게 보여서 세밀하고 자세히 볼 수 있다고 말했습니다."

알 라시르가 투명하게 반짝이는 수정 조각을 들어서 보여주었다. 알 라시르가 자신의 한쪽 눈에 그것을 가져다 대니 초록색 눈이 커다랗게 확대되어 보였다. 네메시우스의 눈동자가 초점을 잃고 흔들거렸다. 그동안 알리가 가위와 면도

용 칼로 네메시우스의 머리카락을 서걱서걱 잘랐다. 검은색 머리카락이 바닥에 우수수 떨어졌다. 알 라시르는 희고 불투명한 약품이 든 병을 흔들며 말을 이었다. 그것은 끈적거려서 세게 흔들었는데도 물결치지 않았다.

"뇌 표면의 전기 강도를 샅샅이 기록하면, 이것을 경의 뇌 단면에 바릅니다. 이건 뇌를 딱딱하게 굳히는 역할을 하지요. 뇌는 너무 물렁거려서 흑요석 칼로도 잘 썰리지 않으니까요. 뭉그러지면 문제가 생기거든요."

그리고 알 라시르는 양피지와 비슷한, 그러나 더 얇은 네모난 흰 물체를 한 장 들어 네메시우스의 눈앞에서 팔락거렸다.

"동방의 종이를 아실지 모르겠군요. 뇌의 한 단면마다 조사하려면 며칠씩 걸립니다. 저는 단면마다, 생각의 한 단위마다, 전기가 잘 흐르는 정도를 아라비아 숫자로 종이에 기록하지요. 뇌를 썰고, 전기로 측정하고, 그걸 종이에 옮겨 쓰는 데 몇 년이 걸릴지 모르는 어마어마한 작업입니다."

네메시우스가 정신을 부여잡고 겨우 말을 꺼냈다. 그 말은 비명에 가까웠다.

"이놈, 이놈! 콘스탄티노폴리스의 콤니모스 가문을 모르는가! 제국의 군대가 반드시 나를 위해 복수할 것이다! 너희를 산 채로 붙잡아 기름을 뿌리고 불을 붙일 것이다! 이 사막에서 네놈과 저 하인 놈, 그리고 유대인 상인 놈은 이 보잘 것없는 사막에서 끔찍하게 불탈 것이다!"

알 라시르는 눈도 깜짝하지 않았다. 그는 딱한 표정으로 네메시우스를 바라보며 말했다.

"콤니모스 경이시여, 경은 어차피 책이 될 것입니다. 책이 어떻게 제국의 국경까지 걸어가겠습니까? 한 권의 책이 될 운명이시니 제가 한마디만 드리겠습니다. 책이 된다는 것은 좋은 일입니다. 육체는 단명하지만, 책은 영원합니다. 아시지 않습니까? 우리는 옛 그리스의 두루마리도 옛 로마의 코덱스도 읽을 수 있습니다. 심지어 그 옛날 파피루스로 만든 이집트의 두루마리도 읽을 수 있지요. 인간의 육체를 가진 콤니모스 경보다 책으로 만들어진 콤니모스 경께서 훨씬 오래 살 수 있다는 것은 명백합니다. 어찌 보면 영생이죠. 저는 경에게 영생을 주려는 것입니다. 어찌하여 이를 거부하려 하십니까?"

"그건 궤변이다! 그렇게 좋은 영생, 네놈이나 누리거라!"

네메시우스는 알 라시르를 향해 고래고래 소리를 지른 후 침을 뱉으려 했지만, 몸이 마음대로 움직이지 않아 침이 입가로 흘러내렸다. 알 라시르는 조금은 장난스러운 눈빛으로 여전히 아무런 표정의 변화가 없는 알리를 바라보며 말했다.

"열심히 작업 중인 알리가 보이시지요? 알리는 힘도 장사지만 손기술이 무척 뛰어나, 지금까지 제가 여러 노예와 농사꾼, 무지렁이들을 대상으로 했던 작업을 도와주었습니다. 이젠 저 없이도 혼자서 실험을 수행할 수 있죠. 그는 제게 아라비아 숫자를 쓰는 법에서부터 시작해 모든 작업을 배웠습니다. 그렇잖아도 경의 작업이 끝나면 저 또한 책이 되어 영생을 누릴 작정입니다. 이 좋은 기회를 경께도 나눠드리다니, 얼마나 감사할 만한 일인지 이제 이해하시겠습니까?"

"도대체 네놈은 왜 이런 짓을 하는 것이냐? 도대체 무엇이 너로 하여금 이런 끔찍하고 잔인무도한 일을 하도록 만드는 것이냐!"

"말씀드리지 않았습니까? 영원히 사는 삶이라고요. 저는 영생을 원합니다. 하지만 이 놀라운 비법을 누구든 시도할 수 있다면 저로서는 정말로 괴로운 일이 아닐 수 없지요. 모든 이가 이 좋은 걸 누리게 된다고요? 저는 이 강력한 연금술을 아무에게도 알리고 싶지 않습니다. 알 콰리즈미, 이븐 시나, 이븐 알하이삼, 아라비아와 페르시아의 수많은 자연철학자들과 연금술사들, 저는 그들을 이해할 수 없습니다. 왜 그들은 자신의 지식을 책으로 써냈을까요? 저는 제 지식을 책으로 내고 싶지 않습니다. 영생을 위해 저 스스로 책이 되고 싶을 뿐입니다. 책을 쓰는 것과 책이 되는 것이 무슨 차이가 있냐고요? 책을 쓰면 제 생각이 영원히 수많은 사람에게 읽히게 됩니다. 끔찍한 일이죠. 그러나 스스로 책이 된다면 영원히 살 수 있습니다."

어느덧 네메시우스의 머리카락이 다 깎여 나가고 두피가 드러났다. 네메시우스는 비명을 질렀다. 알리가 가위를 내려놓고 흑요석 단검을 들고 다가왔기 때문이었다. 알 라시르가 계속해서 말했다.

"3,000쪽은 넘을 것으로 예상합니다. 무척이나 두꺼운 책이죠. 노예나 농사꾼 같은 못 배워먹은 자들은 그보다 훨씬 더 얇은 두께로도 충분했습니다. 저로서도 경과 같은 고결한 지혜를 지닌 이를 책으로 만드는 건 처음입니다. 제가 경을 특별히 골라서 이브라힘에게 부탁한 이유가 있지요. 콤니모스 경, 분명히 많은 책을 읽으셨겠지요? 그리스어는 물론 라틴어와 아랍어까지 뛰어나시지 않습니까? 시정잡배들과는 달리 그 지혜의 총량이 어마어마하실 겁니다. 그렇다면 뇌의 단면을 더 얇게 자르고, 금속 침을 더 세밀하게 움직여야겠지요. 분명히 제가 만들어 본 책 중 가장 오랜 시간이 걸릴 것입니다. 가장 어려운 과정일 테죠. 경께서는 알리가 제 뇌를 책으로 만들기 전에 마지막으로 시험해 볼 최적의 대상인 것입니다. 알리 혼자 제 뇌를 작업할 때에는 더 힘들지도 모릅니다. 하지만 저도 알리도 잘해낼 겁니다. 경께서도 앞으로 잘 버티셔야 합니다."

알리는 흑요석 칼로 네메시우스의 정수리 쪽 두피를 얇게 썰었다. 네메시우스는 큰 고통을 느끼지는 않았지만, 정수리 쪽에서 느껴지는 서늘하게 야릇한 감각과 함께 앞으로 일어날 일과 이 모든 상황에 대한 두려움이 닥쳐와 외마디 비명을 질렀다. 피가 묻은 네메시우스의 하얀 두개골 뼈가 노출되었다. 알 라시르는 그를 보지도 않고 계속 떠들었다.

"앞으로 경의 두뇌는 얇디얇은 종이 같은 조각으로 썰리고, 그것을 전기로 조사한 숫자는 3,000여 장의 종이에 기록될 것입니다. 경께서는 점점 지혜를 책으로 이항하게 됩니다. 육체로서의 콤니모스 경은 계속해서 사라질 것입니다. 나중에 육체 쪽은 스스로 누군지도 모르게 되겠죠. 단지 숨쉬고 살아 있을 뿐 지혜는 담고 있지 않은 것입니다. 그렇다면 그 지혜는 어디로 갔을까요? 바로 책이죠. 책으로서의 콤니모스 경은 그 모든 지혜를 이항받아 또 하나의 네메시우스 콤니모스가 될 테니까요."

알리가 금속 톱을 들고 두개골의 윗면을 썰어냈다. 서걱거리는 톱질 소리와 네메시우스의 비명이 방 내부에 울려 퍼졌다. 알리의 솜씨는 실로 훌륭했다. 뇌를 한끝도 다치게 하지 않고 하얀 두개골 윗부분만을 뚜껑 열듯 분리한 것이다. 뇌수가 흐르며 핏빛 뇌의 윗부분이 드러났다. 네메시우스는 극도의 공포감으로 눈을 까뒤집었다. 알 라시르가 전기 탐

침과 흰색 물약 병을 손에 든 채 네메시우스의 위쪽으로 다가왔다.

그로부터 3년 동안, 네메시우스는 서서히 3,000여 장의 쪽수를 가진 책이 되었다.

6

레오가 '말하는 페이지'에 처음 도달한 건 계산을 시작한 지 3년이 지난 어느 아침이었다.

그동안 햇빛을 잘 보지 못한 그의 피부는 푸석푸석해졌고 나이보다 이르게 흰머리가 나기 시작했다. 허리와 손목, 어깨의 통증으로 매일 괴로웠으며, 등이 구부정해졌다.

스승이 요상한 일에 정신이 팔려 본업에 소홀한 동안 우고는 시계탑 관리를 도맡았다. 심지어 남는 시간 틈틈이 여러 수제 태엽을 조합해서 장난감을 만들었다. 걸어 다니는 금속 말이나 펜을 쥐고 글씨를 쓰는 인형 같은 장난감이 우고의 손에서 태어났다. 우고는 시계탑에 별일이 없을 때면 시장에 나가 직접 만든 장난감을 팔기 시작했다. 태엽 기계의 장인이라고 불러도 될 수준이었다.

레오는 그날도 변함없이 일어나자마자 낡은 책상에 앉아

펜을 들었다. 어제 못다 한 계산이 연습용 종이에 빼곡했다. 레오는 잠에서 덜 깬 채로 묵묵히 계산식을 풀고 또 풀며 시그눔의 수를 찾아냈다. 종이의 사각거리는 소리가 새가 지저귀는 소리와 어우러졌다. 창의 아래편 모서리에서 솟아나는 아침 해가 오른손의 그림자를 종이에 길게 드리웠다. 레오는 방금 막 계산한 시그눔의 수가 전달될 페이지를 펼쳤다. 페이지의 아래에 "이 페이지에 도달한 시그눔의 수 23개 중 가장 큰 수에 대응하는 알파벳을 써라"라고 적혀 있었다. 레오는 또 무의식적으로 연습용 종이 여백에 계산해 나갔으나, 문득 그 문장이 말하는 바를 깨달았다.

드디어 '말하는 페이지'에 도달한 것이다.

레오는 적힌 문장을 토대로 이 페이지에 도달해야 할 시그눔의 수가 방금 계산한 수 말고도 22개가 더 필요하다는 것을 알았다. 레오는 22개의 시그눔의 수를 계산하기 위해 수없이 많은 페이지를 뒤졌다. 그 작업은 반대쪽 창으로 해가 넘어가 버릴 때까지 이어졌다. 레오는 계산된 23개의 시그눔의 수 중 열두 번째 수가 가장 크다는 것을 알아냈다. 그 수에 대응되는 알파벳은 'M'이었다.

'M'이라고! 질문에 대한 답변의 첫 글자가 바로 'M'이었다니! 레오는 매우 기쁜 나머지 의자에서 일어나 양팔을 위로 들고 머리를 광인처럼 흔들며 환호성을 질렀다. 우고가 무슨 일인가 하여 문을 열었다. 레오는 덩실덩실 춤을 추고 있었다. 레오는 우고와 눈을 마주치자 달려가 우고를 끌어안으며 유쾌하게 웃었다. 우고도 이유를 안다는 듯 스승의 등을 토닥거렸다. 지루하기만 한 3년의 계산이 끝나가는 순간이었다.

F

네메시우스는 마치 빛이 하나도 들어오지 않는 바닷속에 있는 것 같았다. 그는 어쩌다 자신이 아무것도 보이지 않고, 아무것도 들리지 않고, 심지어 아무것도 느껴지지 않는 텅 빈 공간에 떨어졌는지 몰랐다. 그는 기억을 떠올리려고 노력해 보았다. 그의 기억 속 시간은 참으로 기묘하게 흘렀다. 알 라시르라는 연금술사의 형벌대에 올라 끔찍한 실험의 희생양이 된 그날의 기억이 바로 방금 일어난 일처럼, 아니, 꽤 오래전에 일어났던 일처럼 느껴졌다. 또한 알 라시르와 알리가 "이제 절반 정도 진행되었다"라고 소곤거리는 소리를 들은 것도 같았다. 다시 그 말을 들은 기억이 최근에 일어난 일처럼 느껴졌고, 이렇듯 수술이 시작할 때부터 끝날 때까지 전 과정이 마치 조금 전 일인 듯 뒤섞여 있었다.

허공에서 어떤 목소리가 들렸다. 아니, 목소리가 아니라 어떤 문장이 알파벳의 형태로 머릿속에 떠올랐다. 그 문장은 다음과 같았다.

"너의 이름은 무엇인가 QUOD NOMEN TIBI EST?"

네메시우스는 생각했다. 그것은 계산되었다. 그리고 그는 답변을 말했다. 그것은 출력되었다.

7

레오는 '말하는 페이지'의 모든 계산을 끝마쳤다. 그는 32개의 알파벳을 얻어냈다.

MIHINOMENESTNEMESIUSKOMNEMOSYNET

알고리즈미 장에 언급된 규칙에 따라, 시그눔의 수가 2분의 1보다 작은 글자들을 제외할 수 있었다. 다른 글자들이 10분의 9 이상인 데 비해 스물아홉 번째 글자 'Y'부터 서른두 번째 글자 'T'까지 네 글자의 시그눔의 수는 10분의 1이나 10분의 2 수준이었다. 레오는 스물아홉 번째부터 서른두 번째까지의 글자를 지웠다.

MIHINOMENESTNEMESIUSKOMNEMOS

띄어쓰기가 안 되어 있는 문장이었지만 레오는 쉽게 라틴어 단어를 알아볼 수 있었다.

MIHI NOMEN EST NEMESIUS KOMNEMOS.
나의 이름은 네메시우스 콤니모스다.

예상 못 한 결과였다. 책의 이름이 '죽음과 지혜의 책'도, 저자인 '알 라시르'도 아닌 누군가의 이름이었다니? 레오는 네메시우스 콤니모스라는 이름을 어디선가 들어본 기억이 났다. 그는 벌떡 일어나 벽에 기댄 사다리를 허둥지둥 타고 침실 위에 있는 다락방으로 올라갔다. 그곳은 수집한 서적을 보관한 레오의 책 창고였다. 레오는 책장을 빠르게 눈으로 훑어 몇 권의 책을 찾아 꺼냈다. 그 책들은 아랍어 원작을 라틴어로 번역한 것으로, 번역자 이름이 바로 네메시우스 콤니모스였다. 네메시우스 콤니모스는 과거 아라비아의 연금술 책을 동로마 전역에 소개하여 이름을 떨친 번역자였다. 급하게 책을 꺼내다 보니 다른 책들이 덩달아 나무 바닥에 떨어지며 요란한 소리를 냈다. 아래층에 있던 우고가 사다리를 타고 올라와 바닥의 다락문 입구에 얼굴을 내밀고 그의 스승을 바라보았다. 레오는 소중한 책이 떨어졌는데도 조금의 미동도 없이 손에 든 책을 들여다보고 있었다. 레오는 이 인물의 일대기를 어디선가 읽은 적이 있었다. 동로마 유력 가문 장군의 아들, 유명한 번역자이자 책 수집가, 어떤 유대인 상인과 함께 행방불명되었다는 불가사의한 최후로 더 유명해진 사내.

우고가 스승의 곁에 다가가자, 레오는 손에 든 책을 보여주었다. 그리고 드디어 말하는 책의 이름을 알아냈으며, 그 이름이 바로 '네메시우스 콤니모스'라는 동로마의 책 수집가라고 흥분에 차서 알려주었다.

그러나 여전히 레오는 책이 어떤 이유로 자신을 과거에 행방불명된 동로마인이라고 하는지 알 수 없었다. 책에 갇힌 것일까? 어째서 그런 처지가 되었을까? 책의 저자라는 알라시르는 대체 누구이며, 콤니모스와 어떤 관계인가?

당대 이슬람의 자연철학과 연금술에 관심이 많았던 번역자라는 네메시우스 콤니모스의 정체 때문에 레오는 더 많은 질문을 떠올렸다. 그는 분명히 당시의 여러 책을 읽어보았을 것이다. 어쩌면 레오가 찾고 싶은 실전失傳된 책들까지도… 이자는 발견되지 않은 귀중한 책들의 정보를 알려줄 수 있을지 모른다. 레오는 겨우 이름만 아는 이 수수께끼의 옛사람에게 동질감을 느꼈다. 책을 좋아하여, 책을 수집하다 못해, 책이 되어버린 남자.

어쩌면 이 남자와 대화하는 일에 평생을 바쳐야 할지도 모르겠다고 레오는 생각했다.

8

30여 년이 흘렀다. 레오는 흰머리가 무성한 노인이 되었다. 그는 여전히 베네치아 시계탑의 관리자로 지냈다. 때로는 좋아하는 책 사냥을 위해 여행을 떠났고, 우고도 결혼하기 전까지는 항상 함께했다. 우고는 이른 나이부터 머리숱이 빠르게 줄더니 곧 대머리가 되었다. 꼬맹이 시절의 모습은 온데간데없었지만, 뛰어난 손 기술만은 녹슬지 않았다. 결혼하고 시계탑에서 분가한 우고는 베네치아 상점가에 시계 공작소를 냈다. 가게 이름은 그의 성에서 따온 '토리아니 시계점'이었다. 그의 태엽 시계는 뛰어난 성능으로 인기가 좋았다. 그 가게엔 시계 외에도 우고가 직접 만든 재미있는 장난감들을 전시해 놓았는데, 가장 인기를 끈 것은 '글씨 쓰는 오토마톤'이라고 불리는 태엽 인형이었다. 실제 사람과 비슷한 모양에 사람 키보다 약간 작은 오토마톤은 책상에 앉아 펜을 쥐고 자동으로 종이에 글씨를 써 내려갔다. 청동으로 만들어진 얼굴은 인자한 미소를 띠었다. 우고의 걸작을 구경하러 온 베네치아인들로 시계점은 매일 인산인해를 이뤘다.

레오의 일상은 우고에 비해 단조로웠다. 그는 네메시우스와 수없이 많은 대화를 나눴다. 레오는 그 책 특유의 대수학 공식인 알고리즈미 계산에 도가 트여서 짧게는 석 달에 한 번꼴로 문답해 낼 수 있게 되었다. 32자로 제한된 대화의 규칙도, 서로 규정을 만들어 얼마든지 이어서 말할 수 있게 되었다. 레오는 심지어 말하는 페이지에 도달하지 않은 상태에서도, 시그눔의 수와 두께의 수만으로도 네메시우스가 말하려고 하는 바를 대강 짐작할 수 있게 되었다. 그러나 나이든 레오는 수없이 밤새워 책을 필사하거나 3년 동안이나 두문불출하며 거뜬히 계산을 해내던 젊은 시절의 레오와 달랐다. 매일 허리와 어깨 통증에 시달렸다. 등은 구부정했고 목은 어깨 사이로 완전히 파묻혀 버렸다.

책에 처음 쓰여 있던 엄청난 분량의 아라비아 숫자들은 수없이 다시 쓰였다. 현재 책을 구성하고 있는 종이 중에서 레오가 30여 년 전 수도원에서 필사하여 가져왔던 종이는 대부분 교체되어 남아 있지 않았다. 수없이 계산하며 숫자를 고치고 페이지를 교체한 결과, 현재의 책은 레오가 필사해 온 최초의 책과 내용으로도 물질로도 서로 완벽히 달랐다.

하지만 레오가 다시금 이름을 물어볼 때마다 책은 여전히 스스로 네메시우스 콤니모스라고 대답했다. 레오는 이름을 물어보았던 최초의 문답에 대해 종종 생각했다. 레오는 계산하는 데 3년이나 되는 시간을 썼지만, 네메시우스에게는 질문을 듣고 이름을 말하기까지 찰나의 시간이 걸렸을 뿐이다. 레오는 흰머리의 노인이 되었지만, 네메시우스는 500년 전처럼 여전히 젊은 동로마인이었다. 네메시우스는 책이라는 감옥에 갇혀 시간이 흐르는 줄도 몰랐다. 레오가 계산하지 않는다면 책의 시간은 단 한 톨도 더 흐르지 않을 것이다.

이제 레오는 서장에서 지은이 알 라시르가 말하려는 바가 무엇인지 확실히 깨달았다. 우리의 지혜는, 그것이 언어적인 생각이라 해도, 실제로는 수와 계산으로 이루어져 있다. 레오가 계산하면서 거쳐 간 헤아릴 수 없는 숫자들, 덧셈과 뺄셈, 곱셈, 나눗셈, 두께의 수와 시그눔의 수, 그리고 종이와 잉크, 닳아버린 펜. 이들이야말로 인간의 생각을 이루는 구성 요소였다.

레오는 네메시우스가 어떻게 책이 되었는지에 대해 들었다. 유대인 상인에게 속아 넘어간 과정에서부터 수수께끼의 연금술사 알 라시르와 그의 도구들과 날카로운 흑요석 칼로 뇌를 얇게 저미고, 전기를 흘려보내서 그 단면을 조사하고, 전기의 강도를 숫자로 써서 책으로 만들면 인간의 인격이 그 책에 오롯이 옮겨진다는 설명까지. 끔찍하면서도 놀라운 이야기였다.

대화를 나누다 보니 네메시우스라는 자가 훌륭한 인품의 소유자는 아니라는 생각이 들었다. 그는 아랫사람을 하찮게 대했고, 타고난 부와 권세에 취해 자만심이 넘쳤으며, 주변 사람들의 추켜세우는 말들에 쉽게 혹했다. 그래서 아라비아의 연금술사와 유대인 상인의 계략에 말려들었으리라. 레오는 본인의 과오를 후회하지 않는지 물어보았다. 비록 알파벳 형태였지만, 네메시우스의 대답은 글자들 사이사이 절절한 회한을 담고 있었다.

당신에게 내 과거를 이야기할 때마다, 아니 한순간도 빼놓지 않고 후회를 합니다. 내가 겸손했더라면 유대인의 입에 발린 말에 속지 않았을 것이고, 아랫사람을 잘 살폈다면 가엾은 안티고노스가 죽지 않았을 것이며, 좀 더 현명했더라면 연금술사의 화려한 외양에 숨겨진 계략을 알아챘을 텐데. 나는 지식을 쌓기 위해 평생을 노력했는데, 왜 그렇게 어리석었을까요?

레오는 불쌍한 동로마인에게 연민을 느꼈다. 그는 나쁜 사람이 아니었다. 자만심에 취했다고 이렇게까지 고통스러운 형벌을 받을 이유는 없었다. 레오가 자신이 도울 일이 없을지 물어본 어느 날, 네메시우스가 대답했다.

레오나르도 님, 마침 당신에게 어려운 일을 부탁하고 싶었습니

다. (무엇입니까?) 저를 위해 복수해 주실 수 있습니까?

레오가 석 달에 걸쳐 다음 문장을 전했다.

알 라시르가 죽은 지 이미 500년이나 지났습니다. 그건 불가능합니다.

아니오. 알 라시르는 살아 있습니다.

네메시우스는 레오에게 연금술 실험실에서 들은 알 라시르의 목적을 이야기해 주었다. 그 또한 책이 되어 영생을 얻길 원했음을. 연금술사는 살아 있을 테고, 그렇다면 죗값을 치러야 했다. 레오 또한 짐작 가는 바가 있었다. 네메시우스가 『죽음과 지혜의 책 I』이라는 제목의 책이 되었으므로, 알 라시르는 속편인 『죽음과 지혜의 책 II』라는 제목의 책이 되었을 가능성이 높았다. 하지만 책이 된 인간은 독자가 걸어오는 질문 외에 어떤 외부의 자극도 느끼지 못한다. 불에 타 재가 되거나 갈가리 찢겨도 스스로 죽었는지도 모르고 사라져 버릴 책에 어떤 복수를 할 수 있다는 말인가?

복수의 계획을 세우기 위한 토의에 또 몇 년의 시간이 걸렸다. 네메시우스는 연금술 실험대에서 들었던 이야기에 주목했다. 알 라시르는 자신의 비법이 공개되는 것을 극도로 싫어했다. 책을 쓰는 대신 스스로 책이 된 이유가 바로 그 때문이었으니까.

계획은 완성되었다. 다시 한번 책 사냥을 떠날 시간이었다.

레오는 가족과 생업이 따로 있는 우고와 동행할 생각조차 하지 않았으나, 우고는 부쩍 쇠약해진 노스승을 혼자 보내려 하지 않았다. 그래서 그들은 오랜만에 함께 여행길에 올랐다. 그들은 네메시우스의 책을 발견했던 에스파냐의 수도원을 찾았다. 수십 년이 지나 주변 마을의 풍경은 몰라보게 변했지만, 수도원은 그 고리타분함을 간직한 채 낡아가고 있었다. 사실 이번엔 필사하려는 게 아니었다. 레오는 책을 훔칠 계획이었다. 그것도 필사본이 아닌 원본을 훔쳐야 했다. 알 라시르의 책은 물론 네메시우스의 책 원본까지도. 복수심에 불타는 네메시우스가 원본의 형태로 또 한 명 존재하는 셈이었으니 말이다. 물론 수도사들이 끊임없이 책을 필사하며 수많은 네메시우스를 만들어 냈을 테지만, 그 사본들은 양피지 살 돈이 없는 수도원의 사정상 세탁되어 다시 빈 양피지가 될 테니 거기까지는 걱정하지 않아도 될 것이다.

레오는 차마 이 못된 짓을 우고에게 시킬 수 없었다. 그러나 우고는 완강했다. 그는 레오가 그의 스승 포지오에게 수도원에서 책을 훔치는 방법을 배웠듯이 자신도 레오에게 그 방법을 전수받아야 한다고 우겼다. 그리고 책을 훔친다는 행위에 대해 죄책감을 느낄 게 아니라 불운한 네메시우스의 소원을 이뤄준다는 대의에 집중해야 한다고 말했다. 할 수 없이 레오는 우고에게 30년 전 눈여겨보았던 무너진 수도원 벽돌담과 잠기지 않았던 창문 위치를 알려주었고, 우고는 새벽을 틈타 수도원에 잠입해 원본 두 권을 들고 나왔다.

레오와 우고는 원본과 필사본 중 한 권만 남기기로 했다. 많은 판본이 세상에 남아 있다면 후대의 책 사냥꾼이 고통받는 네메시우스를 또 한 권 필사할지도 몰랐다. 그러므로 책은 딱 한 권만 남아 있는 편이 좋았다. 원본의 기억은 알 라시르의 실험대에서 네메시우스의 뇌가 수없이 많은 편린으로 조각난 직후의 시간대에 머물러 있을 것이다. 그 고통은 필사본보다 강한 날것의 형태로 남아 있었다. 그에 반해 필사본은 레오와 대화했던 기억과 더불어 원본보다 더 많은 후회와 속죄의 감정을 담고 있었다. 레오는 원본을 불태워야 한다고 생각했다. 종이로 된 책 자체는 고통을 느끼지 않으니 책이 된 네메시우스의 첫 판본은 불타더라도 고통을 느끼지 않고 세상에서 사라질 것이다. 레오와 우고는 베네치아로 돌아오자마자 『죽음과 지혜의 책 I』 원본을 불태웠다.

9

레오는 『죽음과 지혜의 책 II』와 대화를 시작했다.

당신의 이름은 무엇인가?

내 이름은 알 라시르이다. 놀랍군.

무엇이 놀라운가?

내 책을 읽을 줄 아는 사람을 이렇게 빨리 만날 줄이야.

역시 시간의 흐름만은 이해하지 못한 모양이군.

무슨 소리인가?

나중에 얘기해 주지.

당신은 누구인가?

나는 레오나르도 브라촐리니이다. *(그렇군. 이탈리아인인가?)* 아니다. 베네치아인이지. 당신도 네메시우스 콤니모스를 알고 있지? *(그렇다. 예전에 콤니모스를 만나본 모양이지?)* 나는 네메시우스와 대화했고 그에게서 당신에 관한 얘기를 들었다. *(아니, 그는 내 서재에 있을 텐데?)* 당신이 네메시우스에게 했던 대로 영생을 얻기 위해 자신에게도 똑같은 짓을 했다는 것도 들었다.

그렇다. 나는 위대한 연금술사로서 영생을 이루는 비법을 창조했다. 하지만 당신이 나에게 영생을 갈구한다 해도, 나의 금단의 비법은 누구에게도 알려주지 않을 생각이다.

내가 그 비법에 관해 물어본다면?

내가 대답하지 않으면 그만이니.

그렇군. 이제 시간의 흐름에 관해 얘기해 주도록 하지. 나는 당신의 시대로부터 500년 후의 사람이다.

그럴 리가? 내가 책이 된 건 불과 얼마 전의 일이다.

그렇지 않다. 내가 책을 펼쳐 계산을 행하지 않는 이상 너의 시간은 흐르지 않는다. 내가 계산을 행한다 해도 너의 시간은 매우 천천히 흐른다. 우리가 대화를 한 번 주고받는 동안 실제 세계에서는 석 달이 흐르지만 너의 세계에서는 찰나의 시간이 지났을 뿐이다. 내가 없다면 너는 영원히 흐르지 않는 시간에 갇히게 된다.

그럴 리 없다. 나는 책이 된 노예나 농부와도 대화해 보았다. 그들의 시간이 흐르지 않았다고?

나와 네메시우스만큼 깊은 대화를 해보진 않은 것 같군. 난 그와의 대화에 평생을 바쳤다. 너는 노예나 농부와의 대화에 평생을 바쳐보았는가? 아마 한두 마디만 나눠보고 말았겠지. 연습용에 불과했으니.

레오는 생각했다. 영생을 이루겠다는 알 라시르의 꿈은 어떻게 된 것일까? 영영 시간이 흐르지 않은 채 지혜를 이항하지도, 스스로 생각하지도 못하는 멈춰버린 인격에 영생이란 무슨 의미일까? 알 라시르는 천재였다. 인간의 지혜가 수로 이루어져 있다는 사실을 최초로 알아낸 자이며, 그 발견을 통해 인격을 책으로 옮기는 끔찍하고도 대담한 행위에 성공했다. 그러나 그런 천재도 놓친 게 있었다. 어떤 것이든 영원히 작동하게 하기는 어렵다. 인간의 지혜를 책으로 옮겨 오랜 시간 존재하게 만든다 해도 그 지혜를 작동하게 하려면 한정된 수명을 가진 다른 인간의 손을 빌린 끝없는 계산이 필요했다. 반쪽짜리 영생, 알 라시르는 헛된 꿈을 꾼 것이다.

상관없다. 책은 영원하고, 그 영원한 시간 동안 너 말고 누군가가 계속해서 내 시간을 흐르게 할 것이다.

글쎄, 내가 되살린 알고리즈미 계산은 생각보다 어렵고 고되다. 나 같은 이 말고 과연 누가 이런 일을 도맡아 할까? 책이 영원하다는 말도 사실은 아니지. 책이 불에 탄다면 너 또한 사라질 테니.

…대답하지 않겠다.

내가 대신 너의 영생을 시간 속에 흐르게 해주겠다.

어떻게? 너는 짧은 수명을 가진 인간이 아닌가?

고마워할 필요는 없다. 대신 너를 영원히 괴로운 상태로 지내도록 할 테니까. 만약 네메시우스가 네 금단의 비법을 속속들이 알게 된다면 어떨 것 같나?

그럴 수 있을까? 내가 그걸 순순히 말하리라고 생각하나? 그것도 네메시우스에게?

그 또한 너와 마찬가지로 영생하는 실체를 가졌다. 나는 너희 둘이서 생각을 공유하게 하려고 한다. 그것도 영원히 흐르는 시간 속에서 말이지.

그런 일이 가능하다고 생각하지 않는다.

아니, 나는 너의 금단의 비법을 충분히 연구했다. 이 세상에 너

만큼 알고리즘이 계산에 정통한 사람은 나 말고 없을 것이다. 어쩌면 너보다 더 잘하게 되었을지도 모르지. 인간을 책으로 만드는 비법은 네 말대로 실전되었겠지만, 책이 된 인간과 대화하는 비법은 내가 모두 터득했다. 네메시우스가 너의 생각을 전부 읽을 수 있게 된다면 내가 알아낸 정도와는 차원이 다르지 않을까 한다. 그렇게 생각하지 않나?

불가능하다!

나는 가능하다고 생각한다. 너의 말하는 페이지, 그리고 네메시우스의 말하는 페이지를 없애고, 시그눔의 수가 상대방의 듣는 페이지로 전달되도록 잇는다. 그렇게 되면, 너의 생각은 말해지기 직전 말해지지 않고 네메시우스에게 전달된다. 즉, 네가 생각하는 즉시 네메시우스가 그 생각을 듣는다는 얘기지. 네메시우스는 너의 생각과 느낌, 지식과 기억을 모두 공유할 것이다. 무작정 떠오르는 생각들, 말하지 말아야겠다고 망설인 지혜들이 모두 상대방에게 전달될 것이다. 불가능하다고 말해보라.

불가능하다!

방금 나는 네가 불가능하다고 말하기 직전, '가능하다고 생각되지만 불가능하다고 말해야 한다'라는 너의 생각을 시그눔의 수로 계산해 냈다. 그렇다. 너는 이것이 가능하다고 생각했다. 나도 물론 가능하다고 생각한다. 그리고 나는 내 여생을 바쳐 너와 네메시우스가 서로 생각을 읽도록 책을 계산할 것이다.

네놈의 삶이 그만큼 영원할 리 없다.

그렇다. 나는 이미 80 가까이 먹은 노인이 되어버렸다. 너와 대화를 시작한 후 벌써 10년이나 지났지. 하지만 내가 죽고 난 후에도 계산은 계속될 것이다. 네놈은 진짜 영생을 누리며 네메시우스가 네 생각을 속속들이 읽어내는 괴로움을 맛보아라. 네놈은 내가 죽었는데도 불구하고 어떻게 계산을 계속 수행할 수 있는지 궁금하겠지. 이것이 네놈에게 알려주지 않을 내 금단의 비법이다.

나에게 왜 이러는 것인가?

죄 없는 콤니모스의 복수를 대신해 주기로 약속했기 때문이다.

자, 이제 대답해 보라. 알 라시르여, 책이 된 걸 후회하는가?

레오는 마지막으로 시그눔의 수를 계산했다. 연금술사는 대답하기 직전까지 후회하고 있었다. 답변을 들을 필요는 없었다.

레오는 네메시우스의 복수를 위한 작업을 시작했다. 우선 알 라시르와 네메시우스의 말하는 페이지를 삭제하고, 삭제된 페이지로 향해야 할 시그눔의 수를 서로의 듣는 페이지 쪽으로 가도록 숫자들을 수정했다. 서장과 알고리즈미 장은 중복할 필요가 없으므로 알 라시르의 해당 부분을 아예 제본에서 제외했다. 3,000여 페이지에 달하는 네메시우스와 3,600여 페이지의 알 라시르를 합치자 6,600페이지에 달하는 엄청나게 두꺼운 책이 되었다. 이렇게 『죽음과 지혜의 책 I & II』라는 합본이 완성되었다. 이제 네메시우스와 알 라시르는 자동으로 생각을 공유하는 두 인격이 되었다.

노인이 된 레오는 자신의 수명이 앞으로 충분히 남아 있지 않았다는 걸 알고 있었다. 사실 그는 네메시우스에게 묻고 싶은 게 많았다. 현시대에 전해지지 않은 여러 고전 그리스, 로마, 이슬람의 책들에 관한 이야기를 듣고 싶었다. 하지만 복수 계획을 세우느라 거기까지 말할 수 없었다. 책 속의 두 인격이 자신보다 더 오래 살면서, 끊임없이 대화하고 생각을 교환하도록 만드는 게 중요했다. 시간은 빨리 흘렀고 인간의 수명은 한없이 짧았다. 아쉬운 인생이었다.

그래도 『죽음과 지혜의 책』을 해독하고 그 방법을 후세에 전하는 것만으로도 많은 일을 해냈다고 생각했다. 그의 인생 최고의 업적이었다. 알 라시르의 천재성은 그가 비법을 감추었기 때문에 후세에 전해지지 않았다. 레오나르도 브라촐리니는 책이 된 인간과의 대화법과 대화록을 후세에 전함으로써 알 라시르보다 더 위대한 천재로 알려질 수 있을까? 그의 업적이 후세에 영원히 기록되어 남을까? 레오는 이런 생각에 흐뭇한 웃음을 지었지만, 이내 약간의 부끄러움을 느끼며 괜히 합본 책의 표지만 만지작거렸다.

레오는 자신이 죽고 난 후에도 합본의 계산을 계속 수행할 후임을 생각했다. 우고는 아니었다. 우고에게 맡길 다른 중요한 일이 있었다. 레오는 직접 그린 설계도를 우고에게 건네주었다. 바로, 자동으로 페이지를 넘겨 계산을 수행하고 그 결과를 기록하는 '영원히 계산하는 오토마톤'에 대한 설계도였다. 그 오토마톤이 있다면 레오가 죽고 나서도 그리고 우고가 죽고 나서도 계산을 계속할 수 있었다. 물론 다 쓴 종이를 새로운 종이로 갈아주거나, 펜의 잉크를 채워 넣거나, 시계태엽의 기름을 칠하는 일은 사람이 해야겠지만 레오는 우고의 후손이 그 정도는 관리할 수 있을 거라고 생각했다.

우고의 가게에 있던 '글씨 쓰는 오토마톤'을 '영원히 계산하는 오토마톤'으로 새로 만드는 작업이 시작되었다. 우고가 작업을 시작한 지 얼마 되지 않아, 레오는 노환으로 세상을 떠났다. 우고는 스승의 유지를 이어받아 몇 년에 걸쳐 오토마톤을 완성했다. 그리고 스승의 무덤 앞에 서서 이 소식을 알렸다. 완성된 오토마톤은 전과 동일한 형태지만 내부의 태엽은 완벽히 새로 짜 넣은 것으로, 사람의 형상을 본뜬 금속제 인형이 앉아서 두 손을 책상 위에 올려두고 있었다. 왼손으로는 책상 위에 놓인 엄청난 두께의 『죽음과 지혜의 책 I & II』의 페이지를 넘기고, 펜을 쥔 오른손으로는 페이지에 숫자를 써 내려갔다. 완성된 오토마톤의 계산 속도는 레오의 작업 속도보다 훨씬 더 빨랐다. 이제 알 라시르와 네메시우스는 그들만의 세계에서 서로의 생각을 읽게 되었다. 오토마톤은 우고의 시계점 입구에서 묵묵히 계산을 이어나갔다. 우고가 죽고 나서도 오토마톤은 그 자리에서 멈추지 않고 작동했다.

레오나르도 브라촐리니가 살아생전, 베네치아의 시계탑 아래에 있던 그의 서재에는 그가 유럽의 여러 수도원에서 수집한 고대 그리스와 로마, 아라비아의 고전들이 존재했다고 전해진다. 그러나 그의 서적들은 대부분 전 세대의 책 사냥꾼이 이미 발견한 것들이라 큰 가치를 갖진 않았다. 브라촐리니의 최고 업적은 단연 아라비아의 연금술서인 『죽음과 지혜의 책』을 발굴해 낸 것이었는데, 전해지는 이야기로 그 책은 그의 서재가 아닌 시계탑 광장 근처 우고 토리아니의 자손들이 운영하던 시계점에 있었다고 한다. 그 책은 언제나 시계점 입구에 앉아 펜을 들고 쓰는 작업을 반복하는 신기한 오토마톤의 앞에 펼쳐져 있었다. 그로부터 먼 훗날, 언제인지 정확하게 말할 수 없는 어느 해에, 토리아니 시계점에 불이 나 책과 오토마톤, 그리고 시계점의 모든 것들이 불타 없어져 버렸다. 그리하여, 브라촐리니가 위대한 이름을 떨칠 수 있었던 최고의 수집품, 『죽음과 지혜의 책 I & II』와

신비한 오토마톤은 이제 이야기로 전해질 뿐 어디에도 존재하지 않는다.

김필산
물리학과 인지과학을 전공했다. UX(사용자 경험) 디자인 전문가로 「논쟁적 UX」를
집필했고, 과학 커뮤니케이터로서 유튜브 채널 〈김필산의 사이언스비치〉를 운영하고
있다. 「책이 된 남자」로 제5회 한국과학문학상 가작을 수상했다. 우주선 안 나오는
하드 SF를 쓰고 싶다.

작가노트

현대의 책 사냥꾼 이야기

2006년에 읽었던 더글러스 호프스태터와 대니얼 데닛 공저 『이런, 이게 바로 나야!』라는 책에 이런 내용이 있었다. 아인슈타인 뇌의 모든 뉴런 연결 상태와 시냅스 강도를 측정해 책으로 적어놓는다면, 그 책은 아인슈타인 자체가 되어 생각하고 말할 수 있다.

정말 매력적인 이야기였다. 그런데 이야기의 형태가 소설이 아니었으므로, 나에게는 이 이야기를 소설로 재창조할 기회가 한 번 남아 있다고 생각했다. 나는 그때 이 이야기를 인공지능과 사이버펑크 이야기로 만들 수도 있었다. 그러나 나는 이 씨앗을 오래 묵혀두며 다양한 가능성을 탐구했다. 어느덧 2015년이 되어, 스티븐 그린블랫의 『1417년, 근대의 탄생』이란 책을 읽게 되었다. 르네상스 직전의 시기, 오래된 책을 찾아 수도원을 뒤지고 다니는 책 사냥꾼 포지오 브라촐리니의 이야기. (그렇다. '레오나르도 브라촐리니'의 이름은 여기서 나왔다. 당연히 또 한 사람은 레오나르도 다빈치.)

　당시의 아인슈타인과도 같은 유명한 천재가 책이 되어 갇혀 있다가, 책 사냥꾼이 그 책을 찾아내어 대화를 할 수 있다면? 시대를 뛰어넘는 흥미로운 두 이야기의 결합에 흥분을 느꼈지만, 나는 하나의 시간대가 더 필요하다는 것을 깨달았다. 책이 된 남자는 그보다 더 오래전의 인물이어야 하지 않겠는가? 2018년 당시 내가 보던 책은 하워드 R. 터너의 『이슬람의 과학과 문명』이었고, 여기에서 단서가 발견되었다. 중세 아라비아의 연금술사가 어떤 남자를 책으로 만든다. 그 책이 르네상스 시절 책 사냥꾼에 의해 발견된다. 소설의 도입부는 장르적인 공포 소설처럼 보이고 싶어서, 러브크래프트 『크툴루 신화』의 '네크로노미콘'을 참조해 책의 이름을 '죽음의 책'으로 지으려 했다. 그러나 '죽음과 지혜의 책'으로 타협을 보았다. 이 책은 '네메시우스 콤니모스'의 이름을 짓는 데 참조가 되었다. (복수의 여신 네메시스 + 기억의 여신 므네모시네)

　중세 이슬람 시대의 과학은 매우 뛰어나다. 책을 만드는 데 필요한 과학기술이 다 있었다. 가장 큰 지분을 차지한 건 바로 수학자 알 콰리즈미였다. 현대의 인공지능 알고리즘은 본질적으로 알 콰리즈미의 대수학 체계가 없었다면 불가능했을 것이다. 뇌를 약품에 절여 굳혀서 쓴다는 아이디어는 현대 과학자 세바스찬 승의 『커넥톰, 뇌의 지도』에서 얻었지만, 아리스토텔레스의 자연철학 전통을 이어받은 이슬람 연금술을 여기에 부여하면 자연스럽다. 이슬람의 의학자 이븐 시나는 마취약을 만들어서 수술도 했다고 한다. 전기를 저장하는 토기는 창작이 아니다. '바그다드 배터리'라는 게 진짜로 발견된 적이 있다. 종이가 중국에서 발명되어 그 시기에 아라비아까지만 도달하고 유럽엔 채 전달되지 않았다는 역사적 사실은 시기도 딱 맞았다. '알 라시르'라는 이름은 유명한 칼리프였던 '하룬 알 라시드'에서 살짝 변형했다. 그 변형 방식은… 옛날 도스 게임 '페르시아의 왕자' 최종 보스였던 '자파르'에서 끝부분만 땄다. (물론 '자파르'라는 이름은 〈아라비안 나이트〉에도 나온다.) '-르'로 끝나는 게 왠지 더 악역 느낌이 나고 간지가 났다.

나는 개인적으로 조연인 우고 토리아니의 스토리도 좋아하는데, 그의 이름은 마틴 스코세이지 영화인 〈휴고〉의 주인공 '휴고 카브레'와 실제로 오토마톤을 제작한 스페인 사람 '후아넬로 투리아노'에서 따서 이탈리아식으로 바꿨다. 오토마톤 기술의 시대를 맞추기 위해 르네상스의 책 사냥꾼 레오나르도는 우고와 함께 약간 미래로 이동했다. 결과적으로 레오나르도는 책 사냥꾼이 제대로 활동하던 시기보다 약간 늦게 등장해서, 알 라시르의 책을 발굴한 것 이외에 큰 역사적 성과 없는 인생을 살게 되었다. 괜찮다. 그래도 우고와의 우정이 있었으니까.

모든 아이디어는 내가 만든 게 아니라서, 나는 걱정될 수밖에 없다. 차기작은 어떻게 하지? 이 모든 아이디어를 나 스스로 만들어 낼 수 있을까? 나는 언제나 짜깁기를 통해 창작하는 사람인가? 선배 작가님들, 짜깁기를 통해 창작하는 나 같은 사람도 작가가 될 수 있나요?

해보는 수밖에. 나 또한 현대의 책 사냥꾼이지 않은가? 글쓰기와는 거리가 먼 평범한 인생을 살아왔던 내가 SF라는 걸 쓰게 된 욕구의 원천은, 오직 책이었다. 그러므로 나는 앞으로도 '책'이라는 거인의 어깨에 올라서서 글을 쓰고 싶다.

사실은 작품을 쓰는 데 있어서 책뿐만 아니라 사람들에게도 많은 도움을 받았다. 작품의 초기부터 완성되기까지 많은 의견과 방향성을 제시해 주신 슈퍼버드 합평회 여러분, 중세·르네상스 라틴어 문법을 체크해 주신 수현의 친구 Anca Cojocaru, 그리고 무엇보다도 작품 쓰는 데 있어서 많은 조언을 아끼지 않은 나의 아내 지원에게 감사를 드립니다.

가작 성수나

신께서는 아이들을

나는 개의 얼굴을 두 손으로 쥔 채 코에 입을 맞춘다. 촉촉하고 부드러운 느낌. 개가 나를 뚫어져라 본다. 맑은 물웅덩이에 나를 비춰보는 감각. 개의 입술이 움직인다. *오고 있어.* 나는 개의 얼굴을 한 번 쓰다듬고는 자리에서 일어난다. 창밖은 아직도 새벽이고 주변은 조용하다. 나는 창문에 붙어 서서 언덕 아래의 바다를 내려다본다. 수평선 근처의 다른 섬들 말고는 이곳으로 떠내려오는 부유물 같은 건 보이지 않는다. 나는 다시 개를 돌아본다. 개는 여전히 같은 말을 반복한다. *오고 있다*고. 나는 새벽 정찰을 나갈 때마다 가져가는 갈색 가방을 어깨에 메고 집을 나선다. 짠 내 섞인 더운 바람이 훅 끼친다. 확실히 어제와는 바람부터가 다르다. 올해의 마지막 계절이 시작된 게 틀림없다.

개는 나보다 앞서 걷는다. 개가 발을 디딜 때마다 긴 꼬리가 왼쪽에서 오른쪽으로 흔들린다. 나는 그 망설임 없는 뒷모습을 쫓는다. 개는 시각, 청각, 후각 그리고 인간에게는 없는 육감까지 모든 측면에서 나보다 뛰어나다. 인간인 나는 개를 믿을 수밖에 없다.

모래사장은 아직 어두컴컴하다. 손전등으로 모래를 비추자 갑각류들이 순식간에 어둠 속으로 자취를 감춘다. 개가 멈춰 서서 컹 하고 낮게 짖는다. 나는 허리를 숙여 개와 눈을 맞춘다. 개가 입술을 움직인다. *이번엔 여럿이야.* 나도 입술을 움직여 묻는다. 얼마나? 개가 바람 냄새를 맡는다. *다섯. 어쩌면 일곱.* 개는 바다를 향해 달려간다. 나도 손전등을 끄고 개를 쫓아 달린다. 파도 소리가 점점 가까워지자 개는 내가 쫓아갈 수 없는 속도로 바다를 향해 달려간다. 나는 숨을 몰아쉬며 천천히 해변을 향해 걸어간다. 개가 짖으며 맴돌고 있는 곳에는 아이들이 있다. 개의 말이 맞았다. 그들은 원래 다섯이었으나 개와 내가 아이들을 모래사장으로 안아 오는 사이에 바다에서 둘이 더 떠밀려 와 모두 일곱이 된다. 남자 둘에 여자 다섯. 맨 나중에 밀려온 아이들은 둘 다 여자다. 개는 아이들의 얼굴을 하나하나 핥는다. 나는 개가 핥은 아이의 가슴을 손으로 두드려 깨운다. 눈을 뜬 아이들은 서로서로 붙어 앉아 울기 시작한다. 개는 아이들을 안심시키려는 듯 아이들 주변을 빙빙 돌며 컹컹 짖는다.

갈색 머리의 여자아이가 내 바지 자락을 잡는다. 내가 내려다보자 아이는 자기의 목을 가리키며 운다. 다른 아이들도 자신의 목을 감싼 채 울고 있다. 나는 갈색 머리 여자아이 앞에 쪼그려 앉아 입술을 움직인다. 아이가 이해하기 쉽도록 천천히.

나도, 너도, 모두, 목소리, 없어. 괜찮아.

내 말에 아이가 개를 가리킨다. 개는 여전히 컹컹 짖으며 아이들 주변을 돌아다니고 있다. 한 남자아이가 울음을 그치고 개를 따라다니기 시작한다. 나는 다시 입술을 움직여 아이에게 말을 전한다.

개는, 목소리, 있어. 동물만, 목소리, 있어. 우리랑, 달라.

여자아이는 억울하다는 눈으로 개를 쳐다보더니 다시 울기 시작한다. 나는 아이에게 일어나라고 손짓한다. 아이는 울면서 천천히 자리에서 일어난다. 나는 다른 아이들에게도 일어나라고 손짓하고 개는 컹컹 짖으며 아이들을 북돋는다. 나는 아이들을 한데 모아 그들의 눈을 한 명씩 쳐다보며 입술을 움직인다.

모두, 나를, 따라와. 저, 언덕에, 너희가, 지낼, 오두막, 있어.

손에 잡히지 않을 만큼 짧은 머리를 한 여자아이가 손을 든다. 아이의 눈가는 빨갛지만 울음은 완전히 그친 듯 보인다. 아이는 말을 하려다가 목소리가 나오지 않는 걸 깨닫고 입술을 달싹여 말을 만든다. 나는 아이에게, 알아들을 수 있으니 천천히 말해보라고 한다. 아이가 입술을 서툴게 움직인다.

여긴 어디예요? 우리가 왜 여기 있어요?

나는 다시 아이들의 얼굴을 하나씩 들여다보며 입술을 움직인다.

여기, 피안彼岸.

나는 내 뒤로 보이는, 둥근 반달 모양의 언덕과 그 위에 있는 두 채의 오두막을 돌아본다. 푸른 새벽빛에 잠긴 언덕은 거대한 무덤 같아 보인다. 그 모습만으로 언덕은 푯말이나 다름없다. '죽은 자의 세상'이라고 적힌 거대하고 아름다운 푯말.

다시 아이들을 돌아보니, 제일 어린 남자아이를 빼고는 모두 눈물을 그친 후다. 언덕이 건네는 말을 알아들은 모양이다. 나는 아이들의 붉은 눈을 보며 입술을 움직여 말한다.

신이, 너희, 여기, 보냈어.

나는 말을 마치고 바다를 가리킨다. 개가 컹 하고 한 번 짖고는 언덕을 향해 걸어가기 시작한다. 나도 아이들을 이끌고 발걸음을 뗀다.

언덕이자 섬인 이곳에서 우리가 하는 일은 꽤 많지만 정리해 보면 간단하다. 개가 냄새를 맡으면 바다로 내려가 떠내려온 아이들을 건져 깨운다. 아이들은 한 계절에 한 번꼴로 이곳으로 보내지며 계절이 지나면 다시 바다로 떠난다. 아이들의 숫자는 보통 둘에서 많으면 셋인데 성비는 고른 편이지만 나이대는 최소 다섯 살에서 최대 열다섯 살로 다양하다. 우리가 살고 있는 섬 주변에는 총 세 개의 섬이 더 있는데, 그곳에도 반려인과 반려동물이 둘씩 짝을 이루어 살면서 신이 보낸 아이들을 보살핀다. 첫 번째 섬에는 회색 앵무와 그의 여자 반려인이, 두 번째 섬에는 쥐와 남자 반려인, 세 번째 섬에는 코알라와 남자 반려인이 살고 있다. 섬과 섬의 거리가 멀어 반려인들끼리 소통은 어렵지만, 반려동물들끼리는 후각이나 시각, 청각 또는 육감을 이용한 소통이 가능하기에 인간은 반려동물에게서 소식을 전해 듣는다. 그간 전해 들은 소식에 의하면 우리 섬에서 육안으로 확인 가능한 섬은 총 세 개지만, 바다 전체에 섬이 고루 퍼져 있어 그 수는 셀 수 없을 만큼 많다고 한다. 물론 섬에서 하는 일은 모두 똑같다. 다양한 나이대의 아이들을 맞아들이고 그들의 선택을 존중하며 다시 바다로 돌려보내는 일.

아이들은 섬을 떠나기 전에 선택한다. 태어날 것인지 태어나지 않을 것인지. 태어나는 쪽을 선택한 아이들은 바다의 바닥에 있는 차안此岸, 즉 아이들이 왔던 곳으로 되돌아간다. 태어나지 않는 쪽을 선택한 아이들은 바닷물에 섞여 모습을 감춘다. 그들이 어디로 가는지는 아무도 알지 못하지만, 첫 번째 섬의 회색앵무와 반려인은 그 아이들이 동물로 태어난다고 믿는다. 우리는 생각이 다르다. 우리는 아이들이 이 세상에서 완전히 사라진다고 믿는다. 아이들이 진심으로 바라는 것을 신이 거스를 리가 없다. 신은 아이들을 사랑한다. 가끔은 지나치다고 느껴질 만큼.

새벽에 바다에서 밀려온 아이들은 여전히 잠을 자고 있고 나는 그들이 눈을 떴을 때 입을 옷을 식탁 위에 올려둔다. 언덕에는 우리가 묵는 단층 오두막과 아이들이 묵는 2층짜리 오두막, 이렇게 두 채가 있다. 아이들의 오두막 1층에는 8인용 식탁이 놓인 거실이 있고, 2층엔 침대 여덟 개가 놓여 있다. 아이들은 아무것도 먹지 않는다. 대신 하루에 세 번 바다로 나가 몸을 적시는데, 개도 마찬가지다. 개와 아이들은 바다가 주는 충만함만으로도 허기를 해결할 수 있다. 나는 바다에 들어갈 수 없다. 신이 내게 바다를 허락하지 않았기 때문이다. 이곳에서 식욕을 느끼는 건 나뿐이다. 나는 하루 두 번, 우리의 오두막에 숨어 밥을 먹는다. 언덕에 있는 풀과 열매를 뜯어 먹는 것뿐이지만 나는 내가 뭔가를 먹는 모습을 아무에게도 보이고 싶지 않다. 다른 섬의 반려인들도 식욕을 느낀다는 소식을 전해 들었지만 나는 그들을 만날 수 없으므로 이 섬에서 뭔가를 씹어 삼키며 허기를 채우는 건 나뿐이고, 나는 그 사실이 아직도 창피하다. 먹는 행위는 나의 부족함과 미개함을 스스로 씹어 삼키는 행위와 같다.

아이들이 눈을 뜨면 종을 쳐 나를 부를 수 있게 나는 창가에 있는 종 끈을 길게 잡아 내린다. 창밖으로는 그네 의자가 놓인 마당과 우리가 지내는 단층 오두막과 언덕 아래의 바다가 내려다보인다. 수평선 너머로 해가 붉은빛을 띠며 고개를 내민다. 오랜만에 보는 해다. 언덕에 아이들이 없을 때에는 해가 떠도 구름에 가려 잘 보이지 않았다. 마치 아이들이 없는 이 섬에는 해가 필요하지 않다는 양. 신은 아이들을 사랑한다. 나는 그 말을 조금 고쳐 되뇐다. 신은 아이들만을 사랑한다.

내가 아이들의 오두막에서 막 나오는데 뒤에서 컹 하고 짖는 소리가 들린다. 개가 빨간 열매를 물고 수풀에서 걸어 나온다. 나는 허리를 숙여 개와 눈을 맞춘다. 개가 입술을 움직여 말한다.

손 내밀어 봐.

내가 손을 내밀자 개가 입 안에서 빨간 열매를 후두두 쏟아낸다.

드디어 열렸어. 네가 제일 좋아하는 열매.

순간 입 안에 군침이 돌고 나는 자괴감을 느낀다. 개는 그러지 말라는 듯 컹 하고 웃는다. 나는 개에게 고맙다는 말을 전하고 외투 주머니에 열매를 털어 넣는다. 어제까지만 해도 열매가 전혀 열리지 않아 풀만 뜯어 먹고 지냈는데, 아이들이 오자마자 열매가 한 아름 열렸다. 나는 수평선에 떠오른 해를 가리킨다. 개가 붉은 해를 마주 보자 그 맑은 눈에도 붉은 원이 떠오른다. 우리는 그 자리에 가만히 앉아 해가 천천히 떠오르는 것을 지켜본다.

이번 아이들은 모두 이상할 정도로 적응이 빠르다. 잠에서 깬 아이들은 자신이 죽었다는 것과 이곳이 그 너머의 세계라는 것을 모두 납득한 것처럼 보인다. 나는 아이들이 차안에서 수면 위로 거슬러 오는 과정 중에 많은 것들이 씻겨 나간다고 믿고 있다. 어쩌면 그들이 차안에 두고 온 것들까지도.

나는 작은 종을 울려 언덕과 오두막 여기저기에 흩어져 있는 아이들을 불러 모은다. 휴식을 즐기고 있던 개도 종소리를 듣고 수풀 사이에서 나타난다. 나는 아이들을 데리고 바다로 내려간다. 개는 아이들의 맨 끝에 서서 낙오자가 없

는지 살피며 누군가 다른 길로 새려고 할 때마다 컹컹 짖어
막는다. 모래사장에 도착하자 나는 아이들을 향해 돌아서서
그들과 시선을 맞춘 채 입술을 움직인다.

너희, 바다, 들어가. 하루, 세 번. 너무, 멀리, 안 돼. 기운,
생기면, 다시, 돌아와.

아이들은 고개를 끄덕인다. 맨 앞에 서 있던 짧은 머리의
여자아이가 손을 든다. 아이는 새벽보다 조금 더 나아진 입
모양으로 말을 전한다.

멀리 가면 어떻게 해요?

그리고 고개를 왼쪽으로 기울인다. 의문형을 뜻하는 것이
다. 나는 아이의 어깨에 손을 얹고 다른 아이들의 얼굴을 보
며 입술을 움직인다.

몸의, 힘을 빼. 그럼, 파도, 다시, 돌려보내. 개가, 너희, 구
해줘.

아이들이 고개를 끄덕인다. 그리고 하나둘씩 바다를 향해
걸어간다. 나는 개와 함께 모래사장에 앉아 아이들의 뒷모
습을 본다. 바다를 향해 걸어 들어가는 아이들의 뒷모습을
볼 때마다 가슴 어딘가가 저릿저릿하다. 공포와 부러움이
섞인 감정이 느껴진다. 나는 바다에 들어갈 수 없다. 수영을
못 하는 건 기본이고, 바다에 들어가면 온몸이 돌처럼 굳어
서 아무것도 할 수가 없다. 나뿐만 아니라 다른 섬의 반려인

들 역시 바다에 들어갈 수 없다. 나는 이것이 반려인을 평생 언덕에 묶어놓으려는 신의 계획이라고 생각한다. 신의 계획. 그것은 아주 촘촘한 그물 형태로 이 세계에 넓게 퍼져 있다. 개가 잠든 아주 깊은 밤이나 개가 바다로 들어가 내가 완전히 혼자가 됐다고 느낄 때, 그러니까 개가 자신의 육감으로 내가 무슨 생각을 하고 있는지 알아차릴 수 없을 때, 나는 가끔 이런 생각을 하기도 한다. 어쩌면, 신의 그물을 내가 이용해 볼 수도 있을 것 같다고.

바다에서 제일 어린 남자아이가 걸어 나온다. 개가 나보다 앞서 아이를 향해 걸어간다. 나도 모래를 털고 일어나 아이에게 다가간다. 아이는 우리를 향해 두 손을 쥐었다 폈다 해 보인다. 개가 아이의 발치에 다가가자 이번엔 발가락을 굽혔다 폈다 해 보인다. 그리고 천천히 입술을 연다. 말을 하려나 싶어 고개를 숙여 아이와 눈을 맞추는데 아이가 미소 짓는다. 입 안에는 이가 몇 개 없다. 개가 아이의 얼굴을 핥자 아이가 입술을 움직인다. 나는 아이가 하려는 말을 알아들으려 아이의 얼굴을 두 손으로 감싼다. 아이는 두 개의 음절을 발음하고 있다. 나는 아이의 입술을 따라 발음하면서 그 말을 알아낸다.

조. 아.

내가 아이의 발음을 따라 입술을 움직이자 아이가 미소

짓는다. 바다가 주는 충만함이 아이의 몸에 가득 들어차고, 그 충만함이 눈에 보이는 것만 같다. 개가 아이의 얼굴을 핥는다. 나는 아이에게 이제 모래사장에서 기다리라는 말을 전한다. 아이는 고개를 끄덕이고는 그 자리에 주저앉아 모래 둔덕을 만들기 시작한다. 개는 발바닥의 모래를 털며 바다를 향해 걸어 들어가다가 나를 돌아보고 낮게 컹 짖는다. 개는 바다에 들어갈 때마다 내게 미안해한다. 내가 누리지 못하는 즐거움을 자기 혼자 누리는 것에 개는 괜한 죄책감을 갖고 있다. 나는 개를 향해 입술을 움직인다. 잘 다녀와. 내가 손을 흔들자 개는 아이들이 유영하고 있는 바다로 스며들듯 들어간다. 개는 모르겠지만 나는 완전히 혼자가 되는 이 시간이 좋다. 나는 해변을 거닐며 바다를 유영하는 아이들을 눈으로 훑는다. 아이들은 웃고 있다. 함께한 지 이제 겨우 반나절이 지났지만, 이번 아이들은 확실히 다루기 쉬운 듯하다. 바다에 들어가길 무서워하는 아이들이 한두 명쯤 있기 마련인데, 이번 아이들은 전부 그런 기색이 없다. 그런 아이가 있을 때마다 고생하는 건 내가 아니라 개였다. 나는 어차피 바다에 들어갈 수 없으니 아이들을 어르고 달래는 것밖에 할 수 있는 일이 없었지만, 개는 아이들을 하나씩 데리고 바다에 들어가 그들이 안심할 때까지 곁에 머물며 바다가 괜찮은 곳이라는 것을 몸소 보여줘야 했다. 그런 날이면 개는 오두막에서 오래도록 잠을 잤다.

나는 해변에 멈춰 서서 바다를 둘러본다. 짧은 머리의 여자아이가 잠수했다가 다시 수면 위로 얼굴을 내밀기를 반복하고 있다. 나는 가만히 서서 그 모습을 홀린 듯 본다. 아이의 두상이 둥근 탓에 그 모습은 마치 구름에 해가 가려졌다가 다시 나타나는 것처럼 보인다. 아이는 신의 촘촘한 그물 안에서 안전하다. 나는 고개를 돌려 개를 찾는다. 개는 내 생각을 읽을 수 없을 만큼 멀리 있다. 나는 다시 생각을 이어나간다. 신의 그물 안에서 자유로운 건 아이들과 동물들뿐이다. 그들은 언젠가 이 그물에서 벗어날 수 있다. 아이들은 계절이 지나면 선택을 할 것이고, 개도 언젠가 죽을 테니까. 물론 그러고 얼마 있지 않아 다른 동물이 섬을 찾아오겠지만 그건 개와는 다른 별개의 존재일 테다. 결국 신의 그물을 빠져나갈 수 없는 건 나 같은 반려인뿐이다.

나는 고개를 돌려 개의 위치를 다시 확인한다. 개는 여전히 멀리 있다. 어쩌면 개는 나의 이런 불온한 생각들을 이미 읽었을지도 모른다. 이런 생각을 한두 번 한 게 아니니까. 알고도 모르는 척하고 있을지도 모른다. 개는 충분히 그럴 만한 동물이지만 나는 아마 개의 속마음을 평생 알 수 없을 것이다. 나는 다시 짧은 머리의 아이를 찾아 눈길을 돌린다. 그러나 그곳에는 아무것도 없다. 주변을 둘러봐도 부드러운 물결만 일고 있을 뿐이다. 단순히 잠수한 것일 수도 있다고 나는 나 자신을 안심시킨다. 아이는 못해도 열네 살은 되어 보였으니까 잠수 정도는 할 수 있을 테고, 그것도 아니면 파도가 아이를 해변으로 데리고 올 것이다. 섣불리 종을 울려 개를 불러봤자 다른 아이들이 겁을 먹을 수도 있다. 몇 번의 경험을 통해 우리가 세운 규칙은 아이가 바다에서 안 보일 시, 일단 숫자를 열까지 세며 기다렸다가 그래도 아이가 나타나지 않으면 종을 울려 개에게 도움을 요청하는 것이다. 나는 눈으로 아이를 찾으며 침착하게 숫자를 세기 시작한다. 10. 9. 8. 7. 6⋯ 그때 물결이 요동치는 소리가 들린다. 5⋯ 눈을 돌려보니 너무 멀리 떠내려간 남자아이를 향해 개가 빠르게 헤엄쳐 가고 있다. 4⋯ 아이는 바닷속으로 가라앉았다가 뜨기를 반복하며 손을 흔들고 있다. 나머지 아이들이 동요하는 것이 느껴진다. 3⋯ 나는 다시 눈을 돌려 아이를 찾지만 그곳엔 여전히 아무것도 없다. 2⋯ 나는 조금씩 바다를 향해 걸어간다. 파도가 내 발에 닿는다. 나는 종을 세차게 울린다. 1. 그리고 바다를 향해 뛰어든다.

올해의 첫 번째 계절이 시작되고 얼마 안 돼, 회색앵무가 우리 섬에 찾아왔었다. 동물들은 육감으로도 서로의 소식을 전하지만 가끔은 직접 다른 섬을 찾아가기도 했다. 물론 그건 아이들이 없는 짧은 시기에만 가능했다. 당시 우리 섬에는 아이들이 두 명 있었지만, 회색앵무의 섬에는 계절이 바뀌어 이틀 전에 다섯 아이들이 모두 떠나갔다고 했다. 그 틈을 이용해 이틀 밤을 한 번도 쉬지 않고 날아온 앵무는 우리 섬에 도착하자마자 기진맥진하여 바다에서 반나절 동안 나오지 않았다.

앵무는 개보다 오래 산 동물이었고 당연히 아는 것도 많았다. 인간인 나는 앵무보다 오래 살았지만, 한 해가 지나면 아이들을 맞아들이고 보내는 일을 제외하고는 모두 잊어버렸으므로 앵무가 들려주는 이야기들이 전부 새로웠다. 바다에서 기력을 보충한 앵무는 내 어깨에 올라앉아 온갖 이야기를 해주었다. 그 이야기를 듣느라 아이들을 소홀히 한 나를 개가 꾸짖자, 앵무는 개의 등에 올라탔다. 앵무가 노래하듯 말했다. *아이들이 모두 잠들면 그때 다시.*

아이들이 모두 잠들자 우리의 오두막에서 앵무는 이야기를 시작했다. 개는 이부자리에 누워 앵무가 하는 이야기 대부분을 비웃었다. 허무맹랑한 이야기가 많긴 했다. 우리도 이미 겪은 일을 지나치게 과장하거나 대단한 일인 양 자랑하듯 늘어놓기도 했다. 그래도 나는 앵무의 이야기가 재미있었다. 그의 노래하는 듯한 목소리에 홀렸던 것 같기도 하다. 앵무는 새벽이 되어도 쉬지 않고 이야기를 했고, 개는 결국 지쳐 잠이 들었다. 앵무는 내 침대 머리맡에 앉아 이야기를 이어나갔다. 내가 잠이 들 것 같으면 부리로 내 이마를 콕콕 쪼아 깨우기도 했다. 나는 잠결에도 고개를 끄덕여 가며 앵무의 이야기를 들었다. 지금 와서 돌이켜 보면 무슨 이야기를 그렇게 했는지 잘 기억이 나지 않는다. 단순히 당시 잠에 취한 채 이야기를 들은 탓일 수도 있지만, 어쩌면 기억이 벌써 사라지기 시작한 걸지도 모른다.

그럼에도 앵무가 마지막으로 들려준 이야기만큼은 똑똑히 기억하고 있다. 노래하는 듯한 목소리로 앵무새는 내 귓가에 속삭였다.

아주아주 오래전에, 너희 섬에선 보이지 않지만 우리 섬에서는 오른쪽에서 보이는 섬의 거북이 들려준 이야기야. 거북은 수영에 능해서 먼 섬에까지 다녀온 적이 있었대. 아주 평범하고 작은 섬이었다지. 특별할 것이라곤 하나도 없는 섬. 거북은 그 섬의 해변에서 잠시 휴식을 취했고 육감을 이용해 섬에 살고 있는 동물을 불렀어. 너희 반려인들은 모르겠지만, 동물들 사이에서는 다른 이의 섬에 방문하면 그 섬의 동물에게 인사를 꼭 전하는 게 예의거든. 거북은 해변에 누운 채 동물이 오기를 기다렸어. 그리고 서서히 깨달았지. 이 섬이 이상할 정도로 조용하다는 것을.

원래 섬은 조용하잖아.

나는 잠에 취한 채 천천히 입술을 움직여 말했다. 앵무가
바람 소리를 내며 웃었다.

조용하기는. 너희 섬만 해도 네 종소리에 아이들 뛰어다
니는 소리, 그리고 개 짖는 소리까지 얼마나 시끄러운데. 뭐
우리 섬은 말할 것도 없고.

앵무는 다시 말을 이었다.

거북은 다시 한번 육감으로 섬의 동물을 불렀어. 이번에
도 오지 않으면 거북은 섬을 떠날 생각이었지. 뭔가 불길했
거든. 그때 수풀을 헤치고 말 한 마리가 달려왔어. 말이 뭐라
고 울부짖고 있었는데 거북은 알아들을 수 없었어. 말의 상
태가 이상했거든. 거북은 말이 꽤 오랫동안, 어쩌면 일주일
넘게 바다에 들어가지 않았다는 걸 알아차렸지. 그래서 제
정신이 아니었던 거야. 거북은 손으로 말을 향해 물을 튀겼
어. 정신을 차리라는 의미로. 그러자 말이 경기를 일으키듯
이 놀라 물을 피하더라는 거야. 쉽게 말하면, 네가 열매를 귀
신이라도 본 것처럼 집어 던진 꼴인 거지. 말은 거북을 향해
같은 소리로 계속 울부짖었고 거북은 서서히 그 소리를 알
아들었어. 무서워. 바다가 모조리 데려갔어. 말은 그렇게 말
하고 있었어.

바다는 늘 아이들을 데려가잖아. 데려오기도 하고.

내가 입술을 움직여 말하자, 앵무가 답답하다는 듯 날개

를 저었다.

그래. 근데 반려인까지 데려갔다는 거야. 거북은 거칠게 날뛰는 말의 육감을 느꼈고 그가 진실로 두려워하는 것이 무엇인지 느끼고 보았지. 일곱 명의 아이들이 바다를 향해 걸어가고 있어. 아이들은 모두 선택을 마쳤지. 셋은 태어나는 길을, 넷은 태어나지 않는 길을 선택했고 앞서 걸어가던 셋이 먼저 차안으로 떠나가. 그 뒤에 걷던 네 번째 아이가 바닷속으로 모습을 감춰. 뒤이어 다섯 번째 아이가. 여섯 번째 아이가. 그때 반려인이 바다를 향해 달려가. 말이 그를 말릴 새도 없이 반려인은 바다로 뛰어들어 여섯 번째 아이와 일곱 번째 아이를 껴안아. 반려인은 아이들을 뭍으로 끌고 오려 하고 아이들은 계속해서 앞으로 나아가려 해. 여섯 번째 아이는 이미 반절이 바닷속에서 사라졌고 반려인은 아이의 상체를 수면 위로 들어 올려. 말이 바다에 뛰어들었을 때 거대한 파도가 나타났고 모두를 덮쳤지. 그리고 말이 다시 정신을 차렸을 땐 해변에 아무도 없어.

말은 그것을 마지막으로 거북 앞에서 모래처럼 사라졌어. 남아 있던 마지막 힘을 쓴 거야. 거북은 조금씩 뒷걸음질 쳐 바다로 들어갔고 빠르게 헤엄쳐 섬의 해안을 빠져나왔어. 거북은 자기 섬으로 돌아가 오래도록 섬을 떠나지 않았어. 아이들이 없을 때에도 말이야. 그리고 시간이 꽤 흐른 뒤에

거북은 다시 그 섬을 찾아갔지만 그곳엔 바다뿐이었대.

그 반려인은 왜 그런 짓을 했을까.

나는 쏟아지는 잠을 이기려 애쓰며 입술을 움직였다. 앵무가 부리로 털을 골랐다.

동물인 나야 모르지. 하나 확실한 건 반려인이 바다의, 그러니까 신의 노기怒氣를 샀다는 거야. 그러니 개의 인간, 너도 늘 조심해. 반려인은 신의 노기를 사기가 쉬우니까.

앵무의 이야기는 그렇게 끝이 났고, 나는 잠이 들었다.

갑자기 그 이야기가 떠오르는 건 왜일까. 나는 내 몸을 밀어대는 물살을 느끼며 생각한다. 귀에 들리는 것은 물소리 뿐이고, 눈에 보이는 것도 모두 물뿐이다. 아니, 한 가지가 더 보인다. 바다의 바닥을 향해 헤엄쳐 내려가고 있는 머리가 짧은 아이의 뒷모습. 아이는 그리 멀리 가지 못했고 나는 팔다리를 움직여 아래로 내려가려 한다. 하지만 몸이 내 뜻대로 움직이지 않는다. 아까 잠수했을 때부터, 아이가 사라진 그 지점으로 물살을 가르고 헤엄쳐 왔을 때부터, 아니 바다에 뛰어든 그 순간부터 몸이 돌처럼 굳어가기 시작했다. 팔을 다시 한번 앞으로 뻗어보지만, 팔이 더 이상 움직이지 않는다. 나는 내가 가라앉고 있음을 느낀다. 아이도 계속해서 아래로 내려가고 있으니 그나마 다행이라고 해야 할까. 아이는 순간 이쪽을 돌아보지만 멈추지 않는다. 아이가 차안을 향해 가고 있다는 걸 깨닫는다. 아이는 돌아가려는 것이다. 지금 돌아가려고 해봤자 아이는 그곳에 닿을 수 없다. 닿기도 전에 사라질 것이다. 계절은 이제 막 시작됐고, 아이에겐 때가 너무 이르다. 나는 이번 아이들이 다루기 쉽다고 생각했던 것을 자책한다. 내가 방심한 탓이다. 지금까지 단한 번도 바다에서 아이를 잃어본 적은 없었다. 차안으로 돌아가려고 했던 아이들은 분명 이전에도 있었으나 다들 중간에 단념하거나 파도가 아이를 다시 뭍으로 돌려보냈다. 그때 아이가 방향을 튼다. 나는 아이가 겁에 질려 다시 수면 위로 돌아오고 있음을 깨닫는다. 아이는 나를 향해 온 힘을 다해 헤엄치고 있지만 속도가 느리다. 나는 몸에서 힘을 빼라고 말하고 싶지만 입술이 움직이지 않는다. 아이를 향해 팔을 뻗는다. 뻗는다고 생각한다. 온 힘을 다해 생각하지만 팔은 움직이지 않는다. 나는 그 대신 온몸에 힘을 뺀다. 아까보다 빠르게 아래로 가라앉는다. 헤엄치는 아이의 팔다리가 눈에 띄게 느려진다. 나는 천천히 아이에게 다가간다. 아이가 나를 향해 힘없이 손을 뻗는다. 시야가 점점 흐려지는 중에 내게 남은 마지막 힘을 짜내 아이를 감싸 안는다. 아이는 내 품에 안기자마자 정신을 잃는다. 이제 내가 할 수 있는 일은 단 한 가지다.

　나는 신을 부른다.

만약 여기서 이 아이를 잃게 된다면.

나는 물살이 내 몸을 짓누르는 것을 느낀다. 마치 거대한 손이 내 몸을 꽉 쥐는 것 같다. 하지만 나는 생각을 멈추지 않는다.

아이의 손을 마지막으로 놓은 자는 내가 아니라 당신일 거예요.

나는 거대한 진동을 온몸으로 느낀다. 저 깊숙한 곳에서 뭔가가 끓어오르고 있다. 내 몸을 쥐고 흔드는 이 거대한 손과 같은 무언가. 나는 요동치는 물살에 휩쓸려 아이를 놓친다. 그리고 얼마 있지 않아 거대한 물기둥이 저 깊은 아래에서 솟아올라 아이를 감싸 안고 위로 올라간다. 신은 역시 아이들을 사랑한다. 나는 그 여파에 휩쓸려 더 깊은 아래로 가라앉는다. 수압이 높아지면서 물살이 내 눈꺼풀을 무겁게 짓누른다. 시야가 점점 어두워지고 아무것도 보이지 않는다. 나는 내가 계속해서 가라앉고 있음을 느낀다. 나를 수면 위로 데려다줄 물기둥은 나타나지 않는다. 아무래도 내가 신의 그물을 제대로 이용한 것 같다. 또는 신의 노기를 제대로 산 것 같다. 이날이 이렇게 빨리 오게 될 줄은 몰랐지만.

나는 정신을 잃는다.

올해의 첫날. 내 기억은 거기서부터 시작한다. 나는 개보다 오랜 시간을 이 섬에서 살았으나 지난 시간을 기억하지 못한다. 해가 바뀔 때마다 모든 기억이 사라지기 때문에 오히려 개가 나보다 많은 것을 기억하고 있다. 개는 내게 이전에 일어났던 일들에 대해 말하지 않는다. 나를 배려하는 것일 테다. 하지만 개도 가끔은 추억을 회상하고 싶어 하고, 그럴 때마다 내게 말하는 대신 육감을 이용해 다른 섬의 동물들과 이야기를 나눈다. 그들이 무슨 이야기를 나누는지 인간인 나는 알 수 없지만, 개가 매우 즐거워한다는 것만큼은 알 수 있다. 개는 뒤늦게 나를 돌아보며 바다로 들어갈 때마다 짓는 그 미안한 표정을 지어 보이곤 한다. 나는 괜찮다는 의미로 개의 코에 입을 맞춘다.

다시 올해의 첫날. 눈을 뜨니 개가 내 얼굴을 핥고 있다. 시야에 물기가 어려 있다. 개가 내 얼굴을 핥은 탓이라고 생각하지만, 이내 내가 울고 있음을 깨닫는다. 나는 울고 있다. 방금 전까지 어떤 꿈을 꾼 것 같은데 도무지 기억이 나지 않는다. 그저 눈물이 쏟아질 뿐이다. 슬픈 감정은 느껴지지 않는다. 아무런 감정도 느껴지지 않는다. 나는 개의 얼굴을 두 손으로 감싼다. 서서히 기억이 돌아온다. 내가 섬에서 해야 할 일이 무엇인지 단번에 깨닫고 체득한다. 그 외에 나의 개인적인 기억은 전혀 남아 있지 않다. 개가 입술을 움직여 말한다.

어서 와.

나는 미소 짓는다. 하지만 눈물이 멈추지 않는다. 나는 빗물을 닦아내듯 눈물을 훔쳐내고 자리에서 일어난다. 해야 할 일들을 시작한다. 신이 세 명의 아이들을 섬으로 보낸다. 나와 개는 아이들을 맞는다. 회색앵무가 나와 개의 섬을 다녀간다. 첫 번째 계절이 끝나가는 냄새가 바람을 타고 섬을 훑는다. 아이들은 외적으로 전혀 성장하지 않았으나 내적으로는 몰라볼 정도로 성장한다. 개는 코를 킁킁거리며 말한다. *선택을 위해 성장이 필요한 거야.* 나는 개가 바다에 들어가기를 기다렸다가 혼자 그 말을 다시 되뇌어 본다. 그리고 생각한다. 그렇다면 외적으로도 내적으로도 전혀 성장하지 않는 나는… 계절의 마지막 날, 아이들은 선택한다. 둘은 다시 차안으로 돌아가기를, 나머지 한 명은 영원히 사라지는 것을 선택한다. 나와 개는 해변에서 아이들을 배웅한다. 나는 사라지는 것을 선택한 아이의 뒷모습을 오랫동안 쳐다본다. 아이는 단 한 번도 뒤돌아보지 않고 바닷속으로 모습을 감춘다. 아이들을 보낸 그날, 개는 바다에 한 번밖에 들어가지 않는다. 개는 평소보다 기운이 없어 보이고 잠을 많이 잔다. 그렇게 그 고통을 견딘다. 개만의 이별 방법이다. 그러나 나는 끼니를 거르지 않는다. 아이들이 묵던 오두막에서 숨죽여 열매를 씹어 삼킨다.

기억이 조금 더 흐른다.

두 번째 계절이 오고 두 명의 아이들을 맞이한다. 나는 입술을 움직여 말한다. 신께서 너희들을 보내셨어. 아이들은 서서히 울음을 그치고 언덕을 올려다본다. 개는 아이들에게 수영을 가르치고 나는 종을 울려 아이들을 불러 모으고 아이들은 입술만으로도 수많은 말을 조잘댄다. 계절의 마지막 날, 두 명은 모두 차안으로 돌아가기를 선택한다. 그리고 세 번째 계절이 온다. 세 명의 아이들이 바다에서 걸어 나온다. 세 번째 계절의 아이들은 하나가 차안을, 둘이 사라짐을 택한다. 나는 눈으로 두 명의 아이들이 사라져 가는 모습을 지켜본다. 아이 중 하나가 뒤를 돌아본다. 아이와 눈이 마주친다. 순간 나도 모르게 발이 움직인다. 하지만 발이 앞으로 나아가기 전에 아이가 바닷속으로 사라진다. 나와 개는 고요한 바다를 보다가 오두막으로 돌아간다. 그날 밤에도 개는 일찍 잠이 든다. 나는 숨어서 열매를 먹는 대신 해변을 거닌다. 파도가 내 발을 적신다. 그 자리에 멈춰 서서 바다를 바라본다. 아이들이 떠남과 동시에 섬에서 해와 달도 물러난다. 구름이 가득한 밤하늘을 배경으로 검은 물결이 끝없이 일렁인다. 나는 천천히 바닷속으로 걸어간다. 파도가 나를 뒤로 밀어내지만 견딜 수 있을 때까지 앞으로 나아간다. 물결이 내 종아리를 삼킨다. 그때 더 큰 파도가 세게 밀어붙인다. 나는 균형을 잃고 뒤로 넘어진다. 쥐가 오른 것처럼 두 다리가 굳는다. 그 감각이 다리를 타고 점점 올라와 상체를 감싸 옥죈다. 나는 공포를 느끼며 해변으로 다시 기어서 돌아간다. 모래사장에 엎드려 숨을 몰아쉰다. 공포와 고통과 허기를 동시에 느낀다. 입 안으로 들어온 모래를 뱉어내고 천천히 자리에서 일어선다. 그리고 오두막으로 돌아가 남아 있는 풀과 열매를 입 안에 모조리 털어 넣는다.

나는 아이들을 사랑한다. 신만큼은 아니지만 내가 할 수 있는 만큼, 나만의 방식으로 아이들을 사랑해 왔다. 내가 기억하지 못하는 영겁의 시간 동안 나는 아이들을 사랑해 왔을 것이다. 하지만 정말로 그것뿐일까?

내가 기억하지 못하는 영겁의 시간 동안 내가 한 일이 오직 그것뿐일까?

기억이 뒤섞인다. 아주 오랫동안 뒤섞인다.

나는 계속해서 바다로 뛰어든다. 아침일 때도 있고 낮일 때도 밤일 때도 새벽일 때도 있다. 개가 나를 구할 때도, 구하지 못할 때도 있다. 하지만 나는 늘 뭍으로 올라온다. 마치 거대한 입이 나를 뱉어낸 것처럼. 나는 파도에 휩쓸려 모래사장을 뒹군다. 누운 채로 숨을 몰아쉬며 하늘을 올려다보다가 모래를 털고 일어난다. 개가 나를 데리러 올 때도 그렇지 않을 때도 있다. 나는 오두막으로 돌아가 몸을 씻고 그해의 마지막 날을 보낸다. 개는 내게 아무것도 묻지 않는다.

나는 잠자리에 누워 이번 해의 마지막 밤이 찾아온 것을 느낀다. 동시에 새로운 해가 오고 있음을, 이 모든 기억을 집어삼킬 새로운 해가 오고 있음을 느낀다. 나는 이번에도 실패했다. 다음에도 실패할 것이다. 영겁의 시간 동안 실패할 것이다. 나는 울다 지쳐 잠이 든다. 그리고 눈을 뜨면 아무것도 기억나지 않는다.

기억은 뒤섞인 채 멈춘다. 나는 더 이상 아래로 가라앉고 있지는 않다. 기억과 함께 멈춰 있다. 나는 내게 남은 마지막 기억이 다가오고 있음을 느낀다. 마치 거대한 해양 생물처럼 그것은 천천히 그러나 분명히 내게 다가오고 있다. 나는 내 주변에서 고요히 흔들리는 물살을 느낀다. 하지만 내겐 움직일 수 있는 눈도, 귀도, 입도 없다. 그저 모든 것을 몸 없이 느끼고 있을 뿐이다.

마지막 기억이 나를 덮친다.

세 번째 계절의 아이들 중 한 명이 한밤중에 나를 찾아온다. 오두막 뒤편에서 몰래 숨어 열매를 먹던 나는 얼른 그것을 숨기고 아이를 맞는다. 어둠 속에서 아이가 말없이 나를 빤히 쳐다본다. 아이의 두 눈동자는 나를 빨아들일 듯 검다. 그 눈을 보고 있자니 문득 의아한 기분이 든다. 이번 계절에 온 아이들 중에 이렇게 어린 아이가 있었던가. 기억이 나지 않는다. 아니면 단순히 주변이 어두워서 낮과는 다르게 보이는 건가. 내가 낮에 본 아이들을 떠올려 보고 있는 중에 아이가 입술을 움직여 말한다.

어느 쪽도 고르지 않으면 어디로 가.

나는 아이가 고개를 왼쪽으로 기울이기를 기다리지만 아이는 미동 없이 나를 쳐다볼 뿐이다. 아이의 말은 의문형이 아니다. 나는 입술을 움직인다.

어느 쪽이든, 골라야 해. 계절이, 끝나기, 전에는. 결정, 어려우면, 다른, 아이들과, 얘기해. 개에게도, 물어봐. 괜찮아.

아이는 말없이 나를 쳐다본다. 검은 눈동자가 내게 그 말은 오답이라고 말하는 것 같다. 아이가 다시 입술을 움직인다.

어디로 가.

아이는 이번에도 고개를 움직이지 않는다. 검은 눈으로 나를 빤히 볼 뿐이다. 나는 그 눈을 마주 보며 언젠가 이 눈을… 마주한 적이 있다고 생각한다. 하지만 그게 언제인지 기억나지 않는다. 나는 입술을 움직여 말한다.

어디로 갈 것 같아?

나도 고개를 왼쪽으로 기울이는 대신 아이를 빤히 본다. 아이가 말없이 나를 본다. 대답을 생각하는 것 같다. 나는 기다린다. 그때 아이가 입술을 움직인다.

신한테.

그리고 뒤늦게 고개를 왼쪽으로 기울인다. 꼭 장난이라도 치듯이. 또는 맞혀보라는 듯이. 검은 눈동자가 반달 모양으로 휘어진다. 아이는 미소 짓고 있다. 순간 나도 모르게 입술이 움직인다.

그다음엔?

나는 빠르게 고개를 왼쪽으로 기울인다. 아이는 대답하는 대신 내 앞으로 바짝 다가와 내 얼굴을 두 손으로 감싼다. 그러나 손의 촉감이나 온도가 전혀 느껴지지 않는다. 아이는 여전히 아무 말도 하지 않는다. 나는 아이가 내 말을 기다리고 있음을 깨닫는다. 나는 입술을 연다. 하지만 아무 말도 만들어 내지 못한다. 아이가 내 얼굴에서 손을 거둔다. 그리고 조용히 뒤돌아 아이들의 오두막으로 돌아간다. 나는 그 뒷모습을 보며 신의 그물을 생각한다. 언제나 나를 옥죄는 신의 그물. 늘 나만을 남겨두고 사라지는 그 세계. 기억은 그렇게 끝이 난다. 분명히 그렇게 끝이 났었는데… 나는 몸을 일으킨다. 이번만큼은 나만 남을 수 없다는 생각이 든다. 시야가 일렁이는 것을 느끼며 나는 아이를 향해 달린다. 발에 닿는 땅이 출렁인다. 나는 모든 게 끝나가고 있음을 느낀다. 오두막으로 돌아가는 아이의 뒷모습이 조금씩 가까워진다. 아이의 어깨를 향해 손을 뻗는다. 하지만 내 손이 오른쪽으로

치우치고 아이의 어깨에 닿지 못한다. 나는 내 몸도 오른쪽으로 쓰러지는 것을 느끼며 있는 힘을 다해 다시 왼팔을 뻗는다. 아이의 발목에 손이 닿는다. 나는 손으로 아이의 발목을 감싸 쥔다. 아이가 뒤를 돌아본다.

바닥이 밑으로 꺼진다. 나는 누운 채 아이를 올려다본다. 여전히 아이의 발목은 내 왼손에 잡혀 있다. 아이의 다리가 고무처럼 늘어난다. 이곳은 피안도, 차안도 아니다. 이것은 내게 주어진 마지막 기회다.

내가 지은 죄가 대체 무엇이에요?

나는 입술을 움직여 묻는다. 아이는 말없이 나를 내려다본다. 나는 다시 입술을 움직인다.

무엇이길래 나만 계속 혼자 남게 되는 거예요?

나는 있는 힘을 다해 울부짖는다. 아이가 천천히 허리를 숙여 시선을 맞춘다. 내게 다가오는 새카만 눈동자가 뻥 뚫린 구멍처럼 점점 커진다. 바위처럼 맞물린 거대한 입술이 움직인다.

그럼 대답하렴. 아이야.

검은 구멍이 반달 모양으로 휘어진다.

내 사랑을, 의심하지 않을 수 있어.

거대한 얼굴이 왼쪽으로 기운다. 내 왼손이 쥐고 있던 아이의 다리는 늘어지고 늘어져 이제는 아주 가느다란 실이 된다. 그것은 내 왼손을 타고 올라와 서서히 내 몸을 옥죈다. 나는 내 몸에 대한 감각을 점차 잃어가는 중에도 왼손을 꽉 쥔다.

아니.

나는 입술을 움직인다.

나는 계속 의심할 거야.

내가 말을 만들기도 전에 내 입술이 움직인다.

내가 배운 사랑은 그게 전부니까.

검은 반달이 초승달이 되어 사라진다. 나는 눈을 감는다.

내 몸이 앞뒤로 흔들린다. 누군가 내 몸을 움직이고 있다. 그 손길은 소중한 것을 옮기는 듯 아주 부드럽다. 나는 천천히 앞으로 나아가고 있음을 느낀다. 차가운 기운이 귓가를 스쳐 간다. 누군가 내 팔을 잡고 앞으로 당긴다. 몸은 작은 입자들로 이루어진 바닥에 닿는다. 나는 입 안에 고인 짠물과 모래를 뱉는다. 그리고 숨을 몰아쉰다.

이내 축축하고 뜨거운 것이 내 얼굴을 핥는다.

나는 눈을 뜬다. 얼룩진 코가 보인다. 회색빛의 두 눈과 털. 나는 서서히 깨닫는다. 이 얼굴을 알고 있다. 하지만 내가 알고 있는 얼굴보다 조금 더 색이 바랜 듯 보인다.

어서 와.

개가 입술을 움직인다. 나는 개의 얼굴을 두 손으로 감싼다. 개가 내 입에 코를 맞추고는 옆으로 물러선다. 그 뒤에 서 있던 여자의 얼굴이 시야에 들어온다. 나는 그 얼굴을 빤히 올려다본다. 여자의 머리는 아주 짧아 거의 없는 것처럼 보인다. 여자가 나를 향해 손을 뻗는다. 나는 여자의 도움을 받아 가볍게 몸을 일으킨다. 여자와 개는 나를 두고 다른 곳으로 몸을 돌린다. 그제야 나는 주변에 나 말고 다른 이들이 있다는 걸 깨닫는다. 다양한 나이와 성별의 아이들이 모래사장에 누워 울고 있다. 여자와 개는 아이들을 한 명씩 살펴보며 일으킨다. 그 모습을 보고 있자니 내 뺨을 타고 눈물이 흐른다.

아이들을 모두 일으킨 여자가 내 앞에 쪼그려 앉는다. 그리고 입술을 움직인다.

여기는 피안이야.

여자 뒤로 푸른빛에 잠긴 무덤 같은 언덕과 오두막 두 채가 눈에 들어온다.

신께서 너희들을 사랑하시어.

짧은 머리의 여자가 아이들의 얼굴을 하나하나 들여다보며 말을 전한다. 나도 입술을 움직여 여자의 말을 읊조려 본다. 신, 께서, 너희, 사랑, 하시어. 입술이 서툴게 그 말을 반복한다. 웃음이 나올 것 같다.

이곳으로 보내셨어.

짧은 머리의 여자가 미소 짓는다. 개가 컹 하고 짖고는 여자와 함께 언덕을 향해 걸어간다. 나는 그 자리에서 서서 바다를 돌아본다. 초승달이 뜬 밤하늘을 배경으로 검푸른 물살이 흔들리고 있다. 나는 꽉 쥐고 있던 왼손을 천천히 편다. 손안에서 모래가 쏟아진다. 나는 그것을 털어낸다. 마지막 한 톨까지 모조리. 그리고 작은 발을 떼 언덕을 향해 나아간다.

* 이 작품의 제목은 김현의 시집 『호시절』(창비, 2020)에 수록된 시 「신께서는 아이들을」에서 따왔다.

성수나
서울에서 나고 자랐다. 조명 뒤에 있는 사람들이 늘 궁금하다. 「신께서는 아이들을」로
제5회 한국과학문학상 가작을 수상했다.

작가노트

거대한 손길, 그 바깥에서

너무 많은 아이들이 죽었다.

이 문장이 내 안에 들어온 건 8년 전이었다. 처음엔 얇은 가시 같은 모양새로 목 안에 걸려 있었는데, 해가 지나고, 안팎으로 여러 일을 함께 보고 겪으면서 서서히 몸을 부풀리더니 둥근 모양새가 되었다. 그러고는 자기 맘대로 데굴데굴 내 몸 안을 굴러다니기 시작했다. 어느날은 자려고 누우면 귀에서 덜그럭 소리가 들렸고, 어느 날엔 심장 바로 옆에 자리를 잡고는 쿵쿵 뛰어댔고, 발가락 사이에 작은 돌처럼 걸려 있기도 하다가 다시 데굴데굴 굴러 내 머릿속으로 들어왔다. 이 소설의 첫 시작은 그때 벌어졌다.

하지만 이야기는 늘 달라진다. 무언가가 되어가는 과정에서 이야기는 늘 변주되고 오해받고 달아났다가 다시 먼 길을 돌아 내게 찾아온다. 처음 만났던 모습과는 아주 다른 모습으로 나를 향해 손을 흔든다. 나는 놀란 기색을 숨기려고 '그래… 내가 의도했던 게 바로 이거였어…' 하고 애써 거짓 웃음을 지어보지만, 이야기는 이미 모든 걸 다 알고 있다는 얼굴로 나를 맞이한다. 단 한 번도 약속을 지키지 않는 그 뻔뻔함. 나는 그래서 이야기가 좋다.

나는 종교에 대해 잘 모르지만, 종교를 믿는 사람들은 알고 있다. 믿는 사람들 사이에 믿는 척 가만히 앉아 있으면, 거대한 손길 같은 것이 느껴졌다. 같은 구절을 각자의 속도로 읊는 수많은 목소리가, 그 믿음이 거대한 손이 되어 사람들의 뒤통수를 쓰다듬고 있었다. 그 순간 나는 구석으로 훅 밀려나는 느낌을 받았는데, 그건 내가 종교를 믿지 않기 때문이 아니라 내가 이들이 갖고 있는 믿음이라는 힘을 갖고 있지 않기 때문이었다. 나를 따돌리는 이 수많은, 무방비한 뒤통수들. 그런데 왜 믿지 않은 걸까. 나는 그들 사이에 멍하니 앉아 생각했다. 아주 먼 훗날에, 의심 많은 내가 무언가를 믿게 된다면, 그건 종교가 아니라 이 뒤통수들일 거라고. 그 믿음으로 이야기를 썼다.

소설의 제목은 김현 시인의 세 번째 시집 『호시절』에서 제목을 빌렸다. 김현 시인의 언어에는 믿음이 있다. 굵은 장대비이자 소복소복 쌓이는 함박눈을 닮은 믿음. 나는 그의 믿음을 빌려보는 마음으로 시인의 시집을 읽는다. 이 모든 빌림에 감사하다는 말씀을 꼭 전하고 싶다.

마지막으로, 세상의 모든 아이들이 믿음을 배울 수 있다면 좋겠다. 아이들이 무언가를 믿는다는 이유로 다치지 않았으면 좋겠다. 믿음은 약점이 아니라 네가 가진 가장 큰 강점이자 친구라는 걸, 언제고 아이들의 귀에 속삭여 주고 싶다.

가작

이멍

후루룩 쩝쩝 맛있는

3일째

양희 씨는 분명 들었다. 보선 씨의 비명을.

새된 비명이라는 말이 어울리게 높고 가느다란 비명이었다.

양희 씨는 문쪽을 바라봤다. 양희 씨가 마지막 피험자이기에 대기실에는 장식용 화분과 양희 씨 말고는 아무도 없었다. 잘못 들은 게 아닐까? 양희 씨는 소파에서 일어나 복도로 이어지는 문에 귀를 댔다. 인기척이 없다. 문을 열어 고개만 내밀어 봤다. 조금 전까지 분주히 돌아다니던 방호복 차림의 연구소 직원들이 아무도 보이지 않았다. 형광등 불빛만 불길하게 깜박깜박했다.

으스스 소름이 돋아 팔을 쓸어내리는데 다시 비명이 들렸다. 꺄아아아아.

양희 씨는 황급히 문을 닫아 잠갔다.

이게 대체 무슨 일이야.

재빨리 대기실을 훑어보지만 전화기가 있을 리 만무하다. 스마트폰은 기밀 유지 조항 때문에 입소 첫날 연구소로 향하는 버스에서 걷어 갔다. 여기서 연구소 밖으로 도망칠 방법이라고는 복도로 나가 비상계단이나 엘리베이터를 찾든가, 대기실 창문을 깨고 뛰어내리는 수밖에 없었다. 후자는 당연히 말도 안 되었다. 양희 씨는 화성 탐사극의 주인공은커녕 조연도 못될 소시민 중의 소시민이었다. 여기가 5층이 아니라 2층이래도 어떡하느냐며 발만 동동 구를 게 분명했다.

아니, 잠깐만. 이렇게 탈출 방법만 궁리할 게 아니라 느닷없이 비명을 지르는 보선 씨를 걱정하는 게 먼저 아닐까? 양희 씨는 보선 씨와 약속했다. 이번 일정이 모두 끝나면 영화라도 한 편 보자고 말이다. 이런 상황에서 도망칠 생각만 하는 건 썸 타는 상대에게 예의가 아니다. 양희 씨는 용기를 내기로 했다. 조용히 문고리를 돌려 복도로 향했다. 살금살금 뒤꿈치를 들며 걸었지만 열 걸음도 못 떼어 옆방에서 튀어나온 직원에게 팔이 붙들렸다. 엄마야. 직원은 방호복도 모자라 고글과 마스크를 쓰고 있어 얼굴이 거의 보이지 않았다.

담담한 전자 음성이 들렸다. **"여기서 하기가 어렵습니다. 즉시 자리로 돌아가 주십시오."**

양희 씨는 직원의 말대로 얌전히 돌아갈 생각이 없었다. 살짝 열린 문틈 사이로 바닥에 쓰러진 누군가의 오른손이 보였기 때문이다. 엄지손가락과 손목 사이에 우주선 모양의 타투가 새겨져 있었다. 몸을 더 틀어보니, 이번에는 바닥에 축 늘어진 보선 씨의 얼굴이 보였다. 입에서 올라온 게거품이 마치 수염처럼 인중과 입술 아래를 적시고 있었다.

새된 비명이 절로 튀어나왔다. 양희 씨는 직원에게 붙들린 팔을 빼기 위해 온몸을 비틀며 살려달라고 소리쳤다. 그러다가 어디를 잘못 잡았는지 방호복의 목덜미 부분이 북, 소리와 함께 찢어져 버렸다. 너덜너덜한 비닐 섬유 사이로 연구소 직원의 창백한 목과 어깨가 보였고… 등줄기에 따끔한 통증이 올라왔다. 양희 씨의 몸이 절로 앞으로 고꾸라지더니 바닥에 널브러지고 말았다. 양희 씨는 입에 가득 들어찬 게거품을 삼키려 했지만 소용없었다. 이미 눈앞이 어두워지고 있었다.

양희 씨는 머리 위에서 들리는 외국어의 정체를 헤아리며 울었다.

언니, 대체 내게 무슨 알바를 소개해 준 거야? 그냥 평범한 임상이랬잖아. 피만 뽑으면 그만이라며. 근데 이게 뭔데?
진짜 다단계야? 그런 거야?

　머릿속 사촌 언니는 대답이 없었다. 시끄럽게 이것저것 이
야기하는 직원도 양희 씨의 질문에 대답하지 않았다.

1일째

　양희 씨는 의자에 삐딱하게 앉아 눈을 사방으로 굴려댔다.
　연구소 로비는 사람들로 북적였다…기에는 사람의 수가
의외로 적었다. 약 스무 명 남짓 되는 성인 남녀가 양희 씨처
럼 긴장한 얼굴로 주변을 둘러보고 있었다. 대부분은 40대,
50대로 보였고 양희 씨 또래는 거의 보이지 않았다. 로비에
는 안내 직원 대신 키오스크만 자리했는데 연휴라서 그런지
그마저 꺼져 있었다.
　10시 정각이 되자 로비에 설치된 벽시계에서 종이 울렸
다. 로비 출입문이 활짝 열리더니 괘종시계의 노래하는 뻐
꾸기 대신 방호복을 입은 이들이 쏟아져 나왔다. 양희 씨는
드라마 속 캐릭터를 보는 기분으로 방호복 무리를 바라보았
다. 강릉역에서 연구소까지 사람들을 태워다 준 셔틀버스에
서 이렇게 안내했었다. 연구소 직원이 모두 방호복을 입고

있어도 놀라지 말라고. 이러저러한 복잡한 내부 사정 때문에 외부에 얼굴을 노출할 수 없다는 것이었다.

방호복 무리 중에 제일 눈에 띄는 이는 형광 노란색 방호복을 입은 사람이었다. 그는 주변을 훑어보더니 어깨에 메고 있던 휴대용 스피커의 전원을 켰다. 무심하고 딱딱한 발음이 로비에 쩌렁쩌렁 울려 퍼졌다.

"여러분 안녕하세요. 저는 이번 임상 시험을 담당하고 있는 피블 최 박사입니다. 앞으로의 2박 3일 잘 부탁합니다."

박사의 말이 끝나자 옆에 서 있던 직원들이 박수를 쳤다. 양희 씨와 다른 피험자들도 덩달아 박수를 쳤다.

"우리는 모두 바빠서 통역사를 찾지 못해 번역기를 고용해야 했습니다. 우리가 한국어를 이해하기 때문에 주제는 그것에 대해 걱정할 필요가 없습니다. 그러면 직원이 숙소로 안내해 드립니다. 일정 및 안내 사항은 호텔로 가져왔으니 직접 확인하시기 바랍니다."

양희 씨와 피험자들은 직원의 안내에 따라 연구소를 나와 별관으로 들어섰다. 별관은 '호텔'이라는 말이 오역이 아닌 것처럼 느껴질 만큼 잘 꾸며진 곳이었다. 하얗다 못해 투명하기까지 한 대리석 바닥과 기둥을 좀 보라지. 천장에 달린 조명 장식은 또 어떻고. 풍등처럼 생긴 것이 조금만 건드려도 하프처럼 감미로운 음색을 들려줄 것만 같다. 로비 곳곳에 자리한 화초는 절정에 이른 초록을 뽐냈고 무질서하게 놓인 소파와 흔들의자는 더할 나위 없는 만족감을 선사했다.

별관은 원래 연구소 직원이 거주하는 일종의 기숙사였지만 이번 임상 피험자들을 위한 공간으로 탈바꿈했다고 한다. 양희 씨가 배정받은 방은 305호였다. 퀸사이즈 침대가 놓인 원룸 형태의 방이었다. 방의 상태는 더하지도 않고 덜하지도 않고 딱 적절하게 좋았다. 엄마와 함께 호캉스 갔던 평범한 호텔 방과 비슷한 수준이지만, 창문 너머로 펼쳐진 풍경은 5성급 호텔 뺨쳤다. 커튼을 끝까지 걷고 나니 강원도의 울창한 가을 산자락이 한눈에 내다보였다. 단풍철은 아직 멀었다는데 이미 나무 몇 그루가 발갛게 물이 들었다. 산바람이 흘러드는지 이파리와 가지가 한데 뭉쳐 흔들렸다. 절로 마음이 느긋해졌다. 양희 씨는 옷도 갈아입지 않고 그대로 퀸사이즈 침대에 몸을 맡겼다. 갓 세탁한 듯 파삭파삭한 이불이 온몸을 간지럽혔다.

추석 연휴를 이렇게 느긋하고 여유롭게 보내도 된다니 믿기지 않는다. 양희 씨는 사촌 언니에게 무릎 꿇고 절이라도 하고 싶었다.

이번 임상 시험은 동맥경화 및 혈전 제거에 관련된 신약을 테스트하는 자리였다. 시험 대상자는 29세에서 55세 사이의 성인으로, 해당 질환과 관련된 병력이 한 가지 이상 존재해야 하지만 양희 씨는 예외였다. 양희 씨의 외가는 예로부터 심혈관계 질환 때문에 골머리를 썩였다. 타고난 체질이 그러했다. 아무리 건강을 챙겨도 외가의 혈액 내 콜레스테롤 수치는 기름진 고기와 술, 담배를 즐기는 사람과 비슷하거나 더 높게 나오기 일쑤였다. 증조 외할아버지는 30대 초반에 뇌졸중으로 돌아가셨다. 외고모할머니는 스무 살 때 다리 동맥에 생긴 혈전 때문에 오른발을 잘라냈다. 외할아버지는 다발성 동맥경화 때문에 지금까지 투병 중이다.

이런 유전적 특성 탓에 양희 씨는 앞서 임상에 참여했던 외사촌 언니의 추천으로 별 어려움 없이 시험에 참가하게 되었다. 언니는 어렵거나 곤란할 게 전혀 없다고 했다. 호텔처럼 잘 꾸며놓은 숙소에서 2박 3일간 놀고먹으면서 2, 3시간에 한 번씩 피를 뽑기만 하면 되는 꿀알바 중의 꿀알바라고 했다.

"무엇보다 거기가 말이야. 식사가 아주 기가 막혀. 나는 무슨 호텔 뷔페인 줄 알았다니까? 한 끼에 20만 원씩 하는 그런 곳들 있잖아."

"그래봤자 구내식당이 거기서 거기지. 결혼식 뷔페보다 조금 나은 수준 아니야?"

"내가 약속하는데 네가 지금껏 다녀온 그 어떤 호텔도 거기 정도로는 안 나올 거다. 정말이라니까?"

사촌 언니의 말은 거짓도 과언도 아니었다. 간단한 건강

검진 뒤에 이어진 점심식사 자리에서 양희 씨는 할 말을 잃고 말았다. 다른 피험자도 놀랐는지 저마다 수군대는 소리가 곳곳에서 들려왔다. 식당은 말 그대로 산해진미로 가득했다. 갓 쪄내 따끈하게 김이 오르는 대게 다리부터 시작해 그릴 자국이 선명한 양갈비와 꽃등심 스테이크, 짚불로 구워 파삭하게 그슬린 삼겹살과 목살, 윤기가 자르르 흐르는 소갈비찜, 도미찜, 해물찜 등등. 양식과 한식이 마주 보며 배치되었고 사선으로 비껴가니 일식과 중식 차례였다. 세상에, 양희 씨는 저렇게 큰 꽃게는 처음 보았다. 훈제 연어도 참치만큼 컸는데 생참치는 그것보다 더 컸다. 미사일 수준이었다.

직원들은 저마다 색이 다른 앞치마를 두르고 음식을 준비했는데 양이 너무 많아 피험자가 다 먹지도 못할 수준이었다. 너무나 먹음직스럽지만, 한편으로는 의심스러웠다. 피험자 대다수가 동맥경화와 혈전에 시달리는데 그들에게 이런 고열량·고지방 식단을 내주다니. 의료진의 의도가 전혀 이해되지 않았다.

스리슬쩍 식당에 들어온 최 박사는 걱정할 것 없다며 모두를 안심시켰다.

"먹는 것도 시험의 일부입니다. 모두 과정에 포함된 것입니다. 건강이 악화할 경우 저희가 표적 사례할 예정이니 걱정하지 마시

고 즐기시기 바랍니다."

    단정한 전자 음성에 피험자들은 너 나 할 것 없이 넘어갔다. 기대감에 차오른 얼굴로 접시를 들고 각자 취향대로 음식을 담았다. 양희 씨는 찰나의 자제력을 발휘해 샐러드 코너로 향했지만, 정신을 차려보니 식탁에는 대게 껍데기만 수북이 쌓여 있었다. 어쩔 도리가 없었다. 갓 쪄낸 대게 속살이 너무 부드럽고 달고 입 안에서 살살 녹기에 차마 한 그릇만 먹고 끝낼 수가 없었다.

    한식·양식·중식·일식이 끝나니 이번에는 디저트 차례다. 양심의 가책을 완전히 벗어던진 양희 씨는 산양유가 듬뿍 들어간 스콘에 살구 잼과 클로티드 크림을 잔뜩 발라 먹고, 입가심으로 크림과 딸기 잼을 넣은 홍차를 즐겼다. 의료진을 향한 의심은 그릴 위 스테이크처럼 흔적도 없이 사라졌다. 양희 씨는 한껏 여유로운 기분으로 식사를 마치고 별관을 나와 연구소 주변을 산책했다. 너른 산이 연구소 대지를 둘러싼 구조였기에 공기가 도심지와는 비교가 되지 않을 정도로 맑고 청명했다. 피 뽑는 시간만 빼면 모두 자유 시간이라는 점도 마음에 들었다.

    산책을 즐기고 별관 로비로 돌아가 보니, 이번에는 직원들이 피험자들에게 종이봉투를 나눠주고 있었다. 유명 제과점의 로고가 찍힌 것으로 보아 세면 용품 따위는 아닌 듯했다. 점심을 워낙 거하게 먹어 식단을 조절해야 한다는 걸 알면서도 양희 씨는 고소하고 달콤한 냄새에 또다시 넘어가고 말았다. 봉투에는 마카롱 한 세트와 진하게 뽑아낸 커피가 담겨 있었다. 모두 그 자리에서 마카롱을 하나씩 꺼내 베어 물고 커피를 마셨다. 황홀한 미소가 로비를 가득 메웠다.

그날 밤, 양희 씨는 침대 위에서 반성회를 가졌다.

숙소에 갖춰진 볼펜과 메모지로 오늘 하루 먹은 것들을 정리해 보았다. 내일은 과식하지 말자는 다짐과 달리, '내일은 무얼 먹을까?'라는 행복한 고민만 메모지에 담겼다. 결국 포기하고 TV로 시선을 돌렸다. 스마트폰을 압수당한 건 속상하지만 숙소 TV에는 여러 OTT가 깔려 있어 지루할 새가 없었다. 생각 없이 드라마와 영화 목록을 넘기고 넘기다가 양희 씨는 베개에 머리를 묻었다. 뒷머리가 베개를 누르자마자 절로 만족스러운 한숨이 터져 나왔다. 무슨 솜이 들었는지 궁금해 죽을 정도로 베개는 폭신하다 못해 구름을 베는 것처럼 안락했다. 천국이 따로 없다. 몰래 훔쳐 가고 싶다. 직원에게 물어보면 브랜드라도 알려주지 않을까. 그런 생각을 하며 양희 씨는 리모컨을 놀리다가 언뜻 잠이 들었다. 얕은 꿈속에서 양희 씨는 베개를 날개 삼아 하늘을 날아다니며 파스타를 먹고 있었다.

목이 말라 잠에서 깼을 때 양희 씨는 메모지에 크게 적었다. 파스타. 해물 파스타.

2일째

둘째 날부터 문제의 신약이 배급되었다. 사탕처럼 생긴 동그란 알약이었다. 생김새에 걸맞게 직원은 약을 씹지 말고 입 안에서 천천히 녹여 먹으라고 당부했다.

보선 씨는 작은 플라스틱 컵에 든 약이 화성처럼 보인다고 말했다.

"잘 봐요, 양희 씨. 보통 약이라고 하면 유선형이나 동글납작한 태블릿 모양으로 만들잖아요. 근데 이건 마치… 행성처럼 동그랗죠. 게다가 주황색이고요. 이걸 보면 누구라도 화성을 떠올릴 거예요."

양희 씨는 마지막 파스타 면발과 칵테일 새우를 포크로 찍어 감아올렸다. "글쎄요. 제 눈에는 그냥 오렌지 맛 사탕처럼 보이는데요. 곧 있으면 화성 착륙 1주기니까 그렇게 느끼는 거 아녜요?"

"그럴지도 모르겠네요. 전 그때 야간 근무조라서 화성 착륙하는 걸 못 봤거든요. 나중에 유튜브로 찾아봤어요. 국내 중계 영상으로 한 번, 해외 리액션 영상으로 한 번이요." 보선 씨는 화성을 닮은 알약을 입에 털어 넣은 뒤 눈을 동그랗게 떴다. "양희 씨 말대로 진짜 오렌지 맛이네요. 엄청 달아요."

보선 씨는 아침 조회 시간에 만나 친해진 상대였다. 오지랖 넓은 어느 아저씨 덕분에 피험자들은 아침부터 생뚱맞게 자기소개를 하게 되었다. 모두 자기가 사는 지역과 직업을 말하는데 마치 짜 맞추기라도 한 것처럼 각자 사는 곳이 달랐다. 그런 와중에 양희 씨와 비슷한 또래로 보이는 사람이 말했다. "지금은 서울 살지만 본가는 강아시에 있어요. 거기서 태어났거든요." 그 말을 듣고 양희 씨는 자기도 모르게 번쩍 손을 들었다. "저도 서울서 나고 자랐지만 지금은 강아시 살아요."

보선 씨와 양희 씨는 둘 다 피험자 집단에서 젊은 축이었다. 가족의 추천으로 시험에 참여하게 되었다는 점도 비슷했다. 아줌마, 아저씨들은 이런 자리에서 끼리끼리 잘 만났다며 중매를 자처했다. 좋은 시간 보내라며 자기들끼리 자리를 비켜주었다. 양희 씨가 보기에 보선 씨는 꽤 괜찮은 상대였다. 보선 씨는 옷차림과 생김새가 단정했다. 잘난 척하지 않고 함부로 으스대지 않았다. 생각하고 말하는 티가 나는 사람이었다. 보선 씨도 양희 씨가 편하게 느껴졌는지 둘은 금세 어울리게 되었다.

양희 씨는 알약을 입 안에서 굴리는 보선 씨를 보며 탐사
선이 화성에 착륙하던 역사적인 순간을 떠올려 보았다. 미
국항공우주국은 화성 착륙 장면을 4K 화질로 유튜브에서
생중계했다. 신형 우주복을 입은 우주비행사가 차례차례 너
른 오렌지색 대지에 발을 내린다. 보이는 것이라고는 돌과
흙뿐인 그곳에 성조기라는 지구의 물건이 꽂힌다. 항공우주
국 직원의 환호성 소리가 너무 커 양희 씨는 노트북 볼륨을
줄여야 했다.

　　탐사대는 화성에서 지구로 돌아가는 길에도 영화 같은 사
건을 남겼다. 대기권에 돌입하는 과정에서 난데없이 낙하 장
비가 고장 나버린 것이다. 얼굴이 파랗게 질린 우주비행사들
은 끙끙대며 장비를 보수했다. 다행히 비극은 없었다. 탐사
대는 살아남았다. 화성 탐사는 성공적으로 끝을 맺었다.

　　양희 씨는 그날의 비행사들을 생각하며 약을 입에 털어
넣었다. 보선 씨의 말대로 오렌지 맛이 났다. 끈적거리는 단
맛이 이상하게 불쾌했다.

　　맞은편에 앉아 있던 보선 씨가 입을 열었다.

　　"있잖아요. 이번에 화성 착륙 1주년 기념해서 〈마션〉이 재
개봉한대요. 제가 극장에서 한 번 놓쳐서 이번에는 꼭 보고
싶거든요. 혹시 이번 임상 끝나면 같이 보러 안 갈래요?"

　　삼키지도 않은 알약이 목에 걸린 기분이었다. "저희 이름

이랑 고향 튼 지 이제 1시간밖에 안 됐는데요? 근데 영화 보러 가자고요? 게다가 〈마션〉이요?"

"그러네요. 아직 1시간밖에 안 됐네요. 그러면 오늘 하루 같이 지내보고 결정해 줄래요?"

야, 이 능구렁이 같으니라고. 완전 뺀질뺀질 작업을 거는구먼.

그런데도 이상하게 기분은 나쁘지 않다. 오히려 가슴 한 구석이 간질간질한 게 죽은 줄 알았던 연애 세포가 살아나는 것 같기도 하다. 양희 씨는 보선 씨의 말대로 오늘 하루 같이 지내보고 영화를 볼지 말지 결정하기로 했다.

문제는 산골 한복판에서 할 일이 많지 않다는 것이었다.

둘은 취향도 취미도 전혀 달랐다. 보선 씨는 집에 틀어박혀 영화 보기를 좋아했고 양희 씨는 틈날 때마다 밖으로 나돌았다. 이러니 대화가 제대로 이어질 리 있나. 결국 둘은 공통된 주제를 꺼내놓을 수밖에 없었다. 이를테면 심혈관계 질환으로 죽은 친인척, 혹은 죽어가는 친인척이라든가.

양희 씨가 말했다.

"우리 엄마가 있죠, 오이와 상추만 그렇게 먹어대는데도 콜레스테롤 수치가 정상인의 두 배 수준이에요. 병원 가면 항상 운동해라 소리밖에 안 한대요. 근데 엄마가 운동이라면 아주 질색팔색 난리가 나거든요. 그래놓고 맨날 수치가 너무 높아, 어떡하지 너무 높네, 이러고 있는 거죠."

"근데 운동이 정말 중요하긴 해요." 보선 씨가 고개를 끄덕였다. "저희 큰아버지는 취미가 등산이었는데, 발목이 부러지셔서 오래 쉬는 동안 갑자기 심근경색이 와버렸어요. 다행히 목숨은 건지셨는데 대신 뇌에 문제가 생기셨어요. 아직 60도 안 되셨는데 자리에서 일어나지를 못하세요."

"보선 씨는 무섭지 않아요? 우리도 갑자기 그런 식으로 쓰러질 수 있잖아요."

"글쎄요. 전 아직은 젊은 편이니까 걱정이 덜하지만… 그래도 보험은 들어놨어요. 뭔 일 생길지 모르니까."

"그러면 저혈압은 어때요? 난 저혈압이 심해서 한 번도 헌혈해 본 적이 없거든요. 아침에도 일어나기 힘들어서 알람만 수십 개라니까요? 타고난 체질인지 아니면 집안 내력인지 가끔 헷갈리긴 하지만요"

"후자이지 않을까요. 저도 헌혈해 본 적 없어요. 친구 따라가서는 초코파이만 얻어먹고 말았죠. 초코파이 좋아했는데 매번 먹으니까 물려서 이제는 입에도 안 대요."

"와, 나 방금 끔찍한 생각 했어요. 우리 사이에 애가 생기면 콜레스테롤과 저혈압의 화신이 태어날 것 아녜요." 양희 씨는 괜히 낄낄 웃으며 보선 씨의 팔을 툭 쳤다. "생각해 봐요. 언제 터질지 모르는 시한폭탄이잖아요. 이런 체질은 절대 애들한테 못 물려준다니까요."

농담으로 꺼낸 말에 보선 씨가 얼굴을 붉혔다.

"그거 제가 그린 라이트라는 뜻이에요?"

"…나 요즘에도 그린 라이트라고 말하는 사람 처음 봐요."

양희 씨는 그렇게 말하면서도 그린 라이트인지 레드 라이트인지 꼭 집어 말하지 않았다. 두 사람은 그린 레드 라이트답게 함께 푸짐한 저녁 식사를 즐긴 뒤 별관 엘리베이터로 향했다. 보선 씨는 숙소가 4층에 있어 한 층 더 올라가야 했다. 엘리베이터가 3층에 이르기 직전 보선 씨가 대뜸 말했다.

"내일은 어떡할래요? 아무리 못해도 강릉 시내가 여기보다는 더 놀 만한 게 많을 것 같은데요."

양희 씨는 엘리베이터 문이 열리자마자 "어쩌긴요, 놀면 되죠. 같이 영화 보고 밥도 먹어요"라고 말하고는 그대로 복도로 튀어 나갔다. 양희 씨는 성큼성큼 숙소로 돌아와서는 잠시 숨을 골랐다. 얼마 있지 않아 어깨가 멋대로 들썩거리며 춤을 췄다. 양희 씨는 혼자 덩실덩실 흔들흔들하다가 침대에 드러누웠고, 발을 굴렀다.

와. 진짜 미쳤다.

평소라면 하지도 않을 짓을 저질러 버렸다. 신약의 부작용일까, 아니면 초호화 식단이 뇌의 쾌락 중추를 건드리는 바람에 자제력을 몽땅 잃어버리게 된 걸까. 양희 씨는 침대에 바로 누워 숨을 골랐다. 내일이면 임상 시험이 끝난다. 추석 연휴의 끝과 함께 좁아터진 곰팡이 월세방의 현실로 돌아가야 한다는 뜻이었다. 물론 강아시로 돌아가기 전에 보선 씨와 영화 보는 것도 잊지 말아야 한다.

양희 씨는 내일의 설렘은 내일 즐기기로 하고, 오늘 밤은 보선 씨 대신 이 파삭거리는 침구를 원 없이 즐기기로 마음먹었다. 이불을 한데 끌어모아 얼굴에 대고 마구 비볐다. 머릿속에서 보선 씨의 부드러운 목소리가 침구와 양희 씨를 한데 감싸 안았다. 기분 좋은 나른함에 양희 씨는 속수무책 끌려가고 말았다.

그리고 느닷없이 사이렌이 울렸다.

양희 씨는 침으로 척척하게 젖은 베개에서 얼굴을 뗐다. 침침한 눈으로 벽에 붙은 스탠드 조명을 노려보았다. 잠들기 직전만 해도 은행잎처럼 노란빛이었는데 지금은 핏빛으로 물들어 있었다. TV 옆 아날로그 시계를 보니 자정이 지나기 직전이었다. 양희 씨가 기억하기로 시험 일정은 아침 7시부터 시작된다. 그리고 편하게 깰 수 있도록 도와주는 섬세한 선율의 피아노 소타나가 울려야 할 터였다. 지금 고막에 파고드는 이 소리는 어떻게 들어도 소나타와는 거리가 멀었다.

무슨 일인가 싶어 복도로 나서려는데 사이렌 소리가 멈추고 최 박사의 음성이 천장에서 들려왔다.

"늦게 깨워서 죄송합니다. 시험 일정이 변경되어 부득이하게 사이렌을 사용하게 되었습니다. 지금부터 부르는 분들은 짐을 싸서 로비로 내려오세요." 최 박사는 열 명의 이름을 불렀다. **"반복하겠습니다. 전화가 오면 모든 소지품을 객실에 가지고 로비로 내려오시기 바랍니다."**

최 박사가 호명한 명단에 '고양희'와 '박보선'은 없었다. 양희 씨는 초조한 마음으로 침대에 앉아, 몇몇이 캐리어 가방을 끌며 복도를 오가는 소리를 들었다. 누군가는 이 시간에 어떻게 집으로 돌아가느냐며 직원에게 큰소리로 항의하기도 했다. 발소리가 잦아들 무렵 문 두드리는 소리가 났다. 체인 록을 걸고 문을 반만 열어보니 직원이 서 있었다. 그는 종이봉투 하나를 대뜸 건넸다.

"걱정을 끼쳐 죄송합니다. 이것은 밤부터 시끄럽게 군 것에 대한 박사의 보상이자 시험의 일환입니다. 내가 간 뒤에 꼭 먹어라."

봉투 입구에서 달큼한 냄새가 피어올랐다. 그대로 문을 닫으려는 직원을 양희 씨가 불러 세웠다.

"잠깐만요. 아까 호명된 사람들은 어디로 가는 거예요?"

"그들은 이 임상 시험에서 제외되었습니다. 우리가 원하는 수준에 도달하지 못했습니다. 나는 정말 집으로 돌아가고 싶다."

"네? 집으로 돌아가고 싶다니요?"

"나는 그들이 아니라 그들이 정말 집에 갈 것이라고 의미했다. 그들의 몸은 우리가 만족할 수준의 몸이 되지 않아 임상 시험에서 중도 탈락하였습니다. 번역기가 문제가 많습니까. 오늘의 마지막 시간은 오전 7시가 아니라 9시부터 시작됩니다. 아침 식사는 없습니다. 빠진 물건이 없는지 확인한 뒤 가방을 들고 로비로 내려오면 됩니다. 나중에 봐요."

종이봉투 안에는 번들거리는 설탕 시럽이 묻은 도넛 하나가 들어 있었다. 잘 자던 사람을 갑자기 깨워놓고 사과의 표시로 내놓을 건 못 되었다. 그러나 시험의 일환이라는 말도 있어, 양희 씨는 보수를 받으려면 어쩔 수 없다는 변명으로 도넛을 꺼내 들었다. 도넛은 갓 만들어졌는지 따끈따끈했다. 시럽이 배어든 종이봉투에서 단내가 풀풀 풍겼다. 양희 씨는 얼른 해치우고 다시 잠들 요량으로 도넛을 크게 베어 먹었다.

아, 젠장… 빌어먹을… 졸라 맛있어….

이게 자다 깬 것에 대한 보상이라면 양희 씨는 새벽 2시에도 3시에도 일어날 자신이 있었다. 너무 감격한 나머지 눈물 한 방울이 또르르 흘러내렸다. 양희 씨는 기꺼이 도넛을 먹어치웠다.

3일째

"짜증 나요."

양희 씨는 별관 로비에서 보선 씨와 마주하자마자 불만을 터뜨렸다. "미친 거 아녜요, 진짜? 밤중에 그 소란을 피워놓고 상한 도넛이 말이나 돼요?"

"양희 씨도요?"

"보선 씨도요?"

보선 씨는 어젯밤보다 핼쑥해진 얼굴로 고개를 끄덕였다.

"지금 도넛 말하는 거잖아요. 저도 어제 그거 먹고 1시간도 안 되어서 신호가 올라오더라고요." 보선 씨는 그다음은 말하고 싶지 않은지 어깨만 으쓱였다. 더 듣지 않아도 상상이 갔다. 보선 씨도 양희 씨와 비슷한 비극을 겪은 것이다. 도넛을 먹고, 다시 잠들고, 그러다 속이 불편해 일어났다가 남은 시간을 변기에 할애한 게 분명했다.

"그러면 다른 사람들에게도 죄다 상한 도넛을 줬다는 거예요? 이거 항의해야 하는 거 아녜요?" 양희 씨는 로비를 둘러보았다. 보선 씨보다 더 파리해진 얼굴로 화장실을 들락거리는 백발의 피험자가 눈에 띄었다. "야이, 사람은 좀 골라서 아프게 할 것이지. 직원에게 얘기해야겠어요."

"잠깐만요." 보선 씨가 양희 씨를 붙들었다. 그의 시선을 따라가니 임상 첫날처럼 최 박사가 직원들을 거느린 채 로비로 들어서고 있었다. 최 박사는 로비 한가운데 서서 양팔을 벌렸다. 옆에 서 있던 직원이 최 박사의 휴대용 스피커 전원을 켰다.

"지난 2박 3일 동안 저희 체험에 참여해 주셔서 진심으로 감사드립니다. 이제 마지막 달력만 남았습니다. 직원과 함께 연구소 로비로 이동합시다."

화장실을 들락거리던 백발의 피험자가 입을 열었다. "이봐요, 상한 음식을 함부로 주면 어떡하자는 거예요?"

피험자들의 의심에 찬 눈길이 여기서 저기로 오갔다.

"도넛 말이에요. 그거 먹고 밤새 얼마나 고생했는지 알아요?"

최 박사가 말했다. **"하제를 해서 그렇습니다."**

'하제'가 뭐냐는 보선 씨의 속삭임에 양희 씨는 대답했다. "설사약이요."

"최종 혈액 검사는 정확한 결과를 위해 공복 상태에서 합니다."

"하지만 사전에 고지하지 않았잖아요. 어젯밤에 얼마나 놀랐는지 알기나 해요? 구급차 불러야 하는 줄 알았다니까? 로비로 전화해도 받지도 않고 대체 뭐 하자는 거예요?"

"이런 부분에서 미흡한 부분이 있었다는 점은 인정합니다. 가이드에 제대로 설명이 되어 있지 않은 것 같습니다. 죄송합니다. 계

속해서 수당에 금액을 추가하는 방향으로 가고 싶습니다. 괜찮겠습니까?"

금액을 추가한다는 말에 백발의 피험자는 입을 다물었다. 다른 피험자들도 웅성거림을 멈추었다. 최 박사는 손을 맞잡고 가벼운 어조로 전자 음성을 출력했다.

"일이 수월하게 해결되어 정말 기쁩니다. 그러면 먼저 가보겠습니다. 연구소에서 봅시다."

직원의 뒤를 따라 연구소로 향하는 길에 보선 씨가 양희 씨의 귓가에 대고 속삭였다. "수상하죠?"

양희 씨도 덩달아 목소리를 낮췄다. "수상하죠."

"사전에 알리지 않고 설사약을 먹이는 곳은 여기가 처음이에요."

"임상 자체는 여기가 처음이 아닌가 봐요?"

보선 씨는 고개를 끄덕였다. "체질이 이렇다 보니 어쩔 수 없었죠. 근데 여기만큼 널널한 곳은 보기 드물어요. 다들 병실에 집어넣고는 복도도 나다니지 못하게 했죠. 식단이야 당연히 병원 밥이었고요. 우린 음료수 한 병도 조심해서 마셔야 하잖아요. 그런데 여기서는 스테이크와 온갖 지방 덩어리가 즐비했죠. 과연 신약이 그만큼 효과가 좋을까요? 사흘 동안의 지방과 염분을 통째로 분해할 만큼?"

"신약이라니까 믿어봐야지 어째요. 우리 사촌 언니도 전에 만났을 때 혈색도 좋아지고 저혈압도 사라졌다고 좋아하던걸요. 그쪽 삼촌도 멀쩡했다면서요."

보선 씨는 고개를 저으며 더욱 목소리를 낮췄다.

"사실 양희 씨에게 말 안 한 게 있어요. 삼촌네는 숙모가 다단계에 빠져서 가계가 기운 적이 있어요. 그래서 삼촌도 한동안 방황하다가 이번 임상을 받고 저에게 추천하신 거죠. 무척 좋은 기회라면서요."

"그러면 이게 임상이 아니라 다단계 업체에서 쇼하는 거다, 뭐 이런 거예요? 설사약 먹인 것도 우리 기운 빼서 도망 못 치게 하려고요?"

"그런 게 아니었으면 좋겠다, 쪽에 더 가깝죠. 진짜 다단계였다면 이만큼 공을 들였을까 싶지만 사람 일은 모르는 거잖아요."

보선 씨의 말은 일리가 있었다. 양희 씨가 이곳에 오기 전 여러 SNS와 블로그에 검색해 본 임상 시험은 좁은 케이지에 햄스터를 가두는 짓과 비슷했다. 그에 비하면 이곳은 소수 정예만 즐기는 크루즈 여행에 가깝다. 먹고 마시고 즐기다가 집으로 돌아가면 끝이다. 임상이라기엔 친절이 과한 감이 있다.

그 말을 들은 뒤부터 연구소가 달리 보였다. 휘황찬란한 별관의 로비도, 전신 방호복을 입고 다니는 직원도, 심지어 별관과 연구소를 잇는 연결 통로의 바닥 타일까지 수상하게 보였다. 한편으로는 사촌 언니를 생각하며 설마설마했다. 그 성격 좋은 언니가 나를 엿 먹이려고 했겠는가. 그러나 돌이켜 보면 사촌 언니에게 빌려놓고 깜박해 갚지 못한 자잘한 빚이 많다. 오천 원, 만 원, 크게는 몇십만 원까지. 총액을 대충 계산해 보니 언니가 엿 먹여도 할 말이 없겠다는 생각이 들었다.

연구소에 도착하자 직원들은 피험자에게 캐리어 가방을 받아 갔다. 셔틀버스에 미리 실어놓겠다고 한다. 양희 씨는 내키지 않았지만, 보선 씨가 아무렇지 않게 캐리어 가방을 내주는 것을 보고 자기 가방도 직원에게 건넸다. 이러다 무슨 일이 생기면 어떡하냐며 농담 반 진담 반 섞어서 말하니 뜻밖의 대답이 돌아왔다.

"걱정하지 마요. 무슨 일이 있으면 내가 지켜줄게요."

느끼한 목소리로 그렇게 말하면 퍽이나 믿음직스럽겠다. 그래도 직접 들으니 오글거리기보다 가슴 한구석이 뜨뜻해졌다.

다단계가 아니라고 믿고 싶은 임상의 마지막 단계는 채혈과 면담이었다. 피를 뽑은 뒤 최 박사와 마지막 면담이 진행될 예정이라고 했다. 직원은 피험자들을 연구소 5층 대기실에 데려다 놓았다. 벽마다 너른 창문이 걸려 있어 보기만 해도 가슴이 탁 트이는 곳이었다. 양희 씨와 보선 씨는 소파에 나란히 앉아 다단계 업체가 팔 법한 물건들을 찾아보았다. 화분과 곰 인형, 소파, 천장의 형광등까지 업체에서 강매할 만한 물건의 폭은 넓고 깊었다.

이윽고 직원이 피험자의 번호와 이름을 불렀다. 사람들이 하나둘 대기실을 빠져나갔다. 시간이 얼마나 지났을까. 여덟 번째 피험자까지 복도 너머로 사라지자 대기실에는 보선 씨와 양희 씨만 남게 되었다.

어제는 함께 돌아다녀도 별생각이 없었는데, 지금은 단둘이 있어 그런지 어색해 죽을 것만 같았다. 긴장해 괜히 손가락만 꼼질거리는 양희 씨에게 보선 씨가 물었다.

"잠깐 손잡아도 돼요? 긴장한 것 같아서요. 내가 아까 괜한 얘기를 했었나 봐요."

어린애도 아니고 그 정도 말에 무슨 긴장을 하겠느냐 말하려 했지만 양희 씨의 손은 이미 쫙 펼쳐져 있었다. 보선 씨는 양희 씨의 손을 잡고 흔들었다. 그의 손목에 새겨진 타투가 눈에 띄었다. 섬세하게 그려진 로켓 혹은 우주선이 그려져 있었다.

"어디 우주선이에요? 모델이 따로 있어요?"

"인터넷에서 판매하는 거라 모르겠네요. 이거 사실 타투 스티커거든요. 긁으면 떨어져요."

"우주에 관심이 많나 봐요? 〈마션〉 얘기한 것도 그렇고."

"역사적 순간을 놓친 후회라고 해야죠." 보선 씨는 양희 씨가 손톱 끝으로 우주선을 건드리건 말건 신경 쓰지 않았다. "영화 있잖아요. 아까 보니까 〈마션〉은 영 내키지 않는 것 같던데 그러면 〈화성침공〉은 어때요?"

"그거 외계인 나오는 코미디죠? 뭐어, 그 정도는 괜찮아요."

양희 씨가 말하기 무섭게 직원이 문틈으로 고개를 내밀어 보선 씨의 이름과 번호를 호명했다. 보선 씨가 자리에서 일어났다.

"그러면 돌아가는 길에 상영관이 있는지 봐야겠네요. 그리고 다단계는 걱정하지 마요. 진짜 다단계면 제가 비명이라도 지를게요. 알았죠?"

혼자 남은 자리에서 양희 씨는 다시 어깨춤을 췄다. 손잡는 것까지 물어보는 사람은 보선 씨가 처음이었다. 느낌이 좋다. 〈화성침공〉이 썸이라 불릴 단계에 어울리는 영화인지는 모르겠지만, 단둘이서 보는 거라면 뭐든 괜찮지 않을까? 어차피 남은 시간은 많다. 영화는 돌아가는 셔틀버스 안에서 골라도 문제없다.

바로 그때 몸이 쭈뼛 튀어 올랐다.

목 뒤에 소름이 돋았다. 잘못 들은 건가 싶었지만 그럴 리 없다. 양희 씨는 분명 들었다.

보선 씨의 비명을 들었다.

✳

차라리 다단계였다면 나았을까.

양희 씨는 소파에서 힘겹게 몸을 일으키며 생각했다. 차라리 다단계였다면, 리클라이너 의자나 화분을 구매하라고 강요하는 자리였다면, 그렇다면 빚더미에 나앉을지언정 집으로 돌아갈 수는 있을 텐데.

눈앞이 희뿌옇다. 손발은 쥐가 난 것처럼 저렸고 몸은 중심을 잡지 못해 오뚝이처럼 좌우로 기우뚱거렸다. 소파를 짚은 팔에 힘이 빠져 넘어지려던 찰나, 누군가가 양희 씨의 어깨를 붙들어 바로 눕게 도왔다. 머리 아래에 쿠션까지 넣어줬다. 고개를 돌려 상대를 확인하는데 기력 없는 성대에 비명이 맺혔다. 마치 콘크리트처럼 거칠고 생기 없는 회색 피부, 머리털 한 가닥 보이지 않는 동그란 머리통, 움푹 들어간 눈두덩 안에는 우주가 담긴 것처럼 끝없이 깊고 검은 두 눈이 자리했고, 코가 있어야 할 자리는 납작하게 구멍 두 개만 뚫려 있었다. 홀쭉하게 말려 우물대는 입술은 항문과 입술이 비슷한 부위라던 저급한 농담을 증명하는 듯했다. 앙상하게 마른 몸에 걸맞은 앙상한 손가락이 양희 씨의 몸에 담요를 덮어줬다.

어떻게 봐도 〈화성침공〉에나 나올 법한 외계의 손님이 었었다.

엄마야 씨발.

양희 씨는 차라리 기절하고 싶었다. 기절해서 고통 없이 해부되어 죽고 싶었다. 외계인은 그럴 틈을 내주지 않았다. 양희 씨가 정신을 차렸다는 걸 깨닫고는 소파에 편히 기대도록 자세를 고쳐주고 발아래에 풋레스트를 놓았다. 외계인은 소파 옆 작은 테이블 위에 장식품처럼 놓여 있던 인센스 스틱에 불을 붙였다. 부드러운 바닐라 향이 코끝을 간지럽혔다.

양희 씨는 마지막 기력을 쥐어짜 주변을 둘러보았다. 소파 하나와 벽걸이 TV 하나로 꽉 차는 좁은 방이었다. 멀티룸을 연상케 하지만 손님의 사생활을 전혀 존중하지 않는다는 점이 달랐다. 방호복 상의를 허리에 묶은 외계인은 열심히 TV 리모컨을 조작했다. 신호가 잘 잡히지 않는지 앙상한 손가락으로 리모컨 버튼만 눌러댔다. 오랜 인고의 시간이 지나고 마침내 TV 화면이 켜졌다. 외계인이 한숨을 쉴 줄 안다는 사실을 양희 씨는 그때 처음 알게 되었다.

외계인이 허리에 차고 있던 작은 기계를 조작했다. 전자 음성이 울려 퍼졌다. **"좋은 시간 보내세요."**

멀티룸과 다른 점이 하나 더 있다. 멀티룸은 무슨 일이 있어도 밖에서 문을 잠그지 않는다.

서서히 밝아지는 TV 화면처럼, 양희 씨의 온몸에도 기력이 돌아왔다. 여기 더 있다가는 정말 큰일이 나겠다는 생각에 몸을 일으키려는데 TV에 최 박사가 모습을 드러냈다. 그는 흰색 벽을 등진 채 1인용 소파에 앉아 있었다. 미리 촬영한 영상처럼 보였다.

"안녕하세요, 여러분. 이번 시험을 담당한 피블 최입니다. 2박 3일의 힘든 일정을 이렇게나 잘 따라와 주셔서 감사할 따름입니다. 저희는 앞서 마지막 채혈을 진행한 뒤 면담에 들어가겠다고 말씀드렸습니다만, 채혈은 진행되지 않습니다. 대신 이번 임상 시험의 모든 것을 담은 짧은 다큐멘터리를 보여드릴 예정입니다. 재미있게 봐주시고 부디 여러분의 건강을 생각해 잘 결정해 주시기 바랍니다. 그러면 이제 다큐멘터리를 시작하겠습니다."

말이 끝나자 최 박사는 사라지고 머리 위 형광등이 꺼졌다. 적막만 남은 좁은 방 안에서, 눈이 부시게 아름다운 은하수가 화면을 가득 메웠다. 이제는 누가 쓰는지 알 것 같은 외계의 언어가 내레이션으로 깔렸다. 모건 프리먼처럼 중후한 목소리였다. 화면 하단에 한국어 자막이 올라왔다.

우주, 우주의 신비는 이루 말할 수 없이 경이롭습니다!

빅뱅에서 시작된 우주의 역사는 수많은 행성과 문명으로 채워졌습니다. 저희는 오늘 이 자리에서 당신께 지구 밖의 새로운 문명과 문화를 소개하고자 합니다.

양희 씨는 다큐멘터리가 흘러가는 대로 내버려 두고 문을 공략했다. 예상대로 문은 잠겨 있었다. 아무리 기를 쓰고 당기고 밀고 발로 차도 소용이 없었다. 진이 빠져 잠시 숨을 돌리는 사이, 다큐멘터리는 태양이 두 개인 어느 행성으로 향하고 있었다. 대기를 뚫고 바다를 건넌 카메라는 내륙의 어느 한적한 들판에 이르러서야 멈춰 섰다. 지구와 닮았지만, 지구와 닮지 않은 풍경이 펼쳐졌다. 은색 잔디와 촉수 달린 나무들, 들꽃처럼 바닥을 메운 색색의 버섯, 강하게 내리쬐는 두 개의 태양 아래로 부메랑처럼 생긴 생물이 하늘에서 퍼덕거렸고 솜털 같은 날벌레가 그 뒤를 이었다. 그리고 아이들이 있었다. 외계인을 3분의 1 수준으로 축소한 것처럼 보이는 아이 서넛이 달팽이를 닮은 생물과 함께 들판을 뛰놀았다. 어른 외계인 여러 명이 접이식 벤치에 앉아 흐뭇한 얼굴로 아이들을 내다보았다.

이곳이 바로 저희의 행성, 우리의 고향, '랍-곳'입니다. 지구인의

성대로는 발음하기 힘든 지명이지요. 지구와 약 700광년 떨어진 우리의 행성에도 지구의 흔적이 남아 있습니다. 바로 지구인이 우리에게 남겨준 새로운 형태의 기쁨이요, 삶의 활력이 바로 그것입니다.

들판 너머에서 외계인 한 명이 손수레로 피크닉 테이블을 실어 왔다. 다른 외계인에 비해 주름이 깊은 모습으로 보아 노년층으로 보였다. 그는 피로한 얼굴로 수레에서 뚜껑 덮인 큰 접시를 꺼내 피크닉 테이블에 올려놓았다. 접시의 뚜껑을 열자 김이 모락모락 피어오르는 파스타 한 대접이 나왔다. 붉은 양념이 다른 재료와 함께 면발에 묻어 있는 모양새가 무척 먹음직스러웠다. 밤새 속을 비우고 아침까지 걸러서 그런가, 양희 씨의 침샘이 침을 뿜어냈다.

바로 우리 행성의 소울 푸드, 지구인 혈관 볶음입니다.

화목하고 평화로운 분위기 속에서 어른 외계인과 아이 외계인들은 음식을 즐겼다. 어른 외계인들은 우아하게 긴 손가락을 포크 삼아 파스타를…, 아니 면발을…, 아니 지구인 혈관을… 돌돌 말아 호로록 빨아 넘겼다. 아이 외계인들은 입가에 양념을 묻히며 정신없이 먹어댔다. 활기찬 배경 음악에 맞춰 양희 씨는 비명조차 잊고 문으로 달려들었다. 필사적으로 문고리를 돌리고 문을 어깨로 밀고 문틈으로 소리를 질러댔다. "거기 누구 없어요?! 여기 사람이 갇혔어요! 제발 살려주세요!"

영상이 멈추고 머리 위 스피커에서 최 박사의 전자 음성이 흘러나왔다.

"고양희 씨, 진정하고 자리로 돌아가시면 됩니다."

양희 씨는 듣는 척도 않고 계속 문을 두드렸다. "제발요! 정말 아무도 없어요?"

"계속 폭동을 일으키면 다시 전기를 통할 수밖에 없습니다. 진정되면 자리로 돌아가십시오."

전기라는 말에 허리가 괜히 따끔했다. 양희 씨는 덜덜 떨며 다시 소파로 돌아갔다. 눈물을 닦고 스피커를 노려보았다.

"아주 잘했어요. 지금 동영상을 재생할 수 있겠습니까?"

"…동영상을 보면 뭐요, 그러면 날 살려줄 거예요?"

"오해입니다. 우리의 목적은 당신을 죽이는 것이 아닙니다. 오히려 더 진지하고 의미 있는 교류를 하고 싶습니다."

교류하고 싶다면서 당신네가 사람 혈관이나 먹는 걸 보여줘? 양희 씨는 그렇게 말하고 싶은 것을 꾹 참고 고개를 저었다. "제가 그쪽 말을 어떻게 믿어요."

"영상을 끝까지 시청해 주세요. 그러면 우리의 입장을 이해하게

될 것입니다."

스피커가 잠잠해지며 멈춰 있던 영상이 재생되었다. 화면 너머로 외계인들은 문제의 음식을 즐겼다. 정신없이 혈관을 빨아들이다가 유리컵에 든 물인지 술인지 모를 무언가로 목을 축이고 다시 음식에 집중했다. 하인은 바닥을 드러낸 대접을 달팽이에게 내줬다. 달팽이는 남은 양념과 찌꺼기를 말끔히 먹어치웠다.

지구인 혈관 볶음은 한때 랍-곶에서 제일 사랑받는 음식이었습니다. 혈관의 쫄깃한 식감과 톡 쏘는 양념이 한데 어우러진 지구인 혈관 볶음은 누구든 좋아하지 않을 수 없는 맛을 자랑했습니다. 금세기 최고의 히트작이었지요. 나이 인종 상관없이 모두가 즐기는 이 지구인 혈관 볶음은 어떻게 랍-곶인의 마음을 사로잡은 것일까요? 지금부터 알아가 봅시다.

외계인 가족의 일상은 사라지고 짙은 남색의 우주가 펼쳐졌다. 실사에서 애니메이션으로 바뀌었는지, 별이 그득한 우주 한복판에 데포르메가 단순한 원반형 우주선 한 척이 모습을 드러냈다. 작은 창문을 비집고 우주선 내부로 들어가 보니 동글동글한 외계인 캐릭터 여럿이 함교에서 업무를 보고 있었다. 대놓고 삼각형 선장모를 쓴 외계인 한 명이 상석에 앉아 선원들에게 지시를 내렸다. 눈과 입 주변에 단순화한 주름이 가득한 것으로 보아 우주선에서 제일 연장자인 듯했다.

바야흐로 지구력 기준 60년 전의 이야기입니다. 우리의 위대한 캡틴, 앞보-그 선장은 지구에서 지구인 샘플을 채집해 고향 행성으로 돌아가는 중이었습니다. 일정대로라면 지구력 기준으로 30일 후 도착할 예정이었지만, 안타깝게도 불행한 사고가 일어나고 말았습니다.

갑작스러운 굉음과 함께 우주선이 요동쳤다. 화면과 키보드에서 불꽃이 튀고 파이프에서 수증기가 새어 나왔다. 항해사가 작은 소행성을 발견하지 못해 빚어진 참극이었다. 선장은 혼란에 빠진 선원들을 진정시키고 우주선의 상태를 직접 살폈다. 끔찍하다는 말도 모자랄 수준이었다. 소행성과 부딪힌 부위가 연료 탱크와 가까워 상당량의 연료가 우주로 새어 나갔고 통신 장치도 엉망이 되었다. 태양열 전지가 선체 곳곳에 부착되어 있었지만 메인 동력으로 사용하기엔 턱없이 부족했다. 망망대해 한복판에서 조난당하고 만 것이었다.

선장은 급한 대로 작은 캡슐 여러 개에 현재 좌표와 구조메시지를 담아 우주로 쏘아 보냈다. 운이 좋다면 며칠 안에 구조대가 도착할 것이고, 그렇지 않다면 그들은 우주에서 끝도 없는 시간을 보내게 될 터였다.

애석하게도 이 작은 우주선에게 행운의 여신은 찾아오지 않았다. 화면에 자막이 떠올랐다.

조난 107일째(지구력 기준).

우주선의 식량이 모두 바닥났다.

선장은 고심 끝에 특단의 조치를 내렸다. 바로 냉동고에 보관해 둔 지구인 샘플을 섭취하자는 것이었다. 승무원 모두가 난감해했다.

이때 당시 지구는 달에 착륙한 지 얼마 되지 않은 4등급 행성이었습니다. 곳곳에서 무의미한 전쟁이 일어나는 야만스러운 행성으로 여겨졌지요. 랍-곶인은 지구인과의 교류가 절대 불가능하다 판단하고 지구인을 연구용으로 채집·사육하는 상황이었습니다. 이런 상황에서 지구인을 섭취한다는 것은 지구식으로 말하자면 먹을 게 부족하니 썩어가는 쥐의 주검을 먹자는 뜻과 같았습니다. 그런데도 선장은 모든 승무원의 안녕과 건강을 위해 힘든 결정을 내렸습니다.

선장은 조리장과 함께 해동된 지구인 샘플을 조리대에 올렸다. 서양 카툰풍으로 그려진 샘플은 금발의 백인 남성이었다. 이름은 존 하버트. 미국 출신으로 포획될 당시의 나이는 47세. 조리대 위에서 그는 알몸 차림이었다. 애니메이션 제작진은 무슨 생각이었는지 존의 성기를 디테일하게 그려 넣었다.

선장은 자신의 신께 기도를 올린 뒤 지구인 샘플에게 다가갔다. 조리장이 고개를 저으며 뒷걸음질 쳤다.

앞보-그 선장은 고향에서 요리를 잘하기로 무척 유명했습니다. 명절이 되면 자신이 직접 오오즈넘-릿을 잡아 요리하기도 했지요.

내레이션대로 선장은 레이저 식칼을 잡고 능숙한 손놀림으로 지구인의 복부를 갈라버렸다.

이어지는 내용은 유쾌하고 잔인한 성인 애니메이션을 보는 듯했다. 선장은 지구인의 복부를 갈라 내장을 꺼냈고 관절을 분리했다. 각 부위의 살점을 조금씩 뜯어 맛을 봤고, 심장과 연결된 대동맥을 맛보기에 이르러서는 눈을 빛냈다. 조리장은 질색했다. 싫어죽겠다는 티를 대놓고 냈지만, 선장의 강압에 못 이겨 지구인의 대동맥 일부를 입에 담았다. 한참 오물거리던 조리장은 마음을 고쳐먹었다. 그들은 지구인의 살점에서 혈관을 모조리 뜯어내 가열한 뒤 선장의 고향에서 즐겨 먹는 양념을 곁들여 선원들에게 내놓았다. 선장의 명령에도 고개를 젓던 그들은 며칠이 지나서야 허기를 참지 못하고 음식에 손을 대기 시작했다. 모두 조리장과 비슷한 반응을 보였다. 오만상을 찡그리며 음식을 입에 넣었고, 오물거리다가 눈을 반짝였다. 접시 위에 수북하던 지구인 혈관은 금세 동났다.

일주일이 지난 뒤 우주선은 지나가던 상선에 구조되었습니다. 선장은 단 한 명의 선원도 희생시키지 않았다는 공로로 훈장을 받았습니다. 그의 무용담과 함께 우주선의 모든 선원을 살린 신비한 음식 이야기도 세간을 떠돌았습니다. 야만인 취급받던 지구인의 새로운 가치가 드러나는 순간이었죠.

양희 씨는 어느새 풋레스트에 두 발을 올려놓고 다큐멘터리에 집중하고 있었다.

다큐멘터리는 어느새 실사의 영역에 돌아와 있었다. 몰래 촬영한 것처럼 화면이 불안하게 흔들렸다. 간이 천막 아래 모인 외계인 몇몇이 갓 버무려 낸 지구인 혈관 볶음을 맛보고 있었다. 가늘게 찢어진 눈꼬리와 광대까지 올라간 입꼬리로 보아 '맛있다'라는 감흥은 외계인이나 지구인이나 비슷하게 느끼는 모양이었다.

우주선을 살린 신묘한 음식 이야기는 행성 전역으로 퍼져 나갔습니다. 실험용 지구인을 불법 도축하는 일이 빈번하게 일어났지요. 결국 정부는 관련 법 개정과 함께 축산업 종사자에 한해 식용 지구인 사육 및 도축을 허가하게 됩니다. 그렇게 1세대 지구인 목장 '아츠보기재-오드'가 문을 열게 되었습니다.

아츠보기재-오드 목장은 스노볼 안에 학교나 교도소가 들어 있는 생김새였다. 얇은 유리구 안에 무미건조한 건물 여러 채가 서 있었는데, 철문이 열리자 수백의 인간이 건물 앞마당으로 우르르 쏟아져 나왔다. 짧게 머리를 민 인간들은 마치 좀비 같았다. 동공은 죄다 풀렸고 제대로 걷거나 움직이지 못했다. 그들이 목장 앞마당에서 하는 일은 단순했다. 바닥에 드러누워 낮잠을 자거나, 걷거나, 흙을 퍼먹거나, 맨바닥에서 몸을 겹치고 섹스했다. 양희 씨는 메슥대는 속을 부여잡고 외계인이 왜 피험자에게 하제를 먹였는지 이해했다. 토하고 싶은데 위에 든 게 없어 신물만 올라왔다.

아츠보기재-오드 목장이 문을 열고 얼마 지나지 않아, 이와 비슷한 형태의 목장 수십 곳이 행성 전역에 자리 잡습니다. 하지

만 지구인을 자유롭게 방목하여 사육하는 1세대 방식으로는 급증하는 지구인 혈관 수요를 감당하기 힘들었습니다. 그리하여 저희는 지구인의 본고장인 지구의 사육 방식을 벤치마킹하기에 이르렀습니다. 2세대 지구인 목장이 탄생한 것입니다.

화면이 스노볼 속 학교에서 연구소 건물로 바뀌었다. 자신이 있는 연구소와 매우 흡사하게 보여 양희 씨는 숨을 죽였다. 하지만 자세히 보니 하늘의 색채며 나뭇잎 형태도 지구와 전혀 달랐다.

연구소 내부는 마치 창고처럼 벽 하나 없이 통째로 뚫려 있었다. 그 넓은 공간에 침대가 가득했다. 펫 숍처럼 열 개 단위로 쌓아 올린 침대에는 다양한 인종과 성별의 인간들이 누워 있었다. 모두 알몸이었고, 눈을 감고 있었으며, 입과 사타구니에 굵은 고무관이 연결되어 있었다. 그게 무얼 뜻하는지 더는 생각하고 싶지 않아 양희 씨는 고개를 돌렸다. 내레이션이 유쾌한 목소리로 말했다.

지구인을 가사 상태에 빠뜨린 뒤, 영양분과 성장촉진제를 강제 주입하는 방식은 사육 업계에 새로운 활력을 불러일으켰습니다. 폭발적인 수요를 감당할 유일한 방법이었지요. 그렇게 랍-곳에서 지구인 혈관 볶음은 행성의 별미를 뛰어넘어 소울 푸드

로 자리매김하게 됩니다. 지구인 혈관 볶음을 판매하는 식당은 한때 수천 곳에 이르렀습니다. 다양한 맛과 식감을 가진 지구인 혈관 볶음 요리가 개발되었죠.

양희 씨는 외계 행성에도 맛집 프로그램이 있다는 사실을 정말 알고 싶지 않았다.

손님이 보는 앞에서 살아 있는 지구인을 직접 도축해 신선한 혈관만 빼내 요리하는 식당이 있다는 사실도 정말 알고 싶지 않았다.

그러나 이런 영광은 오래가지 못했습니다. 작년 지구 기준 10월 10일, 랍-곳의 식문화를 파멸로 이끄는 비극적인 사건이 일어난 탓이었죠.

내레이션의 목소리가 어두워지더니 낯익다 못해 기억에 박힌 풍경이 화면에 펼쳐졌다. 오렌지색 흙바닥, 지구와 닮았으나 결코 지구가 아닌 황량한 사막과 산, 우주비행사처럼 생긴 그림자 셋. 카메라가 느린 속도로 고개를 튼다. 옆에 서 있던 우주비행사 두 명을 비추고는, 그들의 위대한 조국을 상징하는 깃발이 마른 흙 위에 꽂히는 것을 놓치지 않기 위해 카메라는 각도를 조절했다.

화성을 배경으로 화면에 삼각형 모양 그래프가 떠올랐다. 친절하게도 아라비아 숫자가 박힌 그래프였다. 맨 위의 꼭 짓점부터 아래까지. 순서대로 1, 2, 3, 4, 5가 적혀 있었다.

작년 10월, 저희의 꾸준한 사전 교섭과 공작 활동에도 지구는 그들 은하의 '화성'이라는 행성에 발을 들이게 됩니다. 그로 인해 국제우주연맹은 지구가 한 개의 위성과 한 개의 행성을 개척했다고 결론짓고, 지구를 4등급 행성에서 3등급 행성으로 격상시켰습니다.

지구 모양의 아이콘이 그래프에 나타나더니 4등급에서 3등급으로 한 단계 올라갔다.

국제우주연맹에서는 3등급 이상의 행성인을 사육·도축하는 행위를 엄격하게 금지하고 있습니다. 랍-곶은 우주 연맹의 일원으로서 이러한 지침을 따를 의무가 있습니다. 결국 지구의 잘못된 선택으로 랍-곶의 수많은 지구인 목장과 식당은 문을 닫게 되었습니다. 남은 지구인은 지구에 적응하지 못하리라 판단해 살처분되었지요. 이로써, 한 시대를 풍미했던 랍-곶의 찬란한 식문화는 황혼조차 맞이하지 못하고 허무하게 사라지는 것처럼 보였습니다…

화면은 내레이션에 맞춰 허무하게 폐쇄된 목장의 전경을 보여주었다. 문을 닫고 폐업한 식당, 홀로그램 깃발을 흔들며 시위하는 축산업자를 보여주기도 했다. 모두 피로한 얼굴로 확성기를 들고 무어라 소리치고 있었다. 바닥에 드러눕는 이도 있었다. 양희 씨는 입안에 남은 위액 맛과 기묘한 연민 사이에서 흔들렸다.

그리고 화면이 까맣게 물들었다.

내레이션의 목소리는 이제 침울하다 못해 바닥을 기어 다녔다.

대규모 폐업 조치 이후, 불법으로 지구인을 납치·도살하다가 적발되는 일이 늘어나면서 랍-곳 정부는 지구인에게 위해를 가할 경우 관용 없이 처벌하겠다는 뜻을 밝혔습니다. 이렇게 끝나는 줄 알았던 랍-곳의 소울 푸드, 지구인 혈관 볶음은 절망의 끝에서 전혀 뜻밖의 국면을 맞이하게 됩니다. 새로운 돌파구가 마련된 겁니다.

이제 여러분께 밉지-브-락 변호사를 소개하겠습니다.

화면에 한 줄기 빛이 스미더니 이윽고 한 외계인이 암막을 뚫고 나타났다. 진회색 정장에 뿔테 안경을 걸치고 손목에는 명품 시계를 차고 있는 늙은 외계인이었다. 밉지-브-

락 변호사는 들고 있던 태블릿 PC를 유심히 보다가 가느다란 손가락으로 화면을 터치했다. 변호사가 입을 열자 양희 씨는 내레이션의 주인공이 누구였는지 알게 되었다.

저희 법무진은 국제우주연맹의 관련 법규를 세밀하게 분석했습니다. 그 결과 3등급 행성인의 사육과 도축은 금지하지만 행성 간 교류와 물물교환은 가능하다는 사실을 밝혀냈지요. 그러한 사실로 말미암아 저희 업체는 새로운 형식의 축산업을 고안하게 되었습니다. 바로 업체에서 개발한 인공 혈관과 지구 현지인의 혈관을 교환하는 것이었습니다. 그렇습니다, 새로운 사업의 핵심은 바로 이 영상을 보고 있는 당신입니다.

양희 씨는 마른침을 삼키며 자신의 양팔을 붙들었다. 화면 너머 외계인은 깊고 미동 없는 눈으로 양희 씨를 바라보았다.

당신은 2박 3일간의 검사를 통해 선별된 우수한 품질의 지구인입니다. 또한, 저희가 꼭 모셔야 할 고객이기도 하지요. 저희 업체가 교환을 제안하는 이 인공 혈관은 인간의 체세포를 배양해 만든 제품입니다. 혈관 내벽에 노폐물이 쌓이지 않는 건 물론이고 혈전도 예방해 줍니다. 인공 혈관을 이식하면 동맥경화증 환자의 경우 기대 수명이 10년가량 늘어난다는 연구 결과도 있었습니다. 이러한 고무적인 연구 결과를 바탕으로 저희는 고객님께 더욱 안전하고 밝은 미래를 약속드리고자 합니다.

변호사 옆에 작은 화면이 떠올랐다. 노폐물 때문에 두꺼워진 혈관 벽에 혈전이 쌓이다가 결국 혈류가 멈춰버리는, 동맥경화와 혈전의 환장의 컬래버레이션을 보여주는 짧은 애니메이션이었다. 변호사가 손짓하자 병든 혈관은 그들의 연분홍색 인공 혈관으로 바뀌었다. 적혈구들은 인공 혈관이 아우토반이라도 되는 것처럼 빠른 속도로 혈관 속을 내달렸다.

과연 무엇이 당신의 몸을 위한 걸까요? 이대로 집에 돌아가 죽을 날만 기다리기? 아니면 혈관 교환으로 더 나은 삶을 살아가기? 당신의 몸 안에서 힘겹게 산소를 옮기고 있을 적혈구를 생각해 보세요. 심장을 비롯해 간과 폐, 신장 등의 장기가 당신께 선물하는 삶의 찬란함을 생각해보세요. 그리고 무엇보다, 당신의 혈관을 생각해 보세요. 과연 당신은 당신의 혈관을 제대로 이해하고 있습니까? 당신에겐 독이 되는 당신의 혈관이, 저희 행성에서는 억만금을 주고도 사기 힘든 고급 식재료가 되었다는 점을 인지하고 있습니까? 당신의 혈관은 쓰레기가 아닙니다, 다른 방식으로 눈부시게 활용될 수 있어요! 현명한 결정을 내리

리라 믿습니다.

지구에게 축복을, 그리고 이 영상을 보고 있는 당신께 감사를 표하며.

지금까지 시청해 주셔서 감사합니다.

변호사의 기운찬 목소리가 사방으로 흩어지다가 사그라졌다. TV 화면이 까맣게 물들었다.

숨 돌릴 틈도 없이 문이 벌컥 열렸다. 리모컨 조작에 많은 애로 사항을 겪던 외계인이 양희 씨를 향해 고개를 까닥였다.

"박사님과의 면담 시간입니다."

다리는 후들거렸고 계속해서 올라온 신물 탓에 목이 홧홧거렸다. 그래도 양희 씨는 악을 쓰고 인내하며 외계인의 뒤를 따랐다. 그가 안내한 사무실은 좁아터진 시청각실과 비교도 안 될 만큼 넓고 밝았다. 큼직한 창문으로 들어온 가을 햇살이 사무실 한쪽을 따뜻하게 데웠다. 반면 소파에 앉아 있는 피블 최 박사의 낯빛은 더할 나위 없이 칙칙했다. 누렇거나 파란 게 아니라 그냥 회색이다.

최 박사…라고 알려진 외계인은 양희 씨를 보고 눈웃음을 지으며 휴대용 스피커를 만졌다.

"영상을 보러 온 인간들은 대부분 그런 표정을 지었다. 혼란스럽고 두렵고, 때로는 놀라 기절하기도 합니다. 저희도 이 영상을

보여드리는 것이 불편하고 지겹습니다. 제 생각에는 그냥 설명하고 끝내고 싶습니다. 하지만 사업자 등록증을 취득할 때 고객에게 동영상 가이드를 보여줘야 한다는 정부 권고가 있었다."

양희 씨는 길게 심호흡한 뒤 물었다. "정확히 당신들 정체가 뭐예요?"

"저는 이 시험을 조직한 업체의 평범한 영업팀장이다. 나와 부하들은 지구인이 혈관을 교환하도록 설득하는 일을 맡고 있습니다."

최 박사라 부를 까닭도 없어진 영업팀장은 작은 보냉 가방을 꺼내 무릎 위에 올렸다. 그는 일부러 보란 듯이 뜸을 들여 지퍼를 열었다. 가방 안에는 붉고 푸르며 가늘고 굵은 혈관이 국수 면발처럼 뒤엉킨 채 들어 있었다. 변호사의 말이 떠올랐다. 당신의 몸 안에서 힘겹게 산소를 옮기고 있을 적혈구를 생각해 보세요.

"우리의 제안을 수락하면 이 혈관을 이식받게 됩니다. 고통이 없습니다. 후유증이 없습니다. 수술 시간도 짧다. 1시간. 당신에게 반환하기로 합의한 보수가 있습니다." 영업팀장은 보냉 가방의 뚜껑을 닫고는 의미심장한 미소를 지어 보였다. "몸의 혈관을 이 혈관으로 바꾼다는 전제하에, 보수를 내줄 것입니다."

"하지만 이만한 기술력이 있다면 그냥 이걸… 팔면 되는 거 아니에요?"

"우리는 또한 이 혈관을 팔려고 했습니다. 그러나 이 혈관에는 치명적인 단점이 있다. 맛의 근원인 지방과 노폐물이 축적되지 않는다는 것입니다. 새로운 연구 시설을 준비할 방법이 없습니다. 무엇보다 사람들은 천연 제품을 좋아합니다. 인공 혈관보다 수백 배, 수천 배 비싸도 상관없다."

양희 씨는 자연산 석청에 돈을 쏟아붓던 할아버지를 생각했다. 영업팀장의 말을 들어보면 외계인들도 비슷한 듯했다. 인공 제품은 자연산을 절대 따라오지 못한다고 생각하는 것이다.

문제는 그 자연산이 지금 양희 씨의 몸속에 들어 있다는 것이었다. 그리고 양희 씨는 그들 외계 행성의 동영상 가이드 덕분에 외계인이 지구인 몸에서 어떻게 혈관을 빼내는지 모두 보고 말았다. 차라리 다단계였다면, 당신 혈관을 식재료로 사용하기 위해 인공 혈관과 맞바꾸고 싶다는 소리는 안 들어도 되었을 텐데.

양희 씨의 불안을 엿보았는지 영업팀장이 황급히 말을 이어갔다.

"잘 들으십시오. 이것은 결코 나쁜 거래가 아닙니다. 우리는 매우 합법적인 사업체로, 당신에게 위해를 가하고 싶어도 그럴 수 없습니다. 자격이 정지돼요. 무엇보다."

영업팀장은 집게손가락을 들어 올렸다. "당신 파트너도 교환을 고려 중입니다."

파트너라는 말에 양희 씨는 자신도 모르게 목소리를 높였다. "지금 보선 씨를 말하는 거예요? 보선 씨에게 무슨 짓을 한 거죠?"

　"난 아무 짓도 안 했어요. 내가 말했듯이, 우리는 감전으로 당신을 다치게 하고 싶지 않았습니다. 하지만 당신과 박보선 씨의 미래를 생각해 보세요. 우리의 테스트 결과에 따르면 귀하와 귀하의 파트너는 20년 이내에 심혈관 문제가 발생할 확률이 76퍼센트입니다. 결코 적은 숫자가 아닙니다. 고양희 씨가 수락했다고 하면 박보선 씨도 수술을 받을 것입니다. 지구인은 100세 시대라고 하지 않습니까?"

　테이블 위로 태블릿 PC 한 대와 봉투 하나가 올라왔다. 태블릿 PC에는 굴림체로 쓰인 혈관 교환 계약서가 띄워진 상태였고 봉투에는 영화 예매권 두 장이 들어 있었다. 대체 우리 대화는 언제 엿들은 걸까.

　영업팀장은 원하는 만큼 계약서를 살펴보라고 이야기했다. 어차피 할당량은 모두 채웠다고 말했지만, 초조할 때 다리를 떠는 버릇은 외계인이나 지구인이나 마찬가지인 모양이었다.

　"만약 제가 이 제안을 거절한다면요?"

　"거절해도 이해합니다. 이 경우 기억 상실 절차를 거친 뒤 보상금의 일부를 받게 됩니다."

"제가 이 수술을 받는다고 해도 기억은 없어질 테고요. 내 말이 틀려요?"

영업팀장은 대답 없이 어깨를 으쓱였다. 그러니까 결국은, 싫다고 거절해도 수술을 강제할지도 모른다는 뜻이었다.

양희 씨는 자신의 손목을 내려다보았다. 얇은 피부 밑에서 푸른 정맥이 실타래처럼 얽혀 있었다. 그보다 더 깊은 곳에 자리한 동맥을 생각해 보았다. 지난 며칠간 좋다고 먹어 치웠던 대게 살과 디저트만큼의 콜레스테롤이 피를 혼탁하게 만들었을 것이다. 인공 혈관으로 교체하면 만회할 수 있다. 그의 말대로 과거에도 미래에도 이보다 더 좋은 거래는 없다.

이미 발목이 잘린 사람을 보지 않았나. 젊은 나이에 쓰러져 60이 다 되도록 침대에서 일어나지 못하는 사람을 알고 있지 않은가.

76퍼센트.

나도 보선 씨도 그렇게 망가질 바에야 차라리.

지구인 혈관 볶음을 먹어치우던 어린 외계인의 환한 미소가 머릿속에 어른거렸다.

양희 씨는 오래도록 자신의 손목을 내려다보다가 고개를 들었다.

"부탁 하나만 더 들어주면 생각해 볼게요."

영업팀장은 흥미롭다는 듯이 고개를 기울였다.

✳

양희 씨는 건물 밖으로 나가자마자 깊게 숨을 들이켰다. 신선한 피톤치드가 코를 통해 폐로 깊숙이 들어왔다. 내쉬는 숨에는 아쉬움이 한껏 묻어났다. 내년 설에 시골로 내려가는 대신 이런 한적한 산이나 바다에서 호캉스나 누리고 싶건만. 정말 한숨만 나온다고 생각하다가 양희 씨는 쇼핑백을 고쳐 잡으며 마음도 고쳐먹었다. 이곳에서 얻은 게 돈뿐이 아니라는 걸 떠올리면서.

버스에 올라타니 보선 씨가 뒷자리에서 손짓하는 게 보였다. 양희 씨는 수거함에서 스마트폰을 찾아 챙긴 뒤 보선 씨의 옆자리로 향했다. 보선 씨는 쇼핑백을 보자마자 눈을 크게 떴다.

"그게 웬 거예요?"

"베개요." 양희 씨는 쇼핑백에서 보란 듯이 베개를 꺼내 흔들었다. "설마설마 했는데 진짜 줄 거라고는 생각도 못 했어요."

채혈이 끝난 뒤 이어진 면담 자리에서, 양희 씨는 차마 베개를 달라는 소리는 못 하고 베개 브랜드만 물어봤다. 최 박사는 진작 눈치챘다는 듯 직원을 시켜 쇼핑백에 베개를 담아 건넸다. **"선물입니다."** 베개는 건조기에서 막 꺼낸 것처럼 부드럽고 포근했다. 어릴 적 가지고 다니던 곰 인형처럼 마음을 진정시키는 힘을 가지고 있었다.

양희 씨는 베개를 좌석 머리 받침에 놓고 머리를 기댔다. 절로 황홀한 신음이 흘러나왔다.

"진짜 이거 하나로도 여기서 피 뽑은 보람이 있다니까요."

보선 씨가 옆에서 입을 삐죽였다. "그러면 나는 보람이 못 돼요?"

"그 나이 먹고 설마 베개를 질투하는 건 아니죠?" 양희 씨는 쇼핑백에서 다른 베개 하나를 꺼내 보선 씨에게 건넸다. "그래서 보선 씨 것도 하나 챙겨 왔죠."

"양희 씨…" 보선 씨는 얼굴을 붉히며 베개를 끌어안았다. "정말 고마워요. 사실 저도 이 베개 눈독 들이고 있었거든요. 말은 못 꺼내봤지만요."

"근데 보선 씨도 이거 받았어요?"

양희 씨는 주머니에서 영화 예매권을 꺼내 보선 씨에게 건넸다. 보선 씨는 처음 보는 눈치였다. "아니요, 나는 못 받았어요" 하며 보선 씨는 조용히 예매권을 살폈다. "근데 이거 지역 영화관과 연계된 거라서 강릉 시내에서밖에 못 쓰네요."

"거참 너무하네, 전 지방에서 다 몰려왔는데. 이런 거는 돈을 아끼지 말아야지.”

보선 씨는 스마트폰을 톡톡 건드리더니 화면 하나를 보여 줬다. “마침 강릉의 이 영화관에서 오늘 〈화성침공〉을 상영 한다고 해요. 시간이 조금 애매하긴 한데…”

영화 포스터 속 외계인을 보자마자 반사적으로 대답이 나 왔다. “아니요, 됐어요.” 양희 씨는 이유도 없이 속이 울렁거 려 연신 침을 삼켰다. 버스가 출발하지도 않았는데 벌써 멀 미하는 기분이었다. “아까까지는 괜찮았는데 이상하게 안 땡기네요. 차라리 다른 영화를 보는 게 낫겠어요.”

“그나저나 강릉역 도착하면 먼저 밥부터 먹지 않을래요? 아침도 점심도 걸렀더니 배가 너무 고파요. 뭐 먹고 싶은 거 없어요?”

그 말을 듣는 순간 양희 씨의 머릿속에 파스타 같기도 하 고, 아귀찜 같기도 한 음식이 떠올랐다. 붉고 푸른 면발에 양 념이 가득 묻은 것이 무척 맛깔나 보였지만 이상하게 입맛 은 돌지 않았다. 반면 다른 음식을 떠올리니 금세 입에 침이 돌았다.

“곱창 어때요?”

“점심으로요? 이틀 내내 기름지게 먹었잖아요.”

“오늘은 안 먹었잖아요. 곱이 가득 들어찬 곱창을 후루룩 먹고 싶어서 그래요. 아니면 대창도 괜찮고요.”

얼마 지나지 않아 버스 기사가 운전석에 올라탔다. 문이 닫히며 곧 출발하겠다는 안내가 들려왔다. 양희 씨는 안전벨트를 매다 말고 잠시 생각에 잠겼다.

"국수라면 몰라도 곱창을 후루룩 먹지는 않죠. 내가 왜 그렇게 말했을까요."

"나는 후루룩 먹는다는 말이 듣기 좋은데요. 양희 씨라면 정말 후루룩 먹을 것 같아요."

보선 씨는 그렇게 말하며 양희 씨를 향해 오른손을 내밀었다.

"강릉역에 도착할 때까지만요."

자세히 보니 보선 씨의 오른쪽 손목이 이상하게 휑했다. 무언가 있어야 할 것 같았지만 양희 씨는 더 신경 쓰지 않기로 했다. 그보다는 보선 씨의 손을 잡는 게 먼저였다. 버스는 연구소 대지를 완전히 나와 굽이진 도로로 들어섰다. 맞잡은 손에서 보선 씨의 맥박이 미약하게 느껴졌다. 양희 씨는 입 안에 들어찰 파스타 면발의…, 아니 푸르고 붉은 돼지 혈관의…, 아니 곱창의 기름진 맛을 상상하며 보선 씨의 손을 더욱 힘주어 잡았다.

이멍

1991년 출생. 서울에서 학창 시절을 보낸 뒤 고양시에 정착했다. SF와 거리가 먼
삶을 살아오다가 폴라리스 SF 창작 워크숍에 참여한 것을 계기로 글을 쓰게 되었다.
스릴러와 서스펜스 수사물을 사랑하며 평생 피 냄새 그윽한 글을 쓰는 것이 소원이다.
「후루룩 쩝쩝 맛있는」으로 제5회 한국과학문학상 가작을 수상했다.

작가노트

3,500원의 고민

내가 사는 동네에는 분식집이 없다. 그래서 떡볶이나 순대를 먹으려면 버스로 20분 거리에 있는 시내까지 가야 하는데 언제부터인가 인근 아파트 단지에 분식차가 찾아오기 시작했다.

일주일에 한 번, 목요일 오후에 반짝 찾아오는 분식차는 떡볶이와 튀김, 순대는 기본이요, 트럭 옆에 천막을 쳐놓고 갓 튀긴 호떡이나 삶은 옥수수 따위를 함께 팔았다. 아마 부부였겠지 싶다. 아내는 떡볶이를 휘젓고 남편은 호떡을 튀기고. 자연스레 나의 목요일 퇴근 루틴에 분식차가 더해졌다. 솔직히 말해 떡볶이는 맛이 없었다. 떡은 불어 있기 일쑤였고 양념에서 느껴지는 시큼한 맛은 입맛을 돋우기는커녕 식중독을 걱정하게 만들었다. 그래도 순대나 튀김은 먹을 만했다. 나는 편의점 떡볶이를 곁들이는 식으로 완벽한 분식 상을 차리곤 했다.

운명의 날에도 나는 순대와 튀김을 생각하며 직장에서 아파트 단지로 이어지는 둑방 길을 걷고 있었다. 둑방 길은 왼쪽에는 물이 찰랑 찰랑 차오른 논이 자리했고, 오른쪽에는 경사를 두고 공업사가 들어서 있어 신경 쓰지 않으면 논에 발을 처박거나 고철 더미 위로 미끄러지기 십상이었다. 시선을 발아래에 두고 일부러 질경이나 민들레 같은 풀이 난 곳으로 발을 내딛는데 불현듯 그런 생각이 떠올랐다. 순대를 사 들고 집으로 가다가 외계인에게 납치당하는 양희 씨.

납치당한 이유는… 그래, 지구인의 혈관이 맛있다고 외계인들 사이에서 소문이 났거든. 근데 외계인이 엄청 젠틀하게 구는 거지, 구글 번역을 써서 소통하고. 왜냐면 제대로 된 번역기를 쓸 돈이 없었거든.

그런저런 생각을 하며 혼자 낄낄거렸다. 낄낄대며 분식차로 가서 튀김과 순대를 샀다. 그날 순대는 잘못 삶은 건지 아니면 물건을 떼어 올 때 문제가 있었는지 돼지 비린내가 났다. 나는 비린내 정도는 신경 쓰지 않았으므로 말끔히 먹어치웠고 그렇게 지구인 혈관 볶음은 내 뇌리에서 잊히는 듯했다. 하지만 다음 주 목요일에 분식차로 향하는 둑방 길에서 다시금 그 아이디어가 떠올랐고, 정신을 차리고 보니 글을 쓰고 있었다. 외계인의 소울 푸드, 지구인 혈관 볶음.

고백하자면, 초고를 쓸 당시에는 정말 아무 생각이 없었다. 동물권은커녕 축산업에 드리운 짙은 그림자에 대해서도 전혀 신경 쓰지 않았다. 철저히 자기만족의 산물이었고 혼자 낄낄대는 것만으로 충분하다고 생각했었다. 그러나 글을 거듭 수정하면서 사실 나조차 의식하지 못했던 어떤 의미가 섞여 있다는 걸 알게 되었다.

어떤 글은 쓰면서 깨닫게 된다. 자신도 몰랐던 속뜻을 알게 된다.

남의 살과 내장을 입 안에 집어넣고 씹고 맛보고 소화시키는 행위는 사실 무척 잔혹하다. 죽음을 전제로 이루어지는 것이니까. 그럼에도 우리는 먹는다. 사실 알면서도 먹는다.

그리고 나는 남의 살과 내장을 사랑하는 사람이다. 과거형으로 말하지 못하는 이유는, 여전히 생각이 날 때마다 순대를 사 먹기 때문이다. 제대로 움직일 공간도 없는 좁은 우리를 안다. 새끼 돼지의 꼬리를 자르는 이유를 안다. 자기가 싸지른 배설물을 몸에 묻히고 무기력하게 누워 있는 돼지의 눈을 알면서도 그렇게 된다. 돼지의 피가 가득 담긴 순대를 먹고 돼지의 심장과 허파와 위와 간을 먹게 된다.

왜 남의 살은 맛있는 걸까, 왜 우리는 이런 식으로 진화한 걸까, 마음을 굳게 먹고 이제부터라도 바꿔나가야 하지 않을까.

나의 욕망을 조금만 자제하면 될 일인데 왜 쉽지가 않을까.

글을 쓰기 전에는 전혀 신경 쓰지도, 생각하지도 않았던 문제를 이제는 매일매일 곱씹게 된다.

2022 제5회 한국과학문학상

심사평

김보영 · 김성중 · 김희선 · 강지희 · 인아영

김보영
2004년 제1회 과학기술 창작문예 중편 부문에서 수상하며 작가 활동을 시작했다.
「7인의 집행관」으로 제1회 SF 어워드 장편 부문 대상을, 「얼마나 닮았는가」로
제5회 SF 어워드 중단편 부문 대상을 수상했다.

심사평

모두의 찬란함에 찬사를

　지금까지와는 응모작의 양상이 크게 변하여, 지난 2년간 한국 SF 시장이 얼마나 급변하고 성장했는지 알 수 있었다. 한국과학문학상이 한 해 쉬었기 때문일 수도 있겠으나, 응모작이 이전의 두 배 이상 늘었고 수준도 그만큼 높아졌다. 개인적인 소견으로는 한시적으로 당선작이 열 편으로 늘어도 좋겠다 싶었다. 어쩔 수 없이 작품을 하나씩 떨어트릴 때마다 심사위원들 사이에서 탄식이 새어 나오기도 했다. 유례없이 좋은 작품이 많은 해였음을 이해해 주시고, 탈락한 분들도 실망하지 말고 다른 기회를 잡아 작가로 활동할 수 있기를 기원한다. 또한 당선작은 모두 훌륭했으니 모두의 건필을 기대한다.

　만약 작년에 한국과학문학상이 쉬지 않았다면 최소한 다

섯 명의 작가가 더 태어났으리라는 생각에 안타깝기만 하다. 이 상이 부디 매년 유지되기를 기원한다.

당연한 이야기일 수도 있으나, 소설로서 기본기는 있지만 과학적 논리가 부족한 작품과, 과학 이론은 열심히 넣었으나 소설로서 부족한 작품이 동시에 눈에 띄었다. 굳이 둘을 비교하자면 전자가 낫겠지만, 어느 한쪽의 결함이 너무 크면 당선되기 어렵다. 우선 이것이 과학 공모전이 아니라 문학 공모전임은 두말할 필요가 없다. 글쓰기의 기본이 무엇보다 우선이니 문장과 소설 구성의 기본에 충실하기를 바란다. 또한 아는 과학 지식을 있는 대로 욱여넣으려는 욕심을 버리고, 담긴 과학 지식이 미미하더라도 정확하고자 애쓰는 편이 좋다. 부정확한 과학을 허술하게 늘어놓으면 안 넣느니만 못하다.

AI에게 취업 시장을 빼앗기리라는 공포, 그중에서도 창작 AI가 창작의 영역을 잡아먹으리라는 공포를 다룬 작품이 많이 눈에 띄었다. 응모자들의 나이대에 취업이 가장 큰 이슈고, 소설가 지망생의 취업 시장은 창작 분야라 나타난 현상이려니 한다. 하지만 SF 작가라면 어떤 기술이 '실재하고' 어떤 기술은 '상상의 영역'인지를 구분할 필요가 있겠다. 우주 정거장이나 우주선이 아무리 SF적인 상상 같아도 실재하는 기술이듯이, AI 창작이 아무리 SF적인 상상 같아도 현실에 어느 정도 실재하는 기술이다. 실재하는 것은 우선 조사하고 연구할 문제지 혼자 상상할 문제가 아님을 생각해 보기 바란다.

지금 활동하는 작가 이름을 곧바로 떠올릴 수 있을 만큼 스타일이 닮은 작품이 많이 눈에 띄는 것도 지금까지와 다른 점이었다. 그만큼 한국 SF 시장이 빠르게 성장했다는 뜻이려니 한다. 하지만 창작은 자신만의 독자성이 필요한 분야다. AI 창작의 한계와 연결해서 생각해 볼 수 있을 것이다. 자신만의 스타일을 만들고자 한다면 지금 유행하는 작품 이외에도 다양하게 읽어볼 필요가 있겠다.

공지된 분량을 훌쩍 넘긴 긴 소설이 많은 것도 이전과 다른 점이었다. 중·단편 분야에 경장편에 가까운 소설이 상상 이상으로 많이 투고되었다. 웹소설 시장의 성장으로 웹소설과 단편을 동시에 준비하는 사람이 늘어났거나, 영화사의 투자가 있다는 소식에 장편 영화 분량을 쓰려는 압박이 있었던 것이 아닌가 추측해 본다. 하지만 단편과 장편의 미덕은 다르다. 중·단편 분야에 장편의 구조를 가진 글을 투고하면 점수가 깎일 뿐이다. 중·단편은 밀도와 압축미가 필요하니, 쓰던 이야기가 길어졌다면 압축할 방법을 고민했으면 한다. 이야기를 압축할 수 있는 작가라는 증명 또한 필요하다.

그 외에는 아직 필력은 부족해도, 아이디어가 빛나는 작품이 많았다. 응모자들이 장르 문법에 익숙해지고 있다는 생각에 반가웠다. 앞으로 시장이 더 커지고 풍부해지리라고 기대할 수 있었다.

다음은 내가 1차 예심에 올리지는 못했으나 기억에 남은 작품이다. 장점이 뚜렷한 글들이었으니 조금 더 다듬어 다른 기회를 노려보기를 바란다.

「플라스틱 아마게돈」은 12시간 뒤에 지구가 멸망하는 것이 알려진 세상의 우스꽝스러운 소동극이다. 내내 웃음을 자아냈고 장점이 많은 글이었다. 단지 짧은 글 안에서 개그와 스릴러와 감동과 철학을 모두 욕심내어, 어떤 감정을 가져야 할지 모르겠다는 기분으로 마무리가 된 점이 아쉬웠다.

「VV Inner」는 화성을 배경으로, 잘 짜인 세계관에 추리와 스릴러가 섞인 전개가 좋았다. 캐릭터가 좋고 전개가 시원시원했다. 단지 주어진 분량에 비해 인물과 사건, 이야기의 결이 너무 많았다. 느린 전반부에 비해 서둘러 봉합한 결말도 아쉬웠다. 하나의 사건으로 압축하거나 장편으로 개작해보는 것을 추천한다.

「삼나무 숲의 파수꾼」은 '옛날 옛날 아주 먼 우주에서…'

로 시작할 듯한 판타지 우주 활극이었고 개성 있는 캐릭터와 깔끔한 전개가 돋보였다. 단지 지나치게 익숙한 배경설정에 시리즈의 프롤로그처럼 끝나는 불완전한 결말이 아쉬웠다.

「새로운 지적 생명체와의 공존에 대하여: 다큐멘터리」는 진화한 침팬지를 소재로 한 보고서 형식의 소설로, 동물권의 문제를 다각도에서 고민한 좋은 글이었다. 하지만 방대한 분량에 비해 소설 내에서도 언급되는 영화 〈혹성탈출〉의 고민에서 과연 얼마나 더 나아갔는가에 의문이 있었다. 보고서 형식의 글은 실상 소설을 쓸 수 있다는 증명이 되지 않기 때문에 논리에 더욱 깊이와 정교함이 필요하다.

「잠공기부」는 환상적이고 아름다운 글이었으나 인간이 산소 호흡을 못 하게 되었다고 보았을 때 논리에 갸웃하게 되는 부분이 많았다. 「환상적인 별」은 과도한 경쟁 교육을 '바깥으로 밀려나는' 설정으로 풍자한 점이 좋았으나 결말이 급작스러운 면이 있었다. 「마지막 피터」는 아이디어가 좋고 단편으로서 깔끔한 작품이었으나 문장이 다소 부족했다. 「빗속으로」는 넓은 공간을 무대로 액션 영화처럼 질주하는 전개가 좋았다. 공간을 좁게 쓰는 글이 많았기에 넓게 쓰는 작품이 등장하여 기뻤으나 역시 문장 훈련에 아쉬움이 있었다. 「판타스틱 리조트 작동 매뉴얼」은 가상현실에서 일어날 법한 다채로운 상상력이 넘치는 소설이었다. 하지만 아이디어가 쏟아지는 것에 비해 구성이 느슨하여 아이디어를 소화하지 못하고 늘어놓았을 뿐이라는 기분이 컸다. 아이디어를 압축하여 단편으로 만들거나 늘여 장편으로 만들면 좋을 듯하다.

다음은 여러 심사위원의 선정으로 1차 예심에 올라온 작품 중 기억에 남은 작품이다.

「먼지보다 가벼운 기록」은 경쾌한 스페이스 오페라였다. 전개가 시원시원하고 캐릭터가 선명하며, 눈에 선하게 그려지는 시각적 묘사가 훌륭했다. 각 장마다 다음 전개가 궁금해지는 구성에서 연륜이 느껴졌다. 단지 이미 존재하는 영화와 설정이 유사해 보이는 점이 고민이었고, 탄탄한 전반부에 비해 결말이 성급했다. 보통 분량을 넘긴 작품은 더 압축하기를 바라게 되는데, 이 작품만은 몇 챕터만 더 있었으면 싶었다. 약간만 늘려 경장편으로 개작해 보면 어떨까 한다. 본심에서 가장 마지막까지 경합했고 여러 심사위원의 지지를 받았다.

「하나의 영원」은 클리셰로 시작하여 클리셰로 전개되는 작품이기는 했으나, 담긴 감성만은 살아 있었다. 즐겁게 쓴 글이었고 사랑스러운 이야기였다.

「완벽한 출산」은 비인간적인 교육열과 그에 따른 부모의 희생과 고통을 극단적인 상상으로 몰고 간 작품이다. 읽으며 몹시 고통스러웠으나, 그만큼의 감정을 주었다는 것만으로도 칭찬하고 싶다.

「인류애」는 초현실적인 설정을 소재로 하면서도 전개는 논리적으로 꾸려나간 좋은 작품이었다. 서두가 길고 주요 인물이 늦게 등장하는 등, 구조가 조금 산만한 점이 아쉬웠다.

「나와 김혜이 그리고 오전 다섯 시의 안드로이드」는 학대 가정에 들어온 가사 로봇을 통해 인간사를 통찰하는 소설이다. 깊이 들여다본 지점도 있는 반면에, 미래의 인권법을 제시하는 부분은 다소 안일하여 잘못 읽힐 가능성도 있어 보였다. 가정 폭력의 희생자이자 성소수자인 주인공의 고난과 로봇의 고난이 병치하는 가운데, 가족의 시선에 따라 로봇이 다르게 보이는 해석에 깊이가 있었다.

장편 「멀고도 가까운 빛」은 하나의 주제로 끌고 간 안정적이고 서정적인 작품이라 기억에 남았다. 기본기가 좋았고 짜임새가 있었다.

다음은 중·단편 당선작에 대한 평이다.

가작인 「옛날 옛적 판교에서는」은 현실감 넘치는 게임 개발 현장 묘사가 발군인 소설이었다. 옛 시대에 머물러 있는 낡은 개발자에 대한 풍자가 문장마다 웃음을 자아내었다. 창작 AI를 소재로 한 작품 중에서도 발군이었고, 게임 현장뿐 아니라 AI에 대한 통찰이 깊은 소설이었다. 사소한 위화감이 이어지다가 화자의 정체가 드러나는 순간이 탁월했다.

「후루룩 쩝쩝 맛있는」은 '먹고 싶다'는 절실한 욕망의 문제를 개그와 코스믹 호러를 섞어 그려낸 유쾌한 작품이다. 음식의 묘사가 내내 군침을 돌게 했고 기본기가 탄탄하여 즐겁게 몰입했다.

「책이 된 남자」는 디지털 인격이라는 소재를 고대 연금술, 수도원의 필사 작업과 연결하여 판타지적으로 그려낸 하드 SF였다. 수도원과 디지털 기록을 연결하는 상상이 그간 전혀 없었다고는 할 수 없겠으나, 최소한 현대 한국에서 보기 어려운 발상이며, SF 팬으로서 이 정도까지 나아간 작품을 발견하여 반가웠다. 처음부터 끝까지 일관된 논리로 밀도 있게 전개한 작품이다.

「신께서는 아이들을」은 아름다운 환상소설이었다. 판타지에 가깝다는 평도 있었으나 자신만의 독창성과 논리로 세계를 구성하여 설득력을 주었다. SF의 '과학'은 흔히 생각하듯 자연과학만이 아니며, 자신만의 세계를 만들어 가는 논리의 아름다움을 뜻함을 상기시켜 주는 좋은 지표가 되지 않을까 한다.

우수작인 「블랙박스와의 인터뷰」는 기성작가라고 해도 믿을 만큼 안정적인 필력과 구성으로 전개한 소설이었다. 대상인 「루나」와 함께 여러 심사위원의 지지를 받았고 대상 선정 과정에서 긴 토론이 있었다. 통계에 담기지 않는 소수자의 소리를 찾아 듣는 문제를, 생체 데이터가 주류가 된 시대에 고전적인 방식으로 인터뷰하는 설정을 통해 심도 있게 그려내었다. 담긴 메시지가 따뜻하고 결이 풍부한 작품이었다.

작품의 수준이 높아졌고 좋은 아이디어가 많이 응모되었다고는 하나, 개인적으로 전에 본 적이 없는 새로운 이야기를 보리라는 기대는 없는 편이었다. 하지만 대상인 「루나」는 첫 문장부터 감탄했다. 우주 유영을 해녀의 물질에 비유하여 문학적으로 아름답게 변주한 작품으로, 한국에서밖에는 나올 수 없는 작품으로 본다. 시각적으로도 빛나는 작품이었다. 우수한 작품이 많은 해라 작품의 장점의 가치를 비교할 수밖에 없었는데, 무엇보다 이 작품의 독창성과 신선함에 큰 지지를 바쳤다.

김성중

1975년 서울에서 태어났다. 2008년 중앙신인문학상을 받으며 작품 활동을 시작했다. 소설집 『개그맨』, 『국경시장』, 『에디 혹은 애슐리』, 중편소설 『이슬라』가 있다. 2010년·2011년·2012년 젊은작가상, 2018년 현대문학상 등을 수상했다.

심사평

플래시포워드Flashfoward의 소설

　2022년을 살아가는 우리에게 SF는 장르 소설인가? 나는 아니라고 생각한다. 과학 기술의 발전이 가져오는 변화를 우리는 지구의 자전 속도에 어지럼증을 느끼지 않듯 자연스럽게 받아들이고 있다. 반면 과학에서만 통용되던 개념이 세계의 작동에 대한 메타포로 넘어오고 인문학적으로 해석되기도 한다. 무엇보다 지난 3년간 전 인류를 단일한 조건에 세워놓는 팬데믹을 통과하며 우리 모두 SF의 등장인물처럼 살아왔다. 어렸을 때 상상한 미래 사회가 생각보다 빨리 도래한 지금, 우리에게 사이언스 픽션은 특정 독자군을 겨냥해 만들어지는 진입 장벽이 높은 소수의 문학이 아니다.

　…이런 생각에서 한국과학문학상 심사 요청이 들어왔을 때 도전해 보겠다는 결심을 했다. 수포자에 문과생, 신춘문

예 출신의 이른바 '순문학 작가'로 분류되는 내가 이 심사에 응하려면 모종의 개념 정리가 필요했다는 소리다. 심사를 하는 동안 나는 내 판단이 맞다는 것을 확인했다. 응모작의 폭증으로 심사기간이 두 배로 늘고, 원고를 읽는 동안 해가 바뀌어 이듬해 2월에도 '작년'에 머물러 있을 때는 약간 후회 했지만, 그럼에도 이 과정이 즐길 수 있던 것은 '한국과학문 학상 응모작'이라는 렌즈를 통해 세상을 보는 것이 신선하고 새로운 공부였기 때문이다.

심사를 하다 보면 주제와 소재가 유독 몰려 있는 구간이 눈에 띄기 마련이다. 해마다 '경향'이라는 게 발생하기 마련 이니까. 그런데 예심으로 받은 원고를 읽으면서 의외로 겹 치는 소재들이 적고 도전하는 주제도 다채로워서 상상의 풀 이 넓다는 느낌을 받았다. 한국 과학 소설에는 '이것이 모범 적으로 잘 쓴 SF다, 선호되는 세계다'라는 은연중에 통용되 는 전통이 없기에 오히려 홀가분하게 젊고 발랄한 작가들이 모이는 것은 아닌가 하는 가설도 혼자 세워보았다. 원고 하 나하나를 작은 퀼트 한 조각이라 치면, 그 모든 조각을 모아 만든 하나의 거대한 작품을 상상한다면, 내가 그 앞에서 받 은 작품의 정서적인 특징은 크게 두 가지다. 사랑과 공포심. 의외로 멜로의 비중이 높았는데 아마도 비인간·로봇·인공 지능을 다루면서 인간의 대표 감정인 사랑이 중요하게 다뤄진 것 같다. 두려움은 기술 공포증에서 기인한다. 이만한 기술 문명을 만끽한 대가가 있으리라는 무의식이 종말과 절멸의 디스토피아 서사를 만들어 냈다. 그 때문인지 종교적 색채를 지니는 작품도 더러 있어 눈길을 끌었다.

단편소설 예심을 거쳐 본심에 올라온 작품을 일독하자 난처하고 호사스러운 기분이 들었다. 흥미로운 작품이 너무나 많았기 때문이다. 본심에서 집중적으로 다뤄진 소설에 대한 나의 독후를 톺아보면 다음과 같다.

「루나」는 신선하고 환상적인 작품이다. 활발한 상상력을 가진 이 젊은 작가는 상상을 직관적으로 떠올릴 수 있는 이미지로 시각화하는 데 능숙하다. 제주 해녀들을 우주에 띄우고 해물 대신 광물을 채취하게 만드는 상상력! 할머니 해녀들이 우주를 유영하는 모습은 구체적으로 떠올릴 수 있으면서도 아름답다. '삼무호'는 할머니와 손녀로 이루어진 여자들의 공동체로 공동노동과 육아, 생존으로 연결된 하나의 대가족이다. 주인공은 전체가 아닌 '개별'로 존재하고 싶다는 욕망과 늘 살아오던 세계의 일원으로 남고 싶다는 욕망 사이에서 갈등한다. 나에게 이 소설은 '우주 동화'처럼 다가왔는데 이를테면 『잠자는 숲속의 공주』가 잠에서 깨어났을 때 왕자를 따라갈 것인가, 어머니와 자매들로 이루어진 성에 남을 것인가 하는 문제를 다른 층위에서 확장시킨 것 아닌가 하는 생각이 들었다. 그런데 이 선택은 '내가 어디서 왔는가'라는 기원에 달려 있다. 나의 기원 중 하나는 지구, 다른 하나는 우주일 것인데 각각 양쪽을 상징하는 '남자(피요르트)'와 '자매(이오)'가 주인공에게 양가적인 감정을 불러일으킨다. 보수적인 이오가 명줄을 끊고 우주로 풀려 나갈 때, 먼지 아이를 '동생'이라 부르며 구하러 갈 때, 이것이 죽음을 향해 가는 것인지, 한계를 넘어 도약하는 것인지 우리는 알 수 없다. 이 소설은 젊은 여성이 자신의 정체성을 깨닫기 위해 겪는 내면 갈등을 다루는 것처럼 보인다. 중급 해녀 심사를 앞두고 나는 어디로 갈 것인가? 기원이자 생명의 시작 지점인 지구에? 혹은 또 다른 기원이자 이오와 할망의 세계인 우주에? 작품은 확실한 선택보다 명줄의 '가벼운 떨림'을 응시하는 것으로 마무리한다. 문장은 헐거운 듯 가독성이 좋고 장면은 시각적인 동시에 상징적이다. 작품의 독창성, 통과한 다음에도 휘발되지 않는 잔여 감정이 가장 길게 남았기에 치열한 토론 끝에 이 소설이 당선작으로 선정되었다.

「블랙박스와의 인터뷰」는 사회학적, 인류학적인 상상력을 SF에서만 물을 수 있는 방식으로 풀어낸 점이 가장 돋보였다. '인간이 기술적으로 신체 없이 의식만 유지하게 될 때 그들의 목소리를 어떻게 들을 것인가?' 하는 질문은 근미래에 실제로 벌어질 수 있는 일이기도 하고, 장애인 이동권 투쟁으로 사회 안팎에서 뉴스가 재생산되는 2022년 대한민국 현재에도 적용할 수 있다. 배달 노동자인 가족 로티가 사고로 신체를 잃고 고작(!) 블랙박스로 옮겨 갔다. 옮겨 가는 신체에도 계급이 작동한다는 점에서 소설의 사실성이 돋보인다. 블랙박스 안에 들어가 있는 가족 로티를 이따금 불러낼 수 있는 건 오직 주인공뿐이니 참으로 힘겨운 상황이 아닐 수 없다. 이것은 자기 신체 안에 갇혀 있는 중증 장애인을 떠올리게 만들었는데 기약 없는 간병 노동에 내몰린 인물의 부채감을 생각하니 먼 미래가 아니라 근미래, 나아가 동시대의 질문으로도 떠오르는 것이다. 그 때문에 로티는 잃었지만 그와 같은 사이보그의 목소리를 구술로 받아 적는 주인공의 모습은 감동적인 성장으로 다가왔다. 이 작품은 좋은 소설이 독자를 흔드는 방식, 즉 스스로 질문하게끔 만든다. 읽는 내내 인간이라는 존재가 무엇인가, 신체라는 슈트가 전부, 혹은 일부 벗겨졌을 때 알몸의 인간, 의식만 남은 존재를 우리는 어떻게 받아들일 수 있을까, 벗겨진 것이 아니라 새로운 슈트를 입은 것이 아닌가, 그들이 말하지 않는 것이 아니라 우리가 듣지 못하는 것 아닌가 하는 질문을 던지게 만든다. 섬세하고 객관화된 문장으로 크고 깊은 주제에 도전하는 젊은 작가의 패기가 인상적이다.

「옛날 옛적 판교에서는」은 인공지능 화자가 흥미롭다. 망해버린 게임 안의 인공지능 화자의 정체가 드러나는 것은 정교하게도 중반 이후인데, 작품 전반에 지나간 시절에 대한 우수 어린 향수가 느껴진다. 소설은 게임에 대한 디테일로 촘촘하지만 게임을 즐기지 않는 사람도 즐겁게 읽을 수 있는데, 생생한 인물들과 그들이 구축하는 생태계, 문장 사이에 잽처럼 날리는 유머가 있어 지루하지 않기 때문이다. 내게는 특히 작품의 구조가 흥미를 끌었다. 두 개의 양말 짝을 모아 뒤집어 하나의 양말 뭉치를 만들듯, 혹은 하나의 양말 뭉치를 풀어 두 짝의 양말로 만들듯, 이 소설을 읽다 보면 안이 겉이 되고 겉이 안이 되는 구조를 즐길 수 있다. 즉, 게임 개발 당시의 판교의 풍경과 분위기가 나중에 인공지능 화자가 깨어나 만나게 되는 게임 속 세계로 녹아 나오는 것이다. 우리는 인공지능도, 게임 속 캐릭터도 아니지만 자신이 속한 세계가 지나간 과거로 변해버렸을 때 주인공에게 불러일으킨 상실과 회한의 감정에는 충분히 몰입할 수 있다.

입담이라면 지지 않을 또 하나의 작품, 「책이 된 남자」의 박식한 수다스러움도 일품이다. 이 소설의 목적은 분명하다. 아무튼 구라의 고도를 끝까지 올리는 것이다. 인간이 한 권의 책으로 변할 수 있다고 뻔뻔하게 주장하기 위해 가짜 역사와 고색창연한 인문학적 무늬를 유창하게 짜 넣는데,

그러다 보니 논리적으로 의아하거나 개연성이 떨어지는 부분이 더러 존재한다. 개연성을 까칠하게 따지는 독자라면 1) 언어가 기호인데 그걸 다시 수식화하는 것은 기호를 기호로 바꾼 것일 뿐 지혜 자체는 아니지 않나? 2) 뇌를 절편으로 썰어 책이라는 투박한 물질로 바꿀 수 있는 고도의 기술력이라면 정신이나 지각 자체를 디지털화하지 '굳이' 책으로 만들까? 그 외 기타 등등의 질문을 품을지도 모른다. 그런데 읽는 도중 기포처럼 솟아나는 질문들도 재밌을뿐더러, 이런 질문 다발을 만들어 내는 뻥의 고도가 시종일관 유지된다는 점에서 쩨쩨하게 따지고 싶은 마음이 사라진다. 알다시피 부력이 강한 소설에서 어느 단락의 고도는 5,000피트이고 어느 단락은 1,000피트 이하로 내려오고, 이러면 곤란한 일이다. 그럼에도 고도가 들쭉날쭉인 소설이 넘쳐나는데 이 작가는 일단 인물을 10,000피트 위에 올려놓고 온갖 모험을 시키면서도 내려올 생각은 별로 안 한다. 그 점이 멋지다.

　육식에 대한 조롱, 비틀기, 해학이 넘치는 블랙 코미디 「후루룩 쩝쩝 맛있는」은 제목만큼이나 맛있게 읽을 수 있는 소설이다. 외계인이 곱창(내장!)을 얻으려 지구인을 사육한다는 설정은 정색하고 보자면 비위가 상할 이야기인데, 그 비위 상하는 일이야말로 지구인들이 가축화하는 동물에게 저지르는 짓이라는 역지사지를 제대로 실감하게 만든다. 엉뚱

한 설정과 황당한 상황도 이 소설 안에서는 자연스럽게 넘어가게 되는데 캐릭터의 생생함, 탄성 좋은 문체의 힘이 크다. 리듬감 넘치는 문장을 읽는 도중에 모종의 흥이 실리기 때문인지, 무리수 가득한 설정에도 아랑곳하지 않고 계속 읽게 만드는 힘이 있다. 어떤 소재를 쓰더라도 맛있게 '조리'할 수 있을 작가의 손맛(필력)이 믿음직했다.

「신께서는 아이들을」은 심사위원 사이에서 다소 논쟁을 불러일으켰는데, 작품 자체는 좋지만 SF로 볼 수 있느냐는 것이다. 소설 안에 대놓고 '신'이 나오고 '피안'과 '차안'이 나오는가 하면 극히 미니멀한 배경 또한 종교적인 느낌을 불러오기 때문에 독자들도 의구심을 제기할 수 있다. 그런데 내게는 이 작품이 신화가 아닌 과학적인 상상력에서, 정확히 말하자면 게임적 리얼리즘의 세계에서 탄생한 이야기로 읽혔다. 반려인과 반려동물 하나라는 단순한 조합의 섬 속에서 주인공은 NPC 같은 존재고 떠밀려 오는 아이들은 플레이어처럼 여겨진다고 할까. 주인공은 하나의 루프에 갇혀 있고 불려온 아이들은 차안과 피안이라는 세계를 선택해 떠나간다. 이 과정을 반복하는 가운데 주인공이 다른 선택을 하는 것은 자신을 둘러싼 환경에서 빠져나가는, 혹은 업그레이드되는 순간 같았다. 고전적 소설 모티프로 보자면 감금에서 풀려나는 이야기라 할 수 있는데 시적인 묘사에 힘

입어 신비로운 분위기를 자아낸다. 존재론적으로 읽어도, SF의 독법으로 읽어도 상관없을 이 기묘한 소설을 과학문학상의 수상작품으로 뽑는다면 상의 외연을 넓힐 수 있으리라고 생각했다.

원래는 가작을 세 작품만 뽑아야 하지만 아무리 촘촘히 토론을 해도 제외할 작품이 없었기에 우리는 주최 측을 설득(이라고 쓰고 강하게 압박)했다. 세 편을 네 편으로 늘리는 것이 결정된 순간이야말로 심사에서 가장 극적인, 소중한 순간이었다.

내가 읽은 라면 박스 두 개 분량의 원고들, 이 원고 안에는 모두 '미래'가 심어져 있었다. 공포와 매혹으로 얼룩져 있는 이 플래시포워드Flashfoward의 소설에는 쉽게 희망이라고 단정 지을 수 없는 반짝이는 순간을 품고 있었다. 당선 유무와 상관없이 응모해 주신 모든 분들은 '미래형 시제'의 소설을 썼다. 앞으로의 창작의 순간에 동료 창작자로서 응원과 박수를 보낸다.

김희선
춘천에서 태어났으며 2011년 《작가세계》로 등단했다. 소설집 「라면의 황제」, 「골든 에이지」, 장편소설 「무한의 책」, 「죽음이 너희를 갈라놓을 때까지」가 있다. 원주에서 소설가 일과 약사 일을 병행하고 있다.

심사평

우주의 끝에 있는 레스토랑에서 보낸 겨울

더글러스 애덤스의 멋진 소설 『은하수를 여행하는 히치하이커를 위한 안내서』에는 우주의 끝에 있는 레스토랑이 나옵니다. 밀리웨이즈란 이름을 가진 이 식당엔 무한불가능확률추진기가 달린 우주선을 타고 도착할 수 있는데요. 사람들은 시공간의 끝에 있는 식당에 앉아 식사를 하며 온갖 별들이 폭발하는 화려한 불꽃놀이를 구경합니다. 그런데 우주의 끝에 있는 레스토랑에서 볼 수 있는 게 별의 죽음만은 아닙니다. 사실 거기서 우리는, 그 잔해로부터 다시 태어나는 새로운 별들을 만나지요. 그리고 새로 탄생하는 별들은 아름답고 멋지고 싱싱하기 그지없습니다. (실제로 본 적은 없지만, 당연히 그럴 거라고 확신합니다.)

심사평의 첫머리에 뜬금없이 밀리웨이즈 이야기를 하는

이유는, 지난 몇 달간 신인 작가들의 SF를 읽는 느낌이 바로 그러했기 때문입니다. 우주의 끝에 있는 레스토랑에서 별들의 탄생을 지켜보는 느낌. 지금 이 순간도 어디선가 누군가는 열심히 새로운 SF를 쓰고, 그들은 갓 탄생한 별처럼 강렬하게 혹은 아직은 미약하게 빛을 냅니다. 그리고 저는 영광되게도 그 수많은 미래의 별들을 먼저 만나볼 수 있었지요. 그런 의미에서, 이번에 작품을 보내준 모든 작가께 먼저 마음 깊이 감사의 인사를 드리고 싶습니다.

예심을 위해 작품을 읽으며, 오직 SF 장르에만 한정됐음에도 불구하고 응모작이 무척 많은 것에 놀랐습니다. SF에 대한 열기와 관심이 얼마나 높은가를 보여주는 지표라 생각되어 오랜 SF 팬으로서 기쁘고 뿌듯했지요. 작품을 하나씩 읽으며, 특히 중·단편 부문에서 이뤄온 SF의 성취가 크다고 생각했습니다. 간혹 많이 부족하고 아쉬운 작품들도 있었지만, 대부분이 어느 수준 이상의 필력과 창의성을 드러내고 있었기 때문입니다. 장편보다는 중·단편이 더 많은 성취를 이룬 것으로 보였는데, 아마도 장편은 그 특성상 아무리 독특하고 창의적인 발상을 한다 해도, 그것을 치밀한 서사와 함께 긴 분량으로 끝까지 끌어가기가 더 힘들기 때문이 아닐까 생각해 보았습니다. 그래서인지 장편 중에는 '과학'이나 '미래'라는 장치만 빌려 왔을 뿐, 내용에 있어서는 굳이 SF라고 보기 어려운 작품들도 꽤 있었습니다.

　중·단편을 읽으며, 작가들이 과학의 여러 분야에 굉장히 다양한 시각으로 접근하고 있음을 느꼈습니다. 그야말로 모든 것을 다 다루고 있었다 해도 과언이 아니겠지요. 특히 3년째 계속되는 팬데믹이 SF 작가들에게도 많은 영향을 끼쳤음을 확인할 수 있었습니다. 질병과 격리, 고립에 관한 작품이 많았고, 코로나 19를 직접적으로 묘사하거나 팬데믹 이후의 변화된 세상에 대해 상상하는 작품도 여럿 눈에 띄었습니다. 하지만 이런 상상은 본래 팬데믹 이전에도 이미 SF가 진지하게 다루어 온 주제이기도 합니다. 그런 점에서 SF는 언제나 그 세계의 미래를 고찰하고 예언한다는 사실을 새삼 깨달을 수 있었지요.

　중·단편 예심에서는 과학적 상상력이 정교한 서사와 맞물리면서 동시에 현실의 문제를 드러내는 작품이 주로 선정됐습니다. 배달 라이더의 삶과 지구 멸망, 가상현실을 잘 결합한 「고잉홈」, 소수자·이방인의 삶에 귀를 기울여야 함을 말해주는 「블랙박스와의 인터뷰」는 특히 그런 면에서 수작으로 보였습니다. 양자역학이나 평행우주론을 재미있게 다룬 「하나의 영원」, 「두 개의 세계」, 「Bon Voyage」도 흥미로운 작품이었습니다.

　심사위원 각각이 고른 본심 진출작을 모두 마주하고, 작품의 수준이 매우 높아서 놀랍고도 기뻤습니다. 덕분에 또 한동안 즐거운 독서를 할 수 있었지요. 수십 편에 달하는 중·단편 부문 1차 본심 진출작 중 특히 눈길을 끈 작품은 다음과 같습니다. 「세이브」, 「후루룩 쩝쩝 맛있는」, 「하나의 영원」, 「고잉홈」, 「책이 된 남자」, 「쿨 하트 웜 헤드」, 「블랙박스와의 인터뷰」, 「떠나가는 관들에게」, 「신께서는 아이들을」, 「루나」, 「먼지보다 가벼운 기록」. 마음 같아서는 이 모두를 최종심에 올리고 싶었지만 그러지 못해서 무척 아쉬웠음을 밝힙니다.

　「신께서는 아이들을」은 서정적인 문장, 신비로운 분위기가 매력적이었습니다. 탄생과 죽음에 대한 철학적인 사색의 깊이도 풍부했지요. 다만 이것을 SF라고 볼 수 있는가 하는 의문이 있었지만, 이 장르의 넓고 깊은 경계를 생각할 때 충분히 조건을 만족한다고 판단했습니다. 「책이 된 남자」는 최근 트랜스휴머니즘의 주요 관심사인 마인드 업로딩과 영생불사에 관한 현대 과학의 주제를, 과거를 배경으로 멋지게 풀어낸 수작이었습니다. 또한 그것을 통해 영생과 불멸이 인간에게 가지는 의미를 다시 생각하게 하고 독자에게 질문을 던짐으로써 세계를 돌아보게 하는 역할까지 수행하고 있었지요.「고잉홈」은 배달 라이더의 지난한 삶과 혜성 충돌로 인한 지구 멸망, 전뇌 업로드를 통해 화성으로 이주하려는 사람들의 이야기가 잘 어우러져 있었습니다. 화성으로 갈 수 있는 기회를 버리고 지구에 남는 것을 선택하는 주인공을 통해 인간의 삶에 가장 중요한 것이 사랑과 희망임을 역설적으로 드러낸 결말도 마음을 울렸습니다.「블랙박스와의 인터뷰」는 가슴을 뭉클하게 만든 소설입니다. 개인적으로는, 좋은 SF가 갖춰야 할 모든 것을 다 가진 작품으로 생각됐습니다. 과학적 사실과 현실에 대한 반추가 조화를 이루고, 문장과 서사도 뛰어났습니다. SF가 현실을 비춰보는 미래의 거울이라면, 이 작품이야말로 그 조건에 부합하는 것이겠지요.「쿨 하트 웜 헤드」는 동화 같은 이야기 속에 타자를 바라보는 시선이 어떠해야 하는가를 진중하게 담아냈습니다. 칼이 로봇이 되는 꿈을 꾸고 로봇의 존엄을 위해 투쟁했듯, 우리는 모두 타자가 되어봄으로써 그들을 이해할 수 있게 되지요. 혹은, 적어도 이해하려고 노력할 수 있게 된다고 할까요.「떠나가는 관들에게」는 근미래에 충분히 일어날 수 있는 일을 다룬 점에서 의미가 컸습니다. 실제로 불치병에 걸린 채 치료가 가능한 미래를 꿈꾸며 냉동인간이 되길 선택한 이들이 있으니까요. 아이의 병을 치료할 수 있다는 실낱같은 희망에 모든 것을 거는 어머니, 그 어머니를 이해하는 아이. 적어도 수십 년 내에 인류가 미래에 맞닥뜨리게 될 선택의 문제를 이 소설은 깊이 있게 탐구하고 있습니다. 「루나」는 바다를 연상케 하는 우주와 그 안에서 일하는 해녀라는 설정이 서정적이면서도 동화같이 다가왔습니다. 여성들만의 세계와 또 다른 세계, 둘 중 어느 곳으로 갈지를 선택해야 하는 주인공을 통해 사랑과 그 밖의 다른 것들을 이야기하지만, 그 모든 것을 뛰어넘는 푸른 바다 같은 우주의 모습이 특히 압도적이었습니다. 만약 SF가 우리가 갈 수 없는 세계에 대해 말한다면, 이 소설은 독자를 가뿐히 들어올려 불가능한 시공간으로 옮겨줍니다.

긴 논의 끝에 대상작으로 「루나」를 선정하는 데에는 이견이 없었습니다. 그리고 소외된 존재들에 대한 소통과 이해, 공감의 문제를 다룬 「블랙박스와의 인터뷰」를 우수작으로, 한국에서 많이 시도되지 않은 스타일의 작품을 치밀한 서사로 끝까지 밀어붙인 「책이 된 남자」, 서정적이고 환상적인 이야기로 SF의 저변을 확장하는 「신께서는 아이들을」, 인간이 다른 생명체를 먹는다는 문제를 다시 생각해보게 하는 재미난 소설 「후루룩 쩝쩝 맛있는」과 창작 AI를 통해 지나간 시대를 떠올리게 하는 흥미로운 작품 「옛날 옛적 판교에서는」을 당선작으로 선정하였습니다.

이번에 수상하신 작가들께 진심 어린 축하를 보냅니다. 앞으로도 계속해서 (마르지 않는 상상력과 과거 현재 미래를 아우르는 시선으로) 멋진 작품을 쓰길 기원합니다.

끝으로, 소설을 보냈던 모든 분에게 다시 한번 깊은 감사를 드립니다. 여러분 덕분에 지난겨울이 뜻깊고 행복했습니다. 언젠가 어디선가 다시 만날 수 있기를 기대하며 마음을 다해 응원과 격려를 보내드립니다.

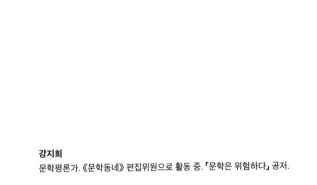

강지희
문학평론가. 《문학동네》 편집위원으로 활동 중. 「문학은 위험하다」 공저.

우주에서 벌어지는 불꽃놀이

심사를 보는 동안 SF 장르를 향한 새로운 열기를 느꼈다. 예심임에도 쉽게 넘길 수 없을 만큼 높은 밀도를 지닌 작품들이 많았고, 서사에서 짐작되는 작가들의 연령층이 확연히 젊었다. 예심에서 네 작품을 올리며 조금 더 주목하게 된 작품은 단편 「파 드 되」와 중편 「먼지보다 가벼운 기록」이다. 「파 드 되」는 저명한 수학자의 죽음을 둘러싼 미스터리를 푸는 문제에서 시작하지만 아름다움에 대한 철학적 사유로 도약하고자 하는 소설이다. 잠시 철학 개념을 빌려 오자면, 칸트에 의해 제기된 수학적 숭고함과 역학적 숭고함 사이의 유명한 구분을 서사화했다고 할 수 있을 것 같다. 이 작품 앞에서 잠시 고민했던 이유는 작품성 때문이 아니라, SF 기준과 관련된 혼란 때문이었다. 그 구분선이란 것이 본디 명확하지 않고 점차 더 확장되고 있다고는 하지만, 이 소설이 사유를 전개하는 방식이나 인물들을 보여주는 방식은 소위 리얼리즘 서사 쪽에 더 가까이 있는 것처럼 느껴졌다. 하지만 아름다움이란 과연 측정 가능한 것인지, 엄밀하고 정교한 아름다움의 기준을 늘 초과해 버리거나 미달되는 삶을 어떻게 받아들일 것인지에 대한 고민을 서사에 녹여내는 방식은 꽤 근사했고, 일어나지 않은 사건에 사변적으로 접근해 가는 SF의 방식으로 읽히기에 충분했다. 다만 두 수학자의 관계가 학문적 동반자 이상이었음을 보여주기 위해서 조금 더 잊을 수 없는 장면들이 만들어지기를, 그렇게 되었을 때 소설이 도달하는 마지막 장면에서 춤의 의미가 주는 울림이 더 크게 받아들여질 거라 생각되었다.

「먼지보다 가벼운 기록」은 로맨스와 결합된 스페이스 오페라다. 소설은 시간 곡선에 휘말려 있기에 필연적으로 어긋나면서도 서로를 구하고 또 그리워하는 운명적인 인연에 대해 더없이 낭만적으로 접근해 나간다. 상대방의 탄생부터 죽음까지 전 생애를 사랑하는 일이 가능할까. 여기에 필적할 만한 것은 아마도 자식을 향한 부모의 사랑 정도겠지만, 자식은 부모의 탄생을 목격할 수도 그 유년 시절을 함께할 수도 없다는 점에서 그 관계는 결코 상호적일 수 없다. 사랑은 생각보다 한정적인 시기에 국한되어 있고, 특정 강도의 에너지로 지속되다가 소멸된다. 하지만 시간이 꼬여 있다면 다음과 같은 사랑도 가능해질 것이다. 갓난아기인 상대를 구하고, 젊고 열기가 넘칠 때 그와 사랑에 빠졌다가, 다시 그의 죽음을 회수하고 애도하기. 소설은 그렇게 서로의 삶을 관통하지만, 상대방의 유년과 노년을 구출할 수는 있어도 젊은 시절 함께 사랑하는 행복한 시절은 허용되지 않는 사랑을 발명해 냈다. 남은 생이 온통 닿을 수 없는 그리움으로만 채워지더라도, 서로의 가장 연약하고 고독한 시기를 곁에서 지킨 것이라면 그 사랑은 무척 특별하지 않은가? 다른 심사자들에게는 지나치게 낭만적이고 성긴 이야기였던 것 같지만, 내게는 읽어나가는 과정에서 퍼즐이 하나씩 맞춰지며 얻는 쾌감이 꽤 컸다.

본심을 시작하면서 가장 유력한 대상 후보라고 생각했던 작품은 「블랙박스와의 인터뷰」였다. 많은 소설들이 사이보그를 등장시킬 때 인간과 변별되는 점에 집중해 인간 이상 혹은 인간 이하라는 명확한 선을 그어두고 유토피아나 디스토피아를 향해 가파르게 치달아 간다. 이런 서사에서 사이보그가 지능적으로 얼마나 탁월하며 감정적으로 깊은 차원에 도달할 수 있는지는 실은 그리 중요하지 않다. 사이보그를 두고 인간 이상과 이하를 계속 가늠하는 소설들은 사이보그를 아무리 친근하게 그려놓더라도 그 태생과 존재가 '자연적'인 인간과는 근본적으로 다른 '인공적'인 무엇이라는 뚜렷한 구분선을 포기하지 않는다. 궁극적으로 인간을 중심에 둔 관점을 포기하지 않는다면, 이 호의적 재현은 언제든 반대로 뒤집힐 수 있다. 다르기에 뛰어남에 감탄하거나 선량함에 사랑을 느낀다면, 다르기에 혐오하게 되는 건 너무 쉽기 때문이다.

하지만 「블랙박스와의 인터뷰」는 사이보그와 인간의 존재론적 출발점을 다른 곳에 두지 않는다. 주인공의 가족 '로티'는 사고를 통해 '전뇌화 사이보그 시술'을 통해 기계에 가까운 사이보그가 된다. 인간이 사고로 언제든 장애를 얻을 수 있듯, 사이보그는 인공적 존재가 아니라 자연과 인공 사이를 넘나드는 대상이다. 비용의 문제로 구형 블랙박스에 이식된 '로티'는 주인공을 황홀하게 하거나 공포스럽게 하는 극적인 대상이 아니다. 그는 나름의 사고 체계 속에 살고 감정을 표현하지만, 거기에는 약간의 섬세함이 결여되어 있어 가족인 주인공을 집요한 고통 속에 몰아넣는다. 가족과 관련된 이런 과거사는 현재 시점으로 넘어와 주인공이 회사 프로젝트에서 이윤에 따라 덮어지는 문제를 두고 싸우게 되는 상황과 매끄럽게 이어지며 결정적인 동기를 부여한다. 소설은 마치 존재하지 않는 것처럼 치부되는 사회의 소수자들을 우리가 동등하게 대해야 한다고 도덕적인 어조로 설득하려 하지 않는다. 자칫 시혜적이 되기 쉬운 온당한 전언 대신, 그들에게는 사회의 주류를 이루고 살아가는 이들이 가지고 있지 않은 다른 역량들이 있음을 말해준다. 앞에서 나는 "섬세함이 결여"되어 있다고 소설의 표현을 빌려 와 설명했지만, 감정을 두고 단순함, 섬세함, 복잡함을 말하는 기준은 과연 누구에게 맞추어져 있을까? 모든 척도에 있어 정상으로 규정되는 표준 범주를 벗어나면 우리는 어디에 이르게 될까? 이 소설은 우리가 스스로 제한하며 규정지은 범주의 틀을 부수고 나왔을 때 비로소 열리게 될 새로운 관능적 세계에 대해 상상하게 했다. 구술사 수업의 '서술 기술' 지침이 곳곳에 삽입되면서 사실상 소설이 지향하는 윤리적 자세를 다소 투명하게 노출하고 있다는 아쉬움이 심사위원들을 갈등 속에서 우수상으로 기울어지게 만들었지만, 이 소설이 잔잔하게 펼쳐놓은 아름다운 세계에 비하면 그건 실은 아주 사소한 문제에 불과하기도 했다.

대상작 「루나」는 처음 읽은 순간부터 나를 매혹시켰던 작품은 아니었다. 해녀를 우주의 위성 사이를 유영하며 광물 자원을 캐는 존재들로 이미지화하는 아이디어가 독보적으로 빛났지만, 서사의 갈등 구조가 다소 단순하다는 인상을 받았기 때문이었다. 그런데 다시 읽어가는 과정에서 이 소설이 나의 첫인상을 배반하는 여러 요소들을 포함하고 있다는 걸 알았다.

첫 독해에서 중요해 보였던 것은 주인공 '루나'가 구해준 남자 '피요르트 켈빈'이었다. 그에게 무게 중심을 두고 읽어나갈 때 이런 질문들이 흘러나왔다. 켈빈이 과거에 쓴 소설은 어떻게 루나의 현재 상황을 그대로 반영하고 있는 것일까. 인어공주처럼 자신을 구해준 루나와의 사랑은 과연 이루어질 것인가. 그랬을 때 서사의 핵심 갈등은 지구로 돌아가야 하는 켈빈을 따라갈 것인지, 자신을 키워준 할망들과 친구 '이오'가 있는 우주에 남을 것인지를 선택하는 문제처럼 보였다. 이는 마치 사랑과 우정의 선택지처럼 보이기도 했고, 어떤 측면에서는 모성적 공간으로 비치는 우주를 벗어나는 것이 성장처럼 다가오기도 했다.

그런데 중급 해녀 시험에서 이오가 동생을 구해야 한다며 꾸물거리는 은갈색 기계 덩어리를 향해 돌진할 때, 그것은 이오만 보는 헛것이 아니라 루나에게도 뭉툭한 팔다리를 가진 아이의 모습으로 바뀐다. 이 순간에 소설에서 켈빈과 이오를 두고 갈등하는 표면적인 선택지가 더 이상 중요하지 않다는 걸 알았다. 반복되는 마농 할망의 당부이자 명령, "나아가는 것보다 중요한 건 돌아오는 거야"를 두 사람이 목숨을 걸고 번갈아 어기게 되는 과정에서 루나와 이오는 이미 안온한 모성 공간을 떠나 성장해 있었고, 무엇보다 둘만의 내밀한 관계망을 형성하고 있었다. 좋은 서사는 늘 끝내 명쾌하게 설명되지 않는 얼룩을 품는다. 내게는 이 서사의 얼룩이 이오와 루나가 함께 본 '기계 덩어리—아이'로 보였다. 이 존재는 무엇이었을까. 누군가는 이를 엄마이자 태아인 언캐니uncanny한 것의 극점으로 읽어낼 것이고, 누군가는 은갈색 피부를 지닌 그들의 기원으로, 혹은 그 관계가 배태한 상징적 결과물로 읽어낼 것이다. 하지만 그 존재가 무엇이든 두 사람이 '함께' 이 대상을 봤다는 사실이 중요하게 느껴진다. 켈빈이 건네준 소설에는 루나와 켈빈의 사랑이 이루어지는 해피엔딩이 쓰여 있었을지도 모른다. 하지만 루나가 그 소설을 덮고 결말을 읽지 않았던 순간부터, 루나는 자신도 모르게 이미 결정을 내린 것은 아닐까. '기계 덩어리—아이' 장면은 태어나서 한 번도 자기 것을 가져본 적이 없다고 생각했던 루나가 실은 이오와 나누어 온 것들이 모두 자신에게만 유일한 무언가였다는 걸 알게 되는 순간이다. 또 루나와 이오가 서로 친구로 규정해 온 관계 너머 자신이 지닌 진정한 갈망을 알아보는 순간이기도 했다. 아무리 이상한 행동을 하더라도 이성이 아닌 본능의 차원에서 즉각 이해하게 되는 대상을 두고 사랑이 아니라고 말할 수는 없을 것이다. 그렇게 다시 읽는다면 이오가 아이를 안은 채 빙글빙글 도는 모습은 공포스럽기보다 한없이 로맨틱한 순간으로 보이지 않는가? 그 모습이 루나에게 '왈츠'로 다가오고, 산소 줄기는 빛을 반사해 '보석'처럼 빛나며, 진공 공간에서는 들릴 수 없는 아이의 '웃는 소리'가 들려올 수밖에 없었던 것을 우리는 사랑의 세레나데가 펼쳐지는 장면으로 다시 볼 수도 있지 않을까? 루나에게 사랑은 지구라는 먼 곳에서 새로 찾아야 하는 낯선 것이 아니라, 이미 우주 공간 한복판에 바로 자신 곁에 자리하고 있었던 것인지도 모른다. 이 장면이 다시 보이고 읽힌 뒤에, 나는 이 소설을 비로소 진심으로 애정하게 되었다.

조애나 러스는 「소년과 개: 최종 해결」이라는 글에서 새뮤얼 딜레이니의 말을 인용해 문학의 성격 묘사는 세 가지 행동 유형을 매개로 이루어진다고 말했다. 불필요한 행동, 의도적 행동, 습관적 행동이 그것이다. 잘 쓰인 작품 속의 인물은 이 세 가지를 모두 보여주지만, 그렇지 못한 작품들에서 인물은 불필요한 행동만 하거나 의도적인 행동만 한다. 이 구절을 동감하며 읽으면서 문학적 인물을 매력적으로 만드는 것은 의도적 행동 바깥의 무엇임을 새삼 받아들였다. 의지적 존재로서의 인간은 우리를 감격시키지만, 이상한 행동을 반복하거나 기이한 행동으로 욕망에서 미끄러지는 인간은 우리를 동요시킨다. 많은 좋은 서사들은 무의미해 보이는 행동들 속에서 어느 순간 의지로 비약하거나 파열되는 것을 보여주는데, 의외로 핵심은 그 비약과 파열 이전의 무의미한 반복이 이루어질 수밖에 없는 데 대한 효과적인 설득에 있는 것 같다. 「신께서는 아이들을」은 그런 점에서 가장 탁월한 소설이었다.

　　나직한 속삭임으로 비밀을 알려주는 듯한 첫 장면이 흘러가고 나면, 이 소설의 세계관에 대한 구체적인 설명이 등장한다. '피안'이라 불리는 이 작은 섬들에는 '반려인'과 '반려동물'이 둘씩 짝을 이루어 살며 신이 보낸 아이들을 보살핀다. 그리고 때가 되어 아이들이 다시 태어날 것인지 태어나지 않을 것인지를 결정하면, 아이들은 왔던 곳으로 되돌아가거나 바닷물에 섞여 몸을 감춘다. 동물들만이 목소리를 가질 수 있기에 입술의 움직임과 몸짓으로만 소통할 수 있는 이 압도적으로 고요한 공간에서 반려인 화자는 외롭고 고통스럽다. 늘 자신만 남겨두고 사라지는 이들, 짐작할 수 없는 신의 섭리, 눈물이 고여 있지만 깨어남과 동시에 완벽하게 상실되는 기억들, 이 모든 영겁의 실패가 반복된다는 사실은 그를 무력하게 한다. 그런데 이 무력감이란 인간으로서 살아가며 느끼는 실존적인 고독에 대한 거대한 시적은유에 다름 아니다.

그렇기에 이 소설 안에 매듭지어진 수수께끼들, 예컨대 반려인을 잃고 광기에 사로잡혀 거칠게 날뛰다 모래처럼 사라져 버린 말을 목격했던 거북의 이야기, 마지막 기억 속에서 화자가 아이인지 신인지 알 수 없는 대상과 나누는 대화 등은 모두에게 다른 방식으로 풀릴 수밖에 없다. 우리가 각자 지고 걸어가야 하는 슬픔이 모두 다르기에. 다만 이 검은 구멍 앞에서 품는 의심이 사랑의 다른 말이라는 것을 깨달을 때, 세계는 갑자기 거대한 페이지를 한 장 넘긴다. 흔한 고독을 다정하게 위로해 주어서가 아니라, 본래 세계가 해독할 수 없는 암호로 이루어져 있으며 위로되지 않는 슬픔이 있다는 걸 알려주어서 이 소설을 읽는 체험은 더없이 황홀한 것으로 남았다.

「후루룩 쩝쩝 맛있는」은 다소 길게 전개되는 도입부를 지나면, 독특한 인지적 쾌감으로 우리를 이끈다. 소설은 외계인이 지구인의 혈관 볶음을 즐겨왔다는 설정 자체를 자극적으로 소비하지 않는다. 외계인이 인간을 먹는 건 사실이지만, 단순하게 '식인종' 같은 끔찍한 존재가 아니라는 것이 핵심이다. 그래서 소설은 이런 설정들을 덧붙인다. 외계인이 지구인의 혈관 볶음을 먹게 된 데에는 식량이 바닥났을 때 모두의 안녕과 건강을 위해 내려야 했던 불가피한 결정이 있었다. 외계인들은 실험용 지구인이 불법 도축되지 않도록 식용으로 사육될 수 있는 목장을 열었고, 폭발적인 수요를 감당하기 위해서 영양분과 성장촉진제를 강제 급여하며 사육 업계의 활력을 유지해 왔다. 하지만 국제우주연맹이 지구를 3등급 행성으로 격상시키며 지구인에 대한 사육과 도축이 금지되자, 지구인의 지방과 노폐물이 쌓인 혈관을 깨끗한 인공 혈관으로 자발적으로 교환하게 하며 '윤리적 거래'로 식재료를 구해왔다.

읽는 과정에서 다들 느꼈던 것처럼, 이 소설에서 외계인이 인간을 식용 대상으로 생각해 기르는 방식은 그간 인간이 동물을 사육하고 도축해 온 방식과 완벽하게 겹쳐진다. 그런데 외계인들이 인간의 혈관을 먹게 된 비장하고 필연적인 역사적 맥락을 드러내며 '문화'로 자리매김하는 것, 식재료로서의 인간을 '성의' 있게 기르고, 등급에 따라 섬세하게 분류해 '윤리'라 말해지는 기준선 속에서 자연산 혈관을 식용으로 소비하는 정황들은 그간의 인간중심주의를 완벽하게 상대화한다. 친환경 인증 농가에서 기능성 사료를 먹고 자라, 최대한 잔인하지 않은 방식으로 도축한 고기를 소비한다는 것의 의미가 갑자기 낯설게 다가오는 것이다. 소설은 문화라고 믿어왔던 역사적 식습관, 관용이라는 명목 아래 가축 동물들에게 행하는 관습 등이 약간의 거리를 두고 보면 얼마나 우스꽝스러운지 경쾌한 방식으로 질문해 온다. 다른 종을 착취하면서도 자주 기만에 젖는 인간의 한계를 드러내며 인지적 충격을 주면서도, 비장한 고발의 논지를 띠지 않고 시종일관 유쾌한 어조를 유지하는 이 소설의 기술이 예사롭지 않았다. 전자는 누구나 아이디어 차원에서 떠올려 볼 법하지만 후자를 만들어 내는 것은 특별한 공력이라 생각하기에, 이 소설이 당선작 리스트에 들게 되어 기뻤다.

한국과학문학상의 심사에 참여하는 것은 우주에서 벌어지는 장대한 불꽃놀이를 목격하는 일 같았다. 이 불꽃놀이의 첫 목격자가 될 수 있어 영광이었다. 모든 수상자분들에게 큰 축하와 감사의 인사를 드리고 싶다.

인아영
문학평론가. 2018년 경향신문 신춘문예로 비평 활동 시작.

심사평

SF와 SF 사이

    처음 예심작들을 받아보고는 어려운 심사가 될 것 같다고 예상했고 심사 내내 실제로 그러했다. 첫째로 작품의 양이 너무 많았기 때문이었고, 둘째로 작품의 수준이 상당히 높았기 때문이었다. 그러나 가장 인상적으로 느껴졌던 하나의 경향이 있다면, 경향을 하나로 묶는 것이 어색할 만큼 다양하다는 점이었다. SF 장르라고 말하기 어려운 작품도 더러 있었다. 하지만 그래서인지 흔히 SF 장르라고 했을 때 쉽게 떠올리곤 하는 흡인력 있는 줄거리나 특별한 소재와 같이 내용적인 차원뿐만 아니라 개성적인 문체나 정교한 구조와 같이 형식적인 차원에 주목해서 논의해 볼 만한 우수한 작품 역시 많았다고 생각한다. 개인적으로 나에게는 지금 한국 SF가 얼마나 양적, 질적으로 뻗어나가고 있는지 집약

적으로 체험할 수 있었던 감사한 자리였고, 그래서 최종심이
끝난 후에도 며칠 동안 그 여파가 있었다.

예심에서 가장 인상 깊게 읽어 본심에 추천한 작품은 서
윤빈 씨의 「루나」였다. 처음 읽고 든 생각은 '근래 못 보던
소설이다'였다. 바다와 우주를 기묘하고 아름답게 뒤섞고
있는 배경, 해녀를 저 멀리 우주에 데려가는 이미지부터 신
선했다. 그러나 제주도에서 노동을 담당하고 있는 해녀들
을 중심으로 하나의 생생한 모계사회를 만들어 내고 그것을
우주라는 배경에 자연스럽게 녹여내는 감각은 단지 신선함
이라는 가치에 국한된 것만은 아니었다. 결국 이 작품이 대
상이 되어야 한다는 데 심사위원들의 의견이 모였을 때, 작
가에게, 한국과학문학상에, 그리고 무엇보다 독자에게 잘된
일이라고 여겼다.

예심에서 인상적으로 읽은 또 다른 작품은 성수나 씨의
「신께서는 아이들을」이었다. 김현의 시 한 구절을 제목으로
따온 이 소설의 작가는 서정적인 분위기를 조성하는 데 탁
월한 능력이 있다. 심사를 하면서 이 작품을 SF라고 볼 수 있
는지 여부에 관한 논의가 잠시 있었다. 내 경우에는 장르라
는 경직된 분류 체계를 유연하게 만들 수 있는 힘이 이 소설
에 있다고 생각했다. 피안이라는 아득한 배경으로 반려견과
반려인이 한 쌍을 이루어 생명의 탄생과 돌봄에 다가가는

줄거리도 매력적이었다. 시간과 공간의 구축이 다소 추상적이라는 인상도 있었지만, 대화와 서술이 섞이는 자연스러운 흐름이 시적으로 읽힐 만큼 완성도를 갖춘 작품이었다. 단조롭지 않은 리듬으로 흘러가는 감각적인 문체도 마음을 치고 갔다.

본심에서 만난 김혜윤 씨의 「블랙박스와의 인터뷰」는 심사위원들의 고른 지지를 받은 안정적인 작품이었다. 어느 대학의 바이오데이터학과에서 이루어지는 구술사 수업이라는 배경이 도입부에 제시되는 이 소설에는 초반부터 "공식적으로 존재하지 않는 사람들. 하위계층. 소수자. 이방인"이라는 범주가 이미 명확하게 드러나 있다. 그래서 혹시 이 소설이 단순한 하나의 답을 가지고 있는 것처럼 읽힐지도 모르겠다. 그러나 심사가 끝나고 곱씹어 볼수록, 이 소설이 진실과 거짓말, 객관적 데이터와 주관적 구술 사이를 오가면서, 인간 신체가 귀속되는 장소를 비롯하여 손상, 장애, 안락사 등 동시대를 첨예하게 가로지르는 열린 질문들을 가득 품고 있는 소설이라고 생각하게 되었다.

김필산 씨의 「책이 된 남자」는 고대와 중세의 자연철학과 현대의 첨예한 과학기술을 매끄럽게 버무리고 있는 소설이었다. '두개골을 쪼개고 뇌를 얇게 베어 직접 관찰할 수 있다면?'이라는 질문으로 도서관의 광활한 세계를 누비는 소설이기도 하다. 소설을 받치고 있는 구조가 견고하고, 한 문장 한 문장이 단단하며, 인물들의 대사나 장면이 생생하고, 이야기의 아이디어 역시 탁월했으니, 이 좋은 소설을 많은 독자들에게 소개하고 싶지 않을 이유가 하나도 없었다. 내게는 책을 다루는 메타적인 소설이란 자칫 뻔해지거나 루즈해지기 쉽다고 생각하는 선입견이 있는데, 그런 선입견을 가뿐하게 쳐내고 앞으로 나아가는 반가운 소설이었다.

김쿠만 씨의 「옛날 옛적 판교에서는」을 처음 읽고서 가장 먼저 들었던 생각은 작가의 필력이 상당하다는 것이었다. 어떤 소설은 너무 재미있고 자연스럽게 술술 읽혀서 마치 작가가 앉은 자리에서 한 번에 쉽게 써 내려갔을 것만 같은 인상을 주는데, 내게는 이 소설이 그랬다. 어떤 분야에 좁고 깊이 들어가서 몰두해 있는 인물이 소설 안에서 자유롭고 능청스럽게 끌고 가는 이야기를 읽는 행위 자체가 주는 에너지를 이 소설로부터 전해 받았다.

이명 씨의 「후루룩 쩝쩝 맛있는」은 한 번 읽었을 때보다 거듭 읽을수록 장점이 우러나는 소설이었다. 양희와 보선의 말랑하고 귀여운 연애담 사이로 지구인의 혈관을 가지러 온 외계인의 침공이라는 SF적인 설정이 무람없이 스며든다. '후루룩 쩝쩝 맛있는'이라는 제목에서도 알 수 있듯, 이 소설은 음식이라는 소재를 적극적으로 가져와 다채롭게 묘사한다.

그러나 단지 인간의 영양분을 보충해 주거나 미각을 만족시켜 준다는 의미에서가 아니라, 한 생명이 다른 생명의 신체를 취해서 생존하게 한다는 의미에서 그렇다. 이는 오늘날 인간이라는 종이 지구에서 살아가는 생태학적 조건을 날카롭게 드러내는 질문으로도 읽힌다.

수상작에 포함되지는 못했지만 마지막까지 손에서 잘 떨어지지 않았던 소설에게도 말을 걸고 싶다. 본심에서 만난 「파 드 되」는 수학과 아름다움이라는 두 추상의 만남을 정교하게 펼쳐놓은 소설이었다. 이 소설은 '아름다움이라는 문제를 명료한 수학의 언어로 어떻게 해명할 수 있을까?'를 집요하게 질문하는 데 그치지 않고, 기준을 낮추지 않으며 아름다움을 계속 추구하는 일이 인간을 어떻게 조이는지, 또한 그러면서 어떻게 고양시키는지 들여다본다. 특히 두 사람의 관계 안에서 말이다. 응모된 작품들 중 교수나 대학원생이 학계에서 겪는 일을 다루는 소설이 너무 많으며 기시감이 들 수 있다는 심사 중의 의견에 나도 동의한다. 그러나 하나의 명제를 진지하게 탐구하고 끈질기게 질문하는 일은 SF가 가장 잘하는 일 중 하나가 아닌가. 그러니 이렇게 학문적인 SF는 얼마간은 불가피하거나 더 다양하게 장르화될 수도 있다고 생각한다.

여기에서 일일이 나열하기는 어렵지만, 응모된 다른 장편

소설들의 빛나는 아이디어들에도 박수를 보내고 싶다. 모든 수상자들을 진심으로 축하드린다.

제5회 한국과학문학상 수상작품집

ⓒ 서윤빈·김혜윤·김쿠만·김필산·성수나·이멍, 2022, Printed in Seoul, Korea

초판 1쇄 펴낸날	2022년 5월 24일
초판 2쇄 펴낸날	2022년 6월 9일
지은이	서윤빈·김혜윤·김쿠만·김필산·성수나·이멍
펴낸이	한성봉
편집	김학제·신소윤·권지연
콘텐츠제작	안상준
디자인	정명희
마케팅	박신용·오주형·강은혜·박민지
경영지원	국지연·강지선
펴낸곳	허블
등록	2017년 4월 24일 제2017-000050호
주소	서울시 중구 퇴계로30길 15-8[필동1가 26] 2층
페이스북	facebook.com/dongasiabooks
인스타그램	instargram.com/dongasiabook
트위터	twitter.com/in_hubble
블로그	blog.naver.com/dongasiabook
홈페이지	hubble.page
전자우편	dongasiabook@naver.com
전화	02) 757-9724, 5
팩스	02) 757-9726
ISBN	979-11-90090-64-3 03810

※ 허블은 동아시아 출판사의 SF 브랜드입니다.

※ 잘못된 책은 구입하신 서점에서 바꿔드립니다.

만든 사람들

책임편집	김학제·신소윤·권지연
크로스교열	안상준
디자인	정명희
본문조판	최세정